作家が綴る心の手紙

愛を想う

宇治土公三津子 編著

UJITOKO MITSUKO

二玄社

はじめに

手はじめにお話しておきたいのは、作家の手紙文の解説のはずが、時には「私」や「近代文学館」が顔をのぞかせる、あれ、ヘンだな――この奇異な現象についてです。

昭和三十八年、桜の季節、夜汽車に乗って東京に着いた私は、いきなり日本近代文学館の門をたたきました。といっても、まだ門も何もない設立運動体の時点ですが。履歴書もなしの素手で、幸か不幸か押しかけ女房的に参加を許されました。その秋に新宿・伊勢丹で催す、大がかりな「近代文学史展」の担当ということで、無我夢中の日夜をすごし、四年後、東京都目黒区の駒場公園に建物ができてオープンした文学館に、そのまま、どっぷりはまりこんだのが、お粗末、私の半生であります。

文学館とは、資料の収集、保存、活用をモットーとして、ゼロから出発しましたが、私が思いますに、資料サイドと人間サイドの両面の性格をもつようです。後者は、かつての理事長伊藤整氏が、「文学館は未亡人を大切にしましょうね」と、私に囁いたように、作家の遺族、現役の小説家・詩歌人・評論家、新聞・出版人との付きあいでしょうか。

どちらかと言えば人間好きの私は、この本のなかでも、人と付きあっているつもりなので、つい「近代文学館」、「私」が出てくるゆえんとなりました。

専門家の場合は、綿密な調査や理論が重要なしごとでしょうが、私は一通の手紙のバック・グラウンドやエピソードを、おもに作家本人や、その近親者や友人の、回想記やエッセイから多くのヒントをいただきました。錯覚や記憶ちがいもあるだろうし、作り話もあるかも知れません。でも、これは専門家の研究書ではありません。気楽な読み物として、作家の人と作品に親しむガイドの一端として、どこからでも、ちょっと覗いてみてもらえれば、うれしいものです。

この一冊は、作家=人間の愛をテーマとしました。

以上、編著者よりのひと言です。

作家が綴る心の手紙　愛を想う

◎目次◎

はじめに　1

凡例　5

樋口一葉が綴る――半井桃水への想い　7

徳冨蘆花が綴る――徳冨愛子への想い　12

国木田独歩が綴る――佐々城信子への想い　18　榎本治子への想い　20

夏目漱石が綴る――夏目鏡子への想い　25

森鷗外が綴る――森志げへの想い　31

石川啄木が綴る――菅原芳子への想い　36　橘智恵子への想い　38

若山牧水が綴る――石井貞子への想い　43　太田喜志子への想い　47

永井荷風が綴る――内田八重への想い　55

竹久夢二が綴る――竹久たまきへの想い　61　おしまへの想い　62　笠井彦乃への想い　64

お葉への想い　66　山田順子への想い　68

幸徳秋水が綴る――師岡千代子への想い　73

島村抱月が綴る――松井須磨子への想い　79

北原白秋が綴る――福島俊子への想い　86　江口章子への想い　91　佐藤菊子への想い　92

素木しづが綴る――上野山清貢への想い 100
伊藤野枝が綴る――大杉栄への想い 107
大杉栄が綴る――伊藤野枝への想い 109
芥川龍之介が綴る――塚本文への想い 115
佐藤春夫が綴る――谷崎千代への想い 121
谷川徹三が綴る――長田多喜子への想い 129
有島武郎が綴る――波多野秋子への想い 135
横光利一が綴る――小島キミへの想い 142
横光千代への想い 145
島崎藤村が綴る――加藤静子への想い 150
小林多喜二が綴る――田口タキへの想い 154
岡本かの子が綴る――岡本一平への想い 159
川端康成が綴る――川端秀子への想い 164
伊藤整が綴る――小川貞子への想い 169
中原中也が綴る――長谷川泰子への想い 174
宮沢賢治が綴る――高瀬露への想い 179
中野重治が綴る――原泉子への想い 184
林芙美子が綴る――手塚緑敏への想い 189
壺井栄が綴る――壺井繁治への想い 195

谷崎潤一郎が綴る――根津松子への想い 202
高村光太郎が綴る――高村智恵子への想い 208
堀辰雄が綴る――矢野綾子への想い 212
加藤多恵子への想い 213
坂口安吾が綴る――矢田津世子への想い 218
斎藤茂吉が綴る――永井ふさ子への想い 223
田宮虎彦が綴る――平林千代への想い 229
立原道造が綴る――水戸部アサイへの想い 234
宇野千代が綴る――北原武夫への想い 241
島尾敏雄が綴る――大平ミホへの想い 245
太宰治が綴る――太田静子への想い 250
津島美知子への想い 253
三浦綾子が綴る――前川正への想い 257
吉行淳之介が綴る――宮城まり子への想い 264
寺山修司が綴る――九條映子への想い 269

おわりに 274
手紙の出典 278

凡例

＊手紙本文は出典により歴史的仮名遣いと現代仮名遣い、漢字の新旧字体が混じり、不統一がまぬがれないので、全体を原則として現行の仮名遣い、新字体に揃えた。但し、芥川龍之介、森鷗外など通用の人名は例外とした。

＊本文の送り仮名、句読点、改行などは原文通りとしたが、難読の漢字に振り仮名を補い、長いセンテンスは一字空きなどを適宜おこない、読みやすくした。

＊手紙の最初の年月日の下は、発信と受信の場所である。番地は略し、県名その他は適宜省いた。

＊長文の手紙で省略したものには、（前略）、（中略）、（後略）を記した。

＊手紙文中〔　〕の中にくくったものは、読書の便を図り編集の段階で表記を補った箇所である。

＊解説文中の詩歌の引用は、原表記、歴史的仮名遣いのままとした。また、作品名など固有名詞の仮名遣いは改めないこととした。

＊原則として、図書名は『　』に、作品名と新聞・雑誌名は「　」に入れた。

樋口一葉が綴る

樋口一葉　ひぐち・いちよう　一八七二（明治五）年、東京府の官舎（千代田区）に生れる。歌人、小説家。本名なつ、戸籍名は奈津。初期の筆名に浅香のぬま子、春日野しか子がある。青海小学高等科を中退、中島歌子の萩の舎塾で学ぶ。半井桃水に師事、桃水の雑誌「武蔵野」に「闇桜」などを発表。本郷菊坂町から下谷龍泉寺町へ移り、母妹と荒物、駄菓子店を開く。「文学界」の人々と交流し、「たけくらべ」、「大つごもり」、「にごりえ」、「十三夜」などの名作を短期間に発表したが、一八九六（明治二十九）年春ごろから肺結核が進行し、十一月二十三日、本郷区丸山福山町（文京区西片）の自宅で世を去った、二十四歳。

半井桃水　なからい・とうすい　一八六〇（万延元）年、対馬国（長崎県）厳原の生れ。父は対馬藩医。小説家。幼名は泉太郎、のち洌《きよし》、別号は桃水痴史、菊阿弥。共立学舎を中退。韓国の釜山で結婚、妻の死後、東京朝日新聞社に入社。『胡沙吹く風』、『大石内蔵之助』などを連載。明治四十年、再婚。一九二六（大正十五）年十一月二十一日、福井県敦賀で執筆中、脳溢血で急逝、六十七歳。

半井桃水への想い

一八九二（明治二十五）年七月八日　本郷区菊坂町▼▼▼▼本郷区西片町

御目にかゝらぬむかしもあるを　じゆうのきかぬ身と存じ候ほど意地わるく参上いたし度《たく》われしらず考えこみ候時などもあり　こんなこと人に話しでも致し候ものなら　夫《それ》こそ〳〵笑われぐさにもなり　からかわるゝ種にも成り候わんなれど　私しは唯々まことの兄様のような心持にていつまでも〳〵御力にすがり度願いに御坐候を　斗《はか》らぬことより変な具合*1になり　只今の所にては私ししいてお前様におめもじ致し度などゝ申さば　他人はさら也親兄弟も何とうたがうか知れ申さず　とに角にくやしき身分に御坐候　お前様御男子《おなんし》でなきか私し女子でなきかいずれに致せ男女の別さえなくば　此様にいやなことも申されず月花の遊びは更なり　こんなこと申さば生意気なとお笑い遊ばすかしらねど万一お前様御一身につきての御苦労などおあり遊ばさば　とても〳〵お役には立間敷ながら　其片はしをも御分ちいたゞき　何事によらず共々にというように御坐候わばいか斗《ばかり》〳〵うれしかるべきものをと　今更の様にはかなき愚痴さえおこり申候　さりながら私し愚直のうまれとて受け参らせたる御恩決して〳〵わするゝものに御坐候わず　さるをもし御前様御心中に何ごとかお気にさわるこ

とても有てはなんと致してよかるべきや夫のみ心ぐるしく　先日一寸宅まで参り候帰途に
内々御宅前まで相伺い候いしに折あしく御留守のよしお女中より承り失望して帰り申候　御
話し海山御坐候えども筆たり不申《もうさず》　十日過には少しのひま出来候まゝ表むきにて参上可致《いたすべく》
この夜頃の寝られぬまゝにおもいつゞけ候まゝを　　先《まず》はかしこ

猶承り候えば河村様御不幸[*2]あらせられ候由　御家内様は更なりお前さまにも嘸《さぞ》や御愁傷
おし斗まいらせ候　こゝもかしこもよからぬ事のみ多き頃にて心ぼそしともこゝろ細きに
折しもあれ時候さえいとゞ暑くさえ成りまさり候まゝ折角〳〵御自愛給り度幾重にも祈り
居まいらせ候　　夏子

師の君
御前に

七月八日

＊1　変な具合＝一葉が心ならずも桃水との絶交を申し出たこと。
＊2　河村様御不幸＝桃水の寄宿先、従妹の河村千賀子の夫の死。桃水は手紙の四日後には河村一家と神田三崎町に移り、葉茶屋を営んだ。

十六歳の樋口一葉は女戸主だった。恋愛も結婚の自由もない相続戸主に、生前の父が届けを出していた。事業の借金を残して父が亡くなり、一葉は本郷菊坂町に家を借りて、母と妹とともに洗濯や仕立物で生活するようになった。こんな賃仕事でほそぼそ暮らしているより、小説を書けば原稿料や印税がはいるのではないか、そう思いついた一葉は「朝日」の半井桃水に弟子入りする決心をした。美しかった妻と死別し、いまは弟妹たちと芝に住む三十歳の桃水は、大新聞社の小説記者、つまり世馴れた古いタイプの通俗作家である。一葉はたのまれ仕事の着物の風呂敷包みをかかえて、本郷と芝の間を往復していたが、ついに明治二十四年四月、桃水にまみえた。三歳の童子にもなつかれそうな笑顔の魅力、背が高く豊かな筋肉、と彼のハンサムぶりを日記に書き、十九歳の彼女はすっかり魅了されてしまった。この日、夕ご飯をご馳走になり、小説の草稿を渡して、桃水の著書を借りて、気もそぞろに帰宅した。

桃水の優しいことばや笑顔が忘れられず、逢いたくて、必死で小説を書いた。翌年二月の雪の日、麹町平河町に移っていた独り住まいの桃水の部屋を訪ねた一葉にとって、劇的なピークがあった。餅を焼いてくれた火鉢に手と手をかざしながら、彼女の胸は高鳴った。そのうえ桃水は一葉のために新雑誌「武蔵野」を創刊すると言う。彼女は作品で応えていった。

桃水に恋すると、桃の字を一字目にするだけでも嬉しいし、切ないものだ。また恋すればつい人の前で相手の名を言いたい。他人に口をつぐむ賢明な女性もいるが。一葉もその点賢くなかったので、萩の舎《や》塾でも評判がたった。盛装した華族の夫人や令嬢の集まりである歌塾で、古着すがたの彼女が、歌の作品では最高点をとる負けん気の少女だったが、よくない噂に負けて師匠の中島歌子の指示があり、桃水との師弟関係を絶つ。尾崎紅葉に紹介するという話も断った。

手紙はそのあとのものである。恋は裂かれると、よけいに想いがつのることは、誰しも覚えのあることではないか。自由のきかぬ身と思うとよけいに参上したくなる、でも、そんなことを言えば、また塾の人たちに笑われたりからかわれるだろう、男女の別がなければよいのにと、口惜しがっている。このの ちも一葉は桃水を訪ね、日記での想いはつのらせていた。

しかし、ともかく桃水との「絶交」と引き換えに、一葉に小説家への道がついた。一流の文学雑誌「都の花」に連載した「うもれ木」に注目した「文学界」の人々、ニューウエーブの文学青年たちとつきあい、「たけくらべ」の舞台となる下谷龍泉寺町で店を開き、また、「にごりえ」の世界本郷丸山町に移り住み、和田芳恵が「奇跡の十四ヶ月」と呼ぶ名作が続々と生れていた。しかし病気の悪化と貧窮は、どうしようもなかった。二十九年十一月二十三日、二十四歳の一葉はあの世へ去った。蝶になりましょう、石になるでしょうと言いながら。こんな呟きを「文学界」の青年に吐いた日もあったとは、無念な死を意識していたのだ。

明治四十年、それまで沈黙をまもっていた桃水が「一葉女史」という文を「中央公論」に発表した。初対面の彼女について、「袷を着て居られましたが、縞がらと言い色合と言い、非常に年寄めいて……静粛に進み入り、三つ指で畏まってろくろく顔もあげず……御殿女中がお使者に来たような有様」というふうに、しらばっくれた書き方をしたのは、まだ一葉の日記が刊行されていなかったからだ。四十五年の全集で初めて活字になった日記に表現された恋の炎を見、行間の苦悩まで知り、私小説ともいえる「一葉日記」に、まさか自分がこんなに登場するとは思わなかったに違いない。それにしても桃水への愛憎、恋の喜びと恨みが、作品を書かせたとすれば、彼は一葉の名作誕生の功労者かもしれない。

ある日私は白百合女子大で「たけくらべ」の話をちょっとした帰り、乗り換え駅の京王線明大前のプラットホームで三人の女子高生が、声をそろえて「誠にわれは女成けるものを、何事のおもいありとてそはなすべき事かは」と言って、笑い声をたてるのを見た。一葉の没年の二月の日記のうめくような一節を、あっけらかんとした三人が、間違いもなく朗誦したのだ。偶然の、一瞬の出来事であった。

徳冨蘆花が綴る

徳冨蘆花　とくとみ・ろか　一八六八（明治元）年、熊本県水俣に生れる。小説家。本名は健次郎。熊本洋学校を経て同志社英学校を中退。兄徳富蘇峰の民友社で働く。ベストセラー『不如帰』、『自然と人生』が反響を呼ぶ。明治三十九年、トルストイを訪問、その影響で千歳村粕谷（世田谷区）を永住の地とする。大正八年、妻とともに世界一周の旅に出る。一九二七（昭和二）年九月十八日、心臓弁膜症が悪化し、伊香保温泉の宿千明《ちぎら》仁泉亭で死去、五十九歳。臨終の前日、十五年間確執をつづけた兄蘇峰と対面し劇的に和解。

徳冨愛子　とくとみ・あいこ　一八七四（明治七）年、熊本県隈府《わいふ》の酒造家に生れ、熊本市に移住。随筆家。旧姓は原田、戸籍名は藍、筆名は蘭芳、黄花。東京女高師卒。明治二十七年、徳冨蘆花と結婚。大正八年、夫妻で日子・日女と名のって外遊、『日本から日本へ』を共著。一九四七（昭和二十二）年二月二十日、七十二歳で死去。

徳冨愛子への想い

一八九五（明治二十八）年一月十七日　赤坂氷川町▼▼▼▼熊本

今頃は汽車か船か行先きの悲しき事も知らで嘸《さぞ》船車の歩をおそしと思い玉うならん

たらちねの母のなきがら待つぞとも

知らでや妹子がいそぎ行くらむ

吾妹子よ吾いとしき妻よ吾生命なる妻よ愛子よ　吾は御身が涙とゞめんことを願わず　唯恐る　御身が悲のあまり身を傷《そこな》い父上を慰めずして却て父上に慰められんことを

吾妹子よ吾れ切に之を恐る

願くば至上の力御身の上にあれ

一月十七日朝　　健二郎

吾友吾妻

一九〇六（明治三十九）年七月二日　ヤスナヤ・ポリヤナ、トルストイ邸▼▼▼▼東京鳥居坂、東洋英和女学校寄宿舎

七月二日朝ヤスナヤポリヤナ*園内の「はなれ」に於て

一昨六月三十日朝当家着致候　翁も健在にて大に喜ばれ子の如く愛し子の如く叱られ候
卿《あなた》の五月廿一日の手紙（唯一通なりしは物足らぬ心地なりき）も待ち居て長途の労を慰しぬ
一昨日の午后は翁と附近のヴロンカと云う川に行きて水泳せり　此は小生にとりて洗礼を意味す
小生も考うる所あり欧米漫遊を見合わせて西比利亜《シベリア》鉄道にて帰る事に決しぬ　不日当家にも長子の結婚式ありて来客多くある故　両三日中には出発致す可く早ければ七月下旬晩くも八月上旬には神許し玉わば帰着可致《いたすべく》候　躰を大事に待ち玉え吾妻
健次郎
お愛様

翁は早朝常に祈祷す
翁の手紙見玉いしや　翁は卿が小生の変化につきて如何に思うやを知らんと望めり
帰りて世帯を持つ共卿が半日の通学は是非実行す可きなり
「世界はまだ幼稚なり」吾々もまだ〳〵幼稚なり　勉強して育ち人をも育てたく候
併し夫妻は必ず同棲同居同行す可きもの　欧米漫遊は他日二人してなす可し
お静姉上に宜敷、倉園氏の事は可喜、清韓漫遊も結構也　帰りは小生と前後なるべし

＊　ヤスナヤポリヤナ＝二〇〇一年九月、モスクワとヤースナヤ・ポリャーナを結ぶ直通列車「トルストイ急行」が開通し、当時の駅舎が再現された。

一九一五（大正四）年三月三十一日　府下千歳村粕谷▼▼▼▼お茶の水、順天堂医院

昨日は体を動かした上に、つまらぬものを読んで聞かせたりして、疲労の熱が出はしなかったかと心配して居る。顔だけ見て居ると時々病人と云うことを忘れるから、余計なことまでつい耳目に入れる。

あのはがきを出してから、鰹節かきと隣の孫女の初雛の祝いに五人囃しの人形一箱を買うて、六時に帰宅した。

昨夜も好い月夜で、春の月には少し冴え過ぎる様な月だった。

非常に長い様なまた夢の様な三月も今日で過ぎて、明日はいよ〳〵桜月に入るのだ。別れて居るのはやはりさびしいね。然し一走りすると顔が見られるからまだ好い。京王電車もいよ〳〵今日（三月卅一日）から新宿停車場手前まで開通する。少しでも近くなるのがありがたい。

苦情を云うては御互に罰があたる。入院一ケ月で兎に角今位まで攻め寄せたのは大した成功だ。でなくも春は兎角気分がすぐれないものだ。況んや金箔つきの病人をや。また何かい、

おみやげを持って来る、日をきめると待ちくたびれるから、気が向いたらいつでも来る。
手紙なンか本当にまどろかしい。
三月卅一日正午認　　　　　　　　健
愛どの
鰆は案外うまかった。

赤坂氷川町の勝海舟の邸内の借家での徳冨蘆花と愛子の新婚生活は、兄徳富蘇峰の民友社社員の夫と、水天宮わきの有馬小学校の教師の妻との、共稼ぎのスタートだった。

同じ熊本県人とはいえ、蘆花は活気のある葦北郡水俣で、名のある思想家、ジャーナリスト、実業家、宗教家、教育者の輩出した一族の中の、みそっかす。愛子は菊池郡隈府という地味な伝統的な町の富裕な酒造家に生れ、両親に可愛がられて育ち、東京女高師出身の才媛。二人の環境のちがい、屈折と順調の経歴差が、ずいぶん波瀾のある夫婦生活のみなもととなった。まるで阿蘇山の噴火のような癇癪を爆発させて、ちゃぶ台を引っくりかえしたり、着物を引きさいたり、そんな荒れ狂う悲しみと、愛しさが表裏一体なのが、一通目の手紙である。

愛子の父母がチフスで倒れたので、急いで帰省する愛妻へ、おっかけの手紙だ。愛子がようやく遠路熊本に着いた日、すでに母と兄までが亡くなっていたのだ。父はチフスではなかったらしい。母は死のまぎわに、多忙な蘆花への知らせは遠慮するようにと言いのこした。それでも電報は発信されたので、妻より先に訃報を知っての文面となったのである。

「不如帰」で流行作家になった蘆花は、横浜を出帆し、聖地パレスチナを巡り、若いときから愛読し、その伝記も出したことのある、あこがれのトルストイを訪ねて行った。夢のような五日間、離れに泊めてもらって、いっしょに川へ水泳ぎにいったり、ご馳走になったり、その間のト翁の風貌、対話のようすは、シベリヤ経由で敦賀に上陸して帰国ののち著した『巡礼紀行』にくわしい。

この手紙の終り近くに、「夫妻は必ず同棲同居同行す可きもの欧米漫遊は他日二人してなす可し」とある。これはこの年、愛子が別居を申し出たことへの返事であり、のちに夫妻が世界一周の旅に出たことにつながる。

トルストイの影響から、翌年、千歳村粕谷（世田谷区）に移り、農耕生活をはじめた。雑木林を背に、前には麦畑の広がる四千坪の敷地に、草葺の農家を買い、畑を耕し樹木を植える日々、洋服で肥桶をかつぐ姿を「美的百姓」と自称した。夫妻はたけのこを担い、野茨や白いエゴの花を手土産に、よく東京へ出かけた。甲州街道を徒歩による三里の道である。京王電鉄の土地買収事件もあり、蘆花は都市化の波による自然破壊を警告していた。

三通目は、愛子の入院中のもので、この日、京王電車が開通して、病院へ見舞いに通う蘆花にとって足の便がよくなったことがわかる。三月二日からほぼ四ヶ月の入院中、蘆花は病院へ行った日も行かない日も、ラブレターを書いた。妻からの返信もあり、この二百通以上の往復書簡を、昭和十年上梓したとき、愛子は「子なき夫婦の別離の生活を慰めんとて、恋愛遊戯の文字をとりかわした」と記した。蘆花からは食べもの、花や虫のいろいろ、人間ドキュメントなどの村だより。「まって下さるK様へ　まってまたるゝA」という調子の愛子の手紙も病気にはふれず、「お手紙うれしかってよ、何べんもキスしてよ」、「随分ね」などと、昔の東京の女学生の、「てよ」「だわ」会話ふうで、また詩や歌で夫の気持をそそった。

国木田独歩が綴る

国木田独歩　くにきだ・どっぽ　一八七一（明治四）年、千葉県銚子の生れ。元竜野藩士の父の転勤により少年時代は山口県で過ごす。小説家、詩人。幼名は亀吉のち哲夫、別名に鉄斧生、独歩吟客など。東京専門学校（早大）英語政治科を中退。大分県佐伯での教師生活ののち、徳富蘇峰の民友社に入り、従軍記者となる。『武蔵野』、『独歩集』、『運命』などの短篇集がある。出版事業の失敗と発病で転地をかさねたが、一九〇八（明治四十一）年六月二十三日、肺結核のため茅ヶ崎南湖院で死没、三十七歳。

佐々城信子　ささき・のぶこ　一八七八（明治十一）年、東京の生れ。父は日本橋に開業する脚気専門医の本支、母は婦人運動家の豊寿。本名ノブ。私立海岸女学校のち青山女学院で学ぶ。明治二十八年、国木田独歩と結婚、翌年離婚した。独歩との子を里子に出し、札幌に住む。有島武郎「或る女」のヒロインのモデル。三十四年、渡米のさいの日本郵船の事務長武井勘三郎と同棲、十九年目に瑠璃を産む。大正十四年、栃木県真岡に移住、自宅に日曜学校を開く。一九四九（昭和二十四）年九月二十二日、瑠璃に看取られて、肝臓病と老衰のため他界した、七十一歳。

榎本治子　えのもと・はるこ　一八七九（明治十二）年、東京神田の生れ。小説家。本名は治。麹町富士見小学校卒。明治三十一年、国木田独歩と結婚。夫がおこした出版社、独歩社の経営に苦心する。独歩と死別後は、三越食堂部などで働く。作品に「貞ちゃん」「破産」など。一九六二（昭和三十七）年十二月二十二日死去、八十三歳。

佐々城信子への想い

一八九五（明治二十八）年十月二十二日　麹町区富士見町▼▼▼▼兜町、三浦逸平方

手紙短しとて恨みの数々、皆な余が悪しかりし事ゆえ許し給えよ。恋しさなつかしさいやます今日此ごろの苦しさ。可愛ゆき御身の姿目の先にちらつきてしばしも離れず、雨につけ、夜半の風につけ、忍ばんとすれど忍び難き恋しさいとしさの心、如何にすれば此苦悩の免かる可き。嗚呼わが恋しき乙女よ。命も御身に捧げしぞや。ふたりの愛は海よりも深く、死も恐るゝに足らず、況んや其他をや。つれなしの世の人、まゝにならぬ此世、さればこそ恋しさも可愛さもいやまさる不思議の神の法、恨みもせじ怒りもせじ、たゞふたりの愛のいや増すをうれしく思うにこそ。嗚呼わが恋しき乙女、凡てを余にまかし、如何なる成行をも余の

ために忍べかし。余を信ぜよ。生命を御身の愛に捧げし青年を憐れめ。手紙短く書きしをつれなしとな恨みそ。（中略）

可愛ゆさいやまさる吾が乙女よ。

情を深く思を静かに、心を恋人の上に馳する時の如何に楽しく、悲しく、なつかしく、恋しく候ぞ。御身其時の愛の永遠のおもかげを見給うなり。塩原[*1]の風景今如何。何かにつけて思のまさるは塩原の楽しき夢にこそ。嗚呼吾等は何故に塩原の賤が伏屋には生れざりしぞ。かの自由なる静邃《せいすい》なる幽美なる、虚栄の塵一本落ちず、野心の慾影だになく、千年一日の如く一日千年の如きかの山間の民こそ羨ましけれ。御身と吾れと何故に賤が伏屋の恋人として相逢わざりしぞ。人生の意義如何。人情の奥意は何ぞ。天地何の心ぞ。思い来れば深き〳〵愛のなさけぞ忍ばるゝなり。（中略）

暴力を以てするとも断じて三浦[*2]を去り給う可からず。愈々止むを得ざる切迫の時は来りて吾家に投じ給え。

吾れに凡てを打ちまかし候え。

命を捧げし御身の恋人の腕に身を投げ給え。　草々

十月二十二日朝　　御身の　哲夫

わが　信子様　机下

＊1　塩原＝信子と独歩は、九月、塩原行きを決行した。信子の父が来て二人の仲を承認して帰京、母の激怒をかう。
＊2　三浦＝塩原へ同行した女友だち遠藤斧（よき）の姉の家。家出した信子をかくまった。

榎本治子への想い

一八九七（明治三十）年七月十七日　麹町一番町▸▸▸赤坂区田町

わが心の底には限りなき憂あり、この憂を語りてわれをなぐさむるもの此世に君の外あらず、君を恋うる心いやまして君を思うこと朝夕たゆる時なし、恋しき君よ、君の外にわが慰めの人なくわれの外に君の深き情を知るものなし、君は人目なき野のきり〴〵すを羨めどわれは最早此世あきはてたり。君とすら言葉交わすこと思うまゝならず、世はまことにあじきなくなりぬ。われはきみの言葉守りて酒のまず暮らせど心の苦はいよ〳〵強し。君よ、君は昔の君にあらず。今の君は情高く心清く、とてもわれならでは君のまことの恋人となり得るものなし。このごろの君は実に昔の君にあらず。君よ、必ずあだなる誘に従い玉うな。此世に君ありて猶行末の契永きを思えば、われは勇みて此世に勝たん。君も忍び玉え。必ずわが妻たることを忘れ玉うな。君の夫となり得るもの、今はたゞ此吾のみ。わが妻となり得るもの、今はたゞ君のみ。君よ、深き恋と高き操とに泣き玉え。われ必ず今の君を救うべし。早く逢いたし。ひそかに吾宅に来りてもよし。いかなる場処にてもよし。君の心も同じき様なり。堪え難し〳〵。此まゝにて猶お十日も立たばわれは此胸さけ了るべし、あゝ恋しきつまよ。手紙にても玉われ、然らずんばわれ堪え難し。

十七日　君のつま

わが恋しき妻なる治子様

おりしも日清戦争のさなか、国木田独歩は従軍記者として軍艦千代田に乗りこみ、海戦の模様を「国民新聞」に送稿した。戦後、明治二十八年六月、三田四国町の佐々城邸に、従軍記者たちが晩餐に招かれた。ドクトル本支《もとえ》の温厚な笑顔、弁舌爽やかにもてなす夫人豊寿《とよじゅ》の艶やかな洋服姿、チャーミングな令嬢の歌声に、独歩は心惹かれた。風采のあがらない独歩の帰りしな、十六歳の可憐な信子の、「またいらっしゃいな」が、運命的なひと言となった。

　独歩の日記「欺かざるの記」は、一途だった。「昨朝佐々城信子嬢来宅ありて一時間半計りを一秒時の如くに過ごしぬ……束縛は却て恋愛の助手のみ」、「われ等は恋愛のうちに陥りぬ。……北海道生活の事は互に其の夢想を同くしたり」。遠出のランデブーでは汽車で国分寺へ、人力車で小金井へ。ひとけのない武蔵野の道を腕をくんで歩き、林のなか、新聞紙を敷いて坐り、抱擁し、夢を語りあう。聞えるのは鳥の囀りと小川の水音くらいか。「殆んど終日嬢の家に在りたり。……別れに望んで、庭に送り、裏門の傍に、キッス、口と口と！」と、恋愛はスピードアップしていく。

　塩原への逃避行のあと、彼女との新生活のために北海道へ渡り、独歩は毎日手紙を書いた。室蘭からは、

「嗚呼新故郷！、愛すべき此地。御身と余との墳墓の地！、来れ、来れ、御身速かに来れ」と書き、空知川沿岸に土地選定に出かけた。ところが、信子の母が憤怒のあまり彼女に自殺をすすめたとの情報が入り、信子からはアメリカに行くと書いてきた。それで急いで東京へ帰った。

新宿の中村屋の女主人として有名な相馬黒光の叔母である豊寿は、仙台での若き日は馬上ゆたかに歩む美少年といわれ、男装すがたで上京し、フェリス女学校の前身の英語塾で学んだ。結婚して洋服も西洋料理も上手にできたが、政治演説で知られ、矢島楫子《かじこ》会長の矯風会の書記として活動した。そんな女傑であり、新しい女であっても、やくざ者の新聞記者で、文学者としては無名の独歩を、娘の相手として許すわけにはいかない。強硬に交際を反対した。

独歩は絶望して「ブロークン・ハート」と告げたが、信子の家出によりたちまち闘いを決心した、この手紙はそのあとのものである。恋の讃歌だ。もう絶対に離さないと、かたく烈しく抱きしめるトーンである。障害があればあるほど、男女の決意はゆるぎないものとなる。

一両年間は東京から立ち退くこと、音信と面会を拒絶するという佐々城家の条件で、十一月十一日、独歩の父母の住む小さな家で植村正久の司会、蘇峰の媒酌により、結婚式を挙げた。花嫁衣裳のない、実家からは一人も列席しない、簡素な式であった。

日記に「わが恋愛は遂に勝ちたり。われは遂に信子を得たり」と書いたが、まもなく逗子での新婚生活は、あっけない早さで破綻した。ハイ・ソサエティのお嬢さまには、農家を借りた侘び住まいの、粗食には耐えられなかったのだ。翌年四月十二日、信子は明治女学校にいる従妹の相馬良《りょう》（黒光）のところへ行くと言って出かけ、行方不明となる。独歩は気が狂ったように探索、病院で対面したが、彼女の離婚の意志はかたかった。ここにもまた理想が現実に砕かれた男がいた。日記に自殺、自殺の文字がおどる。やがて信子は女児を産む。浦島病院（のちの藤村夫人静子の父が経営）で出産したので、浦子と命名、独歩に似た赤子は信子の妹として佐々城家に入籍され、彼に知られないように病院から直接、農家に里子に出された。

奔放な信子の親不幸から、両親があいついで早世し、亡母が望んだ縁談の実行のためにシカゴに留学中の森広のもとへ彼女は向かった。が、船の事務長武井と結ばれ、そのまま帰国して同棲した。有島武郎の「或る女」のヒロイン早月葉子である。奇しくも有島の遺児森雅之が俳優となり、彼が演じた船の事務長倉地の、ニヒルな表情もハスキーボイスも、忘れられない。

傷心の独歩は渋谷村に住む。水車、雑木林、大根畑のある渋谷だった。田園生活に癒されて、多くの詩が生れる。田山花袋とともに、食事は豆腐ばかりの日光での半僧生活を送り、処女作「源おじ」を脱稿。「欺かざるの記」の筆をおき、作家独歩が誕生した。

やがて麴町一番町に移ったが、大家は画家の未亡人と六人姉妹と祖母という女世帯だった。二通目は、大家の長女治子への手紙である。結婚前だが、すでに妻と呼びかけている。こんどは独歩は「恋の日記」を書いた。「自分の前に小さな十字架が置てある。紫水晶で作ってある。金具は金らしい。これは昨日治子が送ってくれたのである。治子の手紙にこれを私の心と思て呉れろと書てある」。この十字架は、治子がいちばん大事にしていたものだったが、小説を書くのみで無収入の独歩と長女治子の結婚に、両方の親が反対しているので心細さからのプレゼントだった。また翌年三月には、二人とも初恋ではないのであまり熱しなかったが、彼女がはげしく焦がれるので、「僕も心を動かしてしまった。……自分の侠気がひらひらと起きて、この娘の行末をおれの愛で守ってやろうという気になった」と、前の恋とは違う愛着をおぼえている。

昭和三十七年、治子が立教大大学院生であった川田(本多)浩に語ったことによると、独歩は教養のある、てきぱきした信子とちがい、呑気な治子を教育するつもりになり、森鷗外の『即興詩人』などを、そらで言えるくらい読ませた。翌年結婚し、独歩の両親と弟と原宿に住む。渋谷と同じで原宿も蛙の声が聞えるところなのだ。怒りっぽく、妻をよく殴る新婚生活であった。新聞記者になると、酒と女関係がついてまわった。やがて出版社をおこし、大きな自宅を編集室にして一時の隆盛をみた。が、借金撃退係の楽天的な治子の努力もむなしく、破産した。四十一年、独歩が病死したとき、治子は五人目の子をみごもっていた。

夏目漱石が綴る

夏目漱石　なつめ・そうせき　一八六七（慶応三）年、江戸牛込（新宿区）馬場下横町の名主の家に生まれる。小説家。本名金之助。東大英文科卒。松山中学を経て、熊本の五高に赴任し、英国に留学。帰国後、一高と東大の兼任講師となり、「ホトトギス」に「吾輩は猫である」の連載など。明治四十年、東京朝日新聞社に入社、第一作「虞美人草」から最後の「明暗」まで、「朝日」が発表舞台。ほかに『それから』、『門』、『彼岸過迄』、『行人』、『こゝろ』、『道草』など。一九一六（大正五）年十二月九日、胃潰瘍のため早稲田南町の自宅で死去した、四十九歳。

夏目鏡子　なつめ・きょうこ　一八七七（明治十）年、広島県深安郡（福山市）生れ。父は旧福山藩士、貴族院書記官長・中根重一。戸籍名キヨ。明治二十九年、熊本で漱石と結婚、五女二男を生んだ。述著『漱石の思ひ出』がある。一九六三（昭和三十八）年四月十八日、八十五歳で他界。

夏目鏡子への想い

一九〇一（明治三十四）年二月二十日　ロンドン▼▼▼▼牛込区矢来町、中根方

国を出てから半年許《ばか》りになる　少々厭気になって帰り度《たく》なった　御前の手紙は二本来た許りだ　其後の消息は分らない　多分無事だろうと思って居る　御前でも子供でも死んだら電報位は来るだろうと思って居る　夫《それ》だから便りのないのは左程心配にはならない　然《しか》し甚だ淋い　山川[*1]から端書が来た　先達て是は年始状だ　菅[*2]からも年始の端書をくれた　其外に熊本の野々口と東京の太田と云う書生から年始状が来た　手紙は是丈だ

御前は子供[*3]を産んだろう　子供も御前も丈夫かな　少々そこが心配だから手紙のくるのを待って居るが何とも云ってこない　中根の御父っさん御母さんも忙がしいんだろう

金巡りさえよければ少しは我慢も出来るが外国に居て然も嚢中《のうちゅう》自か〔ら〕銭なしと来てはさすがの某も中々閉口だ　早く満期放免と云う訳になりたい　然し書物丈は折角来たものだから少しは買って帰り度と思う　そうなると猶必逼〔逼迫〕する　然し命に別条はない安心するが善い

段々日が立つと国の事を色々思う　おれの様な不人情なものでも頻《しき》りに御前が恋しい　是

丈は奇特と云って褒めて貰わなければならぬ　夫から筆の事だの中根の御父っさんや御母さんの事だの御梅さんや倫《ひとし》さんの事だの狩野[*4]だの正岡[*5]だの菅だの山川だの親類や友達の事なんかを無暗に考える　其癖あまり手紙はかゝない　先達《せんだって》大坂の鈴木と時さん[*6]へ一本出した　熊本の桜井へも出した　狩野大塚[*7]山川菅へ連名で出した　夫から中根の御母さんへ一本出した　是は此前の郵便で届くか事によると此手紙と一所に届くだろう

　おれの下宿は気に喰わない所もあるが先々《まずまず》辛防《しんぼう》して居るよ　妻君の妹が洗濯や室の掃除抔《など》の世話をする　中々行届いたものだ　シャツや股引《ももひき》の破けたの抔は何にも云わんでもちゃんと直って呉《く》る　御前も少々気をつけるが善い

　湯浅だの俣野、土屋、抔にも逢い度、高知県の書生でよく来た男一寸名前を忘れて仕舞たあの男抔の事も時々考える

　おれの下宿には○○と云うサミュエル商会へ出る人が居る　此人はノンキな男で地獄[*8]の話より外は何にも知らない人だ　此人と時々芝居を見に行く　是は一は修業の為だから敢て贅沢ではない　日本の人は地獄に金を使う人が中々ある　惜い事だ　おれは謹直方正だ　安心するが善い

　西洋は家の立て方から服装から万事窮窟で行〔い〕かぬ　そして室抔は頗《すこぶ》る陰気だ　殊に倫敦〔敦〕は陰気でいけない　昨日も三時頃「ピカーデレー」と云う所を通って居ると突然

太陽が早仕舞をして市中は真暗になった　市中は瓦斯《ガス》と電気で持って居る騒ぎさ
まだ〳〵あるが是から散歩に出なければならぬから是でやめだ
からだが本復したらちっと手紙をよこすがいゝ
二月二十日　　　　　　　　金之助
鏡どの
此手紙は明日の郵便で日本へ行く　郵便日は一週間に一遍しかない

＊1　山川＝英文学者山川信次郎。五高同僚のとき「草枕」「二百十日」の舞台となる小天温泉、阿蘇山へ同行した。
＊2　菅＝ドイツ語学者の菅（すが）虎雄。五高、一高の同僚。
＊3　子供＝この年一月生れの次女恒子。
＊4　狩野＝哲学者狩野亨吉。一高校長、京大学長。
＊5　正岡＝正岡子規。明治二十二年一月以来の親友。
＊6　鈴木と時さん＝建築家鈴木禎次と時子。鏡子の妹夫妻。
＊7　大塚＝大塚保治。東大の美学教授。小説家大塚楠緒子と結婚。
＊8　地獄＝売笑婦、私娼。

松山中学の教師夏目金之助（漱石）は、明治二十八年の冬休みに東京で見合いをした。つましい暮らしの夏目家とちがい、当時の中根家は父母と鏡子の下に五人の子ども、書生と女中が三人ずつと俥夫という大家族が住む、電灯も電話もある豪華な官舎であった。そこへ漱石はひとりで乗りこんだ。鏡子がわでは、彼の見合い写真で修整されていた鼻の頭のアバタを見て、あとで妹と笑い、漱石がわでは、彼女の歯並びが悪いのに、隠そうともせず平気でいるところが気にいったと言うので兄たちが「金ちゃんは変人だよ」と笑った。

翌年五高に赴任した漱石は、熊本の借家でささやかな結婚式を挙げた。新婚早々、「俺は学者で勉強しなければならないのだから、おまえなんかにかまってはいられない」、と夫は妻に宣言した。華やかな生活から、馴れない土地での新妻は戸惑うばかりだった。四年あまりの熊本時代に六回の引越しをし、約千句の俳句を詠んだが、三十二年五月に長女筆子が生れたときの句は、「安々と海鼠《なまこ》の如き子を生めり」だった。

漱石は三十三年九月八日、文部省の第一回給費留学生として、英語研究のためにイギリスへ向かって横浜港を旅立った。十月に着いてロンドン大学の聴講生となり、年末からはシェークスピア学者のクレイグに個人教授を受けた。手紙は三つ目の下宿から東京の実家にいる妻へのもの。旅の途中でしきりに書いていたのは、鏡子の歯並びを気にして、入れ歯にしなさいとか、ハゲないように丸髷や銀杏返しに結わないで洗い髪のままがよいとか、寝坊をするなとか、妻にはあまり有難くなくても、これも夫の愛情表現だろうか。

しかしこの手紙は調子がちがう。国を出てから半年ちかく、そろそろホームシックの兆候か。鏡子は漱石のように筆まめではないし、まして産後だから便りをしない。「甚だ淋い」、「お前が恋しい」と、妻恋いの本音が見える。三日後の高浜虚子へのハガキにも、「もう英国も厭になり候」と前置きして、「吾妹子を夢見る春の夜となりぬ」という珍しい愛妻俳句を書いた。妻や親戚、友だちや教え子の手紙を待つ気持には、金がないことの不安もあり、陽のささないロンドンの陰鬱さに閉口する精神状態による彼の弱気も加担した。

近年公表された鏡子の返信には、「帰り度なったの淋しいの女房の恋しいなぞとは今迄にないめずらしい事と驚いて居ります　しかし私もあなたの事を恋しいと思いつゞけている事はまけないつもりです」とあり、まさに愛の往復書簡となっているではないか。

それにしても昼飯の代りに「ビスケットをカジッテ」下宿に篭城して文学に没頭していた漱石は、女を買う金があれば一冊でも本を買いたいわけで、「おれは謹直

方正だ　安心するが善い」と書いた夫に対しては、「あなたは余程おかしな方ねえ……あなたの事ですものそんな事は無《ない》と安心しています　又あっても何とも思う者ですか……然し私の事をおわすれになってはいやですよ」と、一枚うわ手の返事になっていて、可笑しい。

　この年五月には、鏡子と筆子の写真が届いたので、ストーブの上に飾った漱石に、下宿の人が大変可愛らしいお嬢さんと奥さんだとお世辞を言ったので、「何日本じゃこんなのはお多福の部類……美しいのはもっと沢山あるのさと云ってつまらない処で愛国的気炎を吐いてやった」とからかったり、母のつとめをお説教したり、妻への手紙には本音を出していた。しかし、下宿にとじこもり研究に専念するにつれて、神経衰弱が昂じて、発狂の噂が日本に伝えられた。

　三十五年、気散じに自転車乗りの稽古をしたり、スコットランドの秋の景観を堪能し、十二月五日、ロンドンを出発、翌年一月二十三日、神戸に上陸、帰国した。

「猫」の家となる本郷区駒込千駄木町から山高帽をかぶって一高、東大へ通う漱石先生は、神経衰弱が悪化、鏡子もヒステリー気味で、夫婦に暗雲がただよった。二ヶ月別居してのち、離縁だけは応じないと妻が頑張っているうちに、十一月、三女の栄子が生れた。

森鷗外が綴る

森鷗外　もり・おうがい　一八六二（文久二）年、石見国（島根県）津和野の藩主典医の家に生れた。小説家、戯曲家、評論家、翻訳家。本名は林太郎、別号は鷗外漁史、千朶山房主人、牽舟居士、観潮楼主人ほか多数。東大医学部卒。軍医となりドイツに留学。陸軍軍医総監、帝室博物館長などを歴任。「舞姫」、「即興詩人」、「キタ・セクスアリス」、「妄想」、「雁」、「阿部一族」、「渋江抽斎」など幅広い文学活動をした。一九二二（大正十一）年七月九日、萎縮腎と肺結核のため本郷区千駄木の自宅で、六十歳で他界した。

森志げ　もり・しげ　一八八〇（明治十三）年、東京の生れ。父は大審院判事・荒木博臣。小説家。明治三十五年、鷗外と結婚。平塚らいてうの青鞜社の賛助員となる。姑との葛藤を鷗外が「半日」で小説化し、妻の側から「波瀾」を発表。創作集『あだ花』がある。一九三六（昭和十一）年四月十八日、五十七歳で死去。

森志げへの想い

一九〇四（明治三十七）年四月十七日　広島 ▾▾▾▾ 芝区明舟町

十日の手紙が来たよ。こんどはちゃあんと日づけをしたね。茉莉[*1]のはなしはかわいいよ。あれは詩になるはなしだ。〇おとうさんの進士のはなしは進士《しんじ》という人は実さいはもっと小さい侍《さぶらい》なのが脚本でむやみにえらそうに出来て居るからそれでそうおっしゃったのだろうよ。ほんとうの日蓮[*2]の伝記では進士は夕立か何かの時に日蓮を傘の下に入れてやった縁で信者になるという丈《だけ》だ。〇さや町[*3]から新聞の切抜を沢山送って来たがずいぶんおもいおもいにいろいろな評をしてあるのでおかしいよ。〇戦地からの手紙は月に三本としてあるから千駄木へも芝へもと出してはむつかしいわけだがそれは兵卒に対してきめたようなものだから　こっちとらはやっぱり出したいほど出すよ。併し毎日だの一日おきだのに出してはあんまり乱暴だろうからちっとは遠慮することとしようよ。〇広しまでおれが馬鹿なことでもするだろうというような事がおまえさんの手紙にあったから歌をよんだ。お前さんは歌なんぞは分らせようともおもわない人だからだめだけれど　ついでだから書くよ。

わが跡をふみもとめても来んといふ遠妻《とおづま》あるを誰とかは寐ん

追っかけて来ようというような親切に云ってくれるおまえさんがあるのに外《ほか》のものにかかりあってなるものかという意味なのだよ。歌というものは上手にはなかなかなれないが一寸やるとおもしろいものだよ。何か一つ歌にして書いておこしてごらん。直してやるから。

四月十七日　　　　　　　　　　　　　　　歌よみ

遠妻殿

＊1　茉莉＝明治三十六年一月に生れた長女。のちの作家森茉莉。
＊2　日蓮＝歌舞伎座で上演中の森鷗外作「日蓮聖人辻説法」。志げは実家の父と観劇した。
＊3　さや町＝京橋区南鞘町に住む鷗外の弟の森篤次郎こと劇評家三木竹二。明治四十一年死去。

明治二十三年に長男を生んだ妻登志子を離別したのち、長く独身をつづけた四十歳の森鷗外と二十二歳の美人妻の、楽しい新婚生活は、左遷された九州小倉ではじまった。「好イ年ヲシテ少々美術品ラシキ妻ヲ相迎エ大ニ心配候処　万事存外都合宜シ」いから安心してくれと、友だちの賀古鶴所《かこつるど》へのおのろけ豆の手紙もある。第一師団軍医部長として東京にもどり、文学活動もさらに勢いづいた。

三十七年二月、日露戦争開戦。鷗外は日清戦争のさいも韓国へ、中国へと転戦したが、また出陣のときがきた。これは四月二十一日に宇品を出港する前に出した七通の手紙の一つで、遠妻殿としているが、前便は「やんちゃ殿」「しげちゃん」だ。この手紙は、四日付の「只今手紙が来たが日付がない。手紙には日づけをするものだよ」と、七日付の「広島で遊興をするだろうなどというのは大間違いだ」といったことの続きである。医学と文学両面でおっかない鷗外の、愛する若妻をからかう面貌が彷彿とするではないか。

鷗外の権威ある母と、お嬢様育ちの志げ、姑と嫁の不和はかなりのもので、親思いの夫が妻にも気をつかった。志げは乳児の茉莉をつれて、すでに芝明舟町の実家荒木邸内の家作に身を寄せ、鷗外は二三日ごとに妻子に逢いにいっていた。もともとは母が志げと見合いをし、世の中にこんなに美しい人があるものかと思い、「いかに女嫌いのお前様もいやとは申さるまじ」と、手紙で結婚をけしかけた母だった。小倉から見合いに帰る必要もなしと、当人同士を無視した母に、志げの父が怒って、鷗外は上京した。「舞姫」を愛読していた志げは、恋する主人公の太田豊太郎と原作者がかさなり、一目ぼれであった。とくに低く柔かい響きをもったハスキーボイスに惹かれたらしい。

淋しい別居生活のなかで出征した鷗外は、転々とする戦地から妻にあてて、手紙を書きつづけた。のちに次女の小堀杏奴《あんぬ》によって編まれた『妻への手紙』である。陣中での作品『うた日記』もあるが、この「妻への手紙」に鷗外の人間味を読みたい。子煩悩ぶりも大いに発揮している。「茉莉さんが風を引いたそうだが……夜寝て居る中に冷えぬように気を付けておくれ。きものをうしろまえに着せて寝かすと胸と腹とが冷えないで好いからためして御覧」（七月十九日）とか、現代の若い親にも聞かせたいような、子どもへの接し方を具体的に伝えている（七月三十日）。また、時にはせつないような、妻を恋う本音も出るが、冗談にまぎらしたりする。たとえば、結婚式のとき撮らなかった写真を、あらためて衣裳を着て写し、戦地へ送ったようで、「一寸見れば威があって、よく見れば愛敬があって何ともいい花よめさんだよ」「実は一しょにいるのよりいいかもしれない。写真なら喧嘩をしないから」、また、まもなく終戦だが、あとに残る役があって帰れない場合、「お前さんと茉莉をつれに帰るかもしれないが、その時は来るか、どうだね。そういうと矢張喧嘩がしたいようだねアハハハ」（三十八年六月十三日）などは、今の単身赴任の亭主も同感しそうだ。そして、「机の上に花よめさんがいるので、さびしくはないよ。花よめさんがなかなかくえない顔をしているからおどろくよ」（六月十七日）などと、高島田の髪型、紅地にかきつばたや流水、蛍かごなどを染め出した内掛けの花嫁姿の写真の感想はつづいた。

戦争が終った。鷗外は三十九年一月一日、鉄嶺を発って、七日宇品港に着き、十二日東京に凱旋した。ロシアの将校から得た大犬ジャンをつれて、新橋駅に着いた。出迎えの母以下たくさんの家族や軍の幹部、町会の名士たち、文壇の人々のうしろに、妻の姿が一瞬よぎったが、かすかに目でうなづいただけで、ただちに馬車で宮中へ参内、天皇拝謁ということがあり、次には千駄木の家で祝賀の宴。来客は次から次へとあり夜中になってしまった。

その夜更け、「パッパが帰ってくる」といって眠らない茉莉と待つ身の志げ。鷗外は母の家から芝明舟町まで二里近い道を歩いた。二時を過ぎていた。凍りつく夜道、サーベルの音、長靴《ちょうか》の足音が、「逢いたい、逢いたい」の心せく彼のつぶやきを消しただろうか。

石川啄木が綴る

石川啄木　いしかわ・たくぼく　一八八六（明治十九）年、岩手県日戸村に生れ、翌年渋民村に移る。歌人、詩人。本名は一《はじめ》。盛岡中学を中退。与謝野夫妻の新詩社同人に。盛岡で結婚し、渋民村で代用教員となった。函館、札幌、小樽、釧路を新聞記者として転々したのち、創作に専念するため上京、朝日新聞社に入社、校正係となる。生前は詩集『あこがれ』、歌集『一握の砂』のみ。死後、『悲しき玩具』と、「呼子と口笛」「時代閉塞の現状」など収録の『啄木遺稿』が刊行された。一九一二（明治四十五）年四月十三日、結核のため二十七歳で世を去った。

菅原芳子　すがわら・よしこ　一八八八（明治二十一）年、大分県臼杵の米穀商の一人娘として生れる。歌人。地元の「明星」愛読者の組織「みひかり会」に所属。新詩社の短歌添削の会「金星会」を主宰した啄木を慕い、愛の手紙を交わした。文通は一、二年で終り、明治四十三年、親のすすめる婿養子と結婚した。一九二五（大正十四）年三月二十五日死去、三十三歳。

橘智恵子　たちばな・ちえこ　一八八九（明治二十二）年、札幌郊外に生れた。戸籍名チエ。北海道庁立札幌高女卒。明治三十九年、函館の弥生小学校訓導として赴任、翌年啄木と同僚になる。四十三年五月、空知郡北村の牧場主と結婚。二男五女を生み、一九二二（大正十一）年十一月一日、産褥熱のため三十四歳で死去。

橘智恵子

菅原芳子への想い

一九〇八（明治四十一）年八月二十四日　本郷菊坂町、赤心館▼▼▼▼大分県臼杵

君、なつかしき長きお文は一昨日の夕うれしさ限りなく拝しまいらせ候いぬ、昨日は終日巽《たつみ》の風強く吹きすさみて、机の上にも、積み重ねたる書の上にも、おびただしき塵白く積り候うに物書く気も失せて、夜まで友の室[*1]にそこはかとなき物語りいたし候いし、すぐにも書くべかりしこの文、かくて遂に今日と相成候いぬ、

（中略）われかくも君を恋して、然《しか》も何故に相逢うてこの心を語り能わざるか、かくも恋して、何故に親しく君の手、あたゝかき手をとり、その黒髪の香を吸い、その燃ゆる唇に口づけする能わざるか！　更に、我かくも身も心も火の如く燃えつつ、何故にお身の柔かき玉の肌を抱き、その波うつ胸に頭を埋めて覚むる期もなからん夢に酔うこと能わざるか！　接近を欲するは遂に恋の最大の要求なり、別れたる人誰か逢うを願わざらん。既に相逢いて、君よ、誰か相抱き相擁せむとはせざる。

御身よ、遂に我が心は乱れたるものの如し。かくの如きわが語をみて御身は恐らく我の狂えるにあらずやを疑いたまうなるべし！　御身は、たゞ、我を遠き兄と呼び給う、淡つけき人

なりしものを。

空を仰ぎ給え、月は常に日を追いて走れり、然も長《とこし》えに相逢うことなし。君よ、我ら遂にかの月と日の如くなるべきか、ああ、相見ることすら叶わぬ恋にかくも心を乱る我は、いかに愚かなるものに候うぞ。君既にわが境遇を知り給えり。冷やかなる君は我を憐みたまうなるべし！

御身はこ度の文にて詳しく御身の故郷の美を説き給えり。人誰かおのが故郷を以て地上唯一の楽土となさざらん。故郷を愛する許り清き美しき心はあらざるべし。然もあまりに乱れたる我が心は、御身のあまりに清く美しく、而して静かなること朝の海の如きを見て、何となき不満をさえ催さんとす。

恋とは美しき偽りを語り合うことなりと、我嘗て思いき、美しといえども偽りは偽りなり、我は偽りを憎む。我はこの頃かく感じかく思いかく燃えたるが故に、御身の恐るべきを知りつつ遂にかかる文を書き候いぬ。君よ、何故に一日も早く君の写絵を送り給わざる。逢いたさにたえぬ夜、君と相抱きて一夜なりとも深き深き眠りに入らんとする夜、我その写絵を抱きて一人寝なましものを。

八月廿四日雨の室にて

乱れたる心をもて　啄木

恋しき芳子さんへ

（中略）○明星は来る十月第百号を出して廃刊する事になりました。いろ〳〵事情のある事です。そしてその後、私と平野と吉井[*2]と三人で、別に雑誌を起すことに相談だけはまとまっています。○どうぞ写真一枚下さいな。芳子さん。

＊1　友の室＝下宿を世話してくれた友人・金田一京助の部屋。
＊2　平野と吉井＝平野万里と吉井勇。啄木とともに「明星」同人だったが、この年一月、吉井は北原白秋らと脱退した。「明星」の「満百号紀念終刊号」は、十一月。

橘智恵子への想い

一九一〇（明治四十三）年十二月二十四日　本郷弓町、喜之床 ▼ 札幌

心ならぬ御無沙汰のうちにこの年も暮れんといたし候、雪なくてさびしき都の冬は夢北に飛ぶ夜頃多く候、数日前歌の集[*]一部お送りいたせし筈に候いしが御落手下され候や、否や、そのうちの或るところに収めし二十幾首、君もそれとは心付給いつらん、塵埃の中にさすらう

者のはかなき心なぐさみをあわれとおぼし下され度し、おん身にはその後いかゞお過し遊ばされ候いしぞ　あと七日にて大晦日という日の夜

十二月二十四日　　　　　石川啄木

橘智恵子様

＊　歌の集＝橘智恵子への相聞歌二十二首を収録した処女歌集『一握の砂』。明治四十三年十二月、東雲堂刊。

明治四十年五月、石川啄木の函館時代がはじまった。詩壇の新星として歓迎されたが、実は東京をくいつめた詩人だった。函館の文学青年たちと雑誌「紅苜蓿《ベニマゴヤシ》」（レッド・クローバー）を編集発行し、青柳町の借家に家族を迎え、六月から九月にかけては弥生尋常小学校の代用教員の職を得た。そこにいたのが、「真直ぐに立てる鹿ノ子百合」のような橘智恵子である。札幌郊外の大きなリンゴ園の娘で、女学校を卒業したての教師だ。三ヶ月の同僚生活だったが、啄木は彼女に想いを寄せた。その年の夏休みを利用して「函館日日新聞」の遊軍記者をしたとき、函館は大火に見舞われ、町の三分の二が焼失、小学校も新聞社も焼けた。職員室での二人は、ほとんど接点がなかったが、函館を去る日、啄木は谷地頭《やちがしら》の智恵子を訪ねる。エビ色のカーテンのかかった彼女の部屋で、処女詩集『あこがれ』を渡した。それだけだった。

九月、啄木は札幌の北門新聞社に就職したが、まもなく小樽日報社に移った。札幌大通公園に建っている啄木文学碑を見ると、夭折した人のスパンの短さ、観光価値の高さを思ってしまう。たった二週間の札幌滞在であったのに。翌年一月には、小樽を去って、釧路に単身赴任。二〇〇二年夏、近代文学の学会の研究集

会で、私は釧路へ行った。啄木碑に番号がついた市内マップを見て、びっくり仰天した。なんと二十四基もあるではないか。潮風がかおり海鳥の舞う港にある啄木が七十六日間働いた釧路新聞社の建物をバックに写真を撮りながら、傍らに立つ啄木の銅像を見上げて、私はすごいすごいと囃した。昭和九年に林芙美子が釧路で啄木の愛人小奴に逢ったとき、碑はいくつ建っていたのだろう。

一年たらずの北海道漂泊ののち、三度目の上京に挑戦する啄木は、四月、海路をとって横浜へ上陸した。下宿は本郷菊坂の赤心館、無収入の啄木の苦境を見かねた与謝野寛が助け舟をだした。もともと与謝野晶子の『みだれ髪』に感動した啄木が、盛岡中学校を中退した直後に門を叩いたのが与謝野家だった。それ以来、夫妻はこの文学青年を愛してやまなかった。与えられた仕事は短歌の添削で、そこに登場したのが、筑紫の女流歌人と呼ばれた菅原芳子。彼女から送られた歌稿を、啄木が添削して戻すたびに、筑紫の乙女と啄木の相互のあこがれがエスカレートして、恋文のような手紙が同封された。しかしペーパー・ラブに終り、二人が逢うことはなかった。恋に恋して、君の黒髪の香を吸い、燃ゆる唇に口づけをという啄木に、彼女も空想に燃えて作歌したが、抱いて寝るから写絵（写真）がほしいと書かれて、送ったかどうかはわからない。

一方、智恵子への文通はその後のことになる。啄木の貧窮は相変らずだが、森鷗外の知遇を得て、四十二年一月創刊の「スバル」の発行名義人になる。鷗外邸に集まる詩歌人のなかで、若い啄木の高声が響いた。また、夏目漱石のいる東京朝日新聞の校正係として入社が叶い、ようやく家族を迎えた。翌年十二月、念願の第一歌集『一握の砂』を上梓、その中の「忘れがたき人人」のタイトルのなかに、二十二首の智恵子への相聞歌を収めたのだ。

たとえば、

世の中の明るさのみを吸ふごとき
黒き瞳の
今も目にあり

というような追懐の歌である。函館時代は淡いプラトニック・ラブだったが、流浪の日常に、ふと智恵子を想い、無性に逢いたくなって、夢の中で声を聞いたり、街で似た姿を見て、心おどらせたりした。ローマ字日記（桑原武夫訳）にも「チエコさんのハガキを見ていると、なぜかたまらないほど恋しくなってきた。人の妻にならぬ前に、たった一度でいいから、会いたい！　……あのしとやかな、そして軽やかな、いかにも若い女らしい歩きぶり！　さわやかな声！」と書いていた（明治四十二年四月九日）。

この手紙で、「君もそれとは心付給いつらん」と書いて、『一握の砂』を送ったことを知らせた。どうか読んでください、この歌集には貴女への恋歌をいれたのだから、という想いを秘めた文面である。ところが、すでに五月、智恵子は石狩川のほとり、空知の牧場主と結婚して、札幌にはいなかった。ひたすら思慕した智恵子がお嫁にいったことを知らない啄木の哀しい手紙である。彼女は、「お嫁には来ましたけれど、心はもとのまんまの智恵子ですから」と返事した。

若山牧水が綴る

若山牧水　わかやま・ぼくすい　一八八五（明治十八）年、宮崎県東臼杵郡坪谷村の医家に生れる。歌人。本名は繁。早大英文科卒。『海の声』、『独り歌へる』、『別離』などにより歌壇の花形となり、「創作」を主宰するが、貧窮の生活とワラジ・キャハンの旅をつづける。大正九年、自然をもとめて沼津に転居。北海道から朝鮮各地までの揮毫旅行の無理がたたり、一九二八（昭和三）年九月十七日、急性胃腸炎と肝臓硬変症により、沼津千本松原の自宅で死去した、四十三歳。

石井貞子　いしい・ていこ　一八八三（明治十六）年、栃木県那須郡佐久山町（大田原市）に生れる。小説家。本名テイ。日本女子大国文科を中退。明治四十三年、小説家の三津木春影と結婚。大正四年、夫と子供に死別。作品「鍵」、「蒼ざめた顔」など。一九四五（昭和二十）年二月二十一日死去、六十一歳。

太田喜志子　おおた・きしこ　一八八八（明治二十一）年、長野県東筑摩郡広丘村（塩尻市）の生れ。歌人。広丘農工補習学校女子部卒。広丘小学校に勤め、「女子文壇」などに投稿し花形となる。上京後、牧水を知り明治四十五年、結婚。歌集『無花果』、『白梅集』、『芽ぶき柳』など。牧水没後の「創作」を主宰。一九六八（昭和四十三）年八月十九日、立川市の自宅で老衰のため死去、八十歳。

石井貞子への想い

一九〇九（明治四十二）年三月三日　牛込区若松町▼▼▼▼安房国北条

石井さん、今夜は私は何だか恐しく昂奮していますので、先ずそれを断っておいてこの手紙を書きます、

石井さん、先刻から切《しき》りにあなたのお名前が連呼したく思われます、弱い者は自分のたよりがたく弱り切った時に必ず他に何か頼るものを求めようとするという、現今の私は確かにそうでしょう、然《そ》うに相違ありません、然うでしたらあなたは私のこの連呼の声をきいては下さいませんか、のみならずそれを卑しみ辱しめなさいますか、

斯るときとりわけてあなたのお名前のみが鮮かに私の胸裡に浮ぶというのは、矢張り例の同病相あわれむという平凡極った人情律に従ってのことに相違ありません、同病と申しあげたがために御立腹ならば御免下さい、私の想像に浮んで来るあなたは現今の私さながらのお姿で、まことによるべないたよりない昨日今日をお送りになって居るようにのみ思われますので、自分ぎめに斯《こ》う無遠慮に申上げてしまいました、若し間違っていましたらこの上もない無礼者で、その上にまた無上の馬鹿者となってしまうのです、構わない、暫く私の感情想像

の自由を許して下さい、
石井さん、あなたは曾《か》つて親しく恋の経験にお逢いなすったことがありますか、正直にお訊ね申します、どうか正直にお答えなすって下さい、私はあります、近来の私の歌に折々姿を表しますような極めて下らない恋に狂ったことがありました、然りありました、もうその最後に及んで居るのでございます、恋の最後、何というあさましい悲惨な事実でしょう、あなたはまだこの味いは御存じありますまい、それとも万一御推量でも出来ますならばせめて幾分なりとも目下の私の心情を掬みとって下さいまし、男のこゝろは女にわからず、女のこゝろを男は掬《く》まず、むきく〳〵に寂びしく冷めたくなって行こうとする、あゝこの終り、この別れ、何と言って弔ったらいゝのでしょう、
　石井さん、石井さん、石井さん、
あなたはこのおぼえはありませんか、あったとして下さい、あったとして、
そしたら私は身を投げて相抱いてあなたと共に泣き叫びたい、（中略）
出来得れば私はあなたに恋したい、あらゆるこの胸中の不安苦悶を悉くあなたのお胸に投げ入れて、私自身をも投げ入れて、そして静かに永《とこ》しえに死んで行ってしまいたい、
御立腹ですか、御立腹でも構いません、私は斯う言ってしまっただけでも既に非常な安慰を得ています、御立腹を受けて追放せらるれば従順に追放せられます、行くところまで行かし

めよ、どうせ迷ってる者ですもの、

不思議ではありませんか、丁度またおたよりが参りましたよ、「かもめ」の歌のおたより、私は再三接吻致しました、お許し下さいまし、（中略）

お写真を一枚是非下さい、いつぞやのそれ横向きのがありましたでしょう、あれを是非、あればかりは誠に私の眼さきにちらついて離れません、異性の人には云々とおっしゃったそうですね、それならあなたが男になっていただくか、私が女になればわけはありますまい、そんな馬鹿な話は止しにして、とにかく一個の生命が、一個の生命に贈るのだと思って思い切って送って下さいまし、これればかりは折入ってお願い申します、男も女もあったものですか、あなたも案外くだらぬことに気をおつかいになりますのね、それ御らんなさい、矢張り若い女のかたでしょう、ほんとうですよ、ようござんすか、おたのみ申しました、

送ろう〳〵で送りませんでした、例の「海の声」* これも思い切ってお送り申しましょう、くだらないこと夥しいものとして御らん下さいまし、

先日から思っていました、その本を小包からお送りする時に、あの蜜柑を入れて頂いた糸の組んだ袋、あれをも入れてお返しするべきだが、何だか手許を離してお返ししたくないから、

あれは知らぬふりをしてこちらに止めておきますよ、い丶でしょう、
寂しい〱、無茶苦茶にいやです、すぐにも海に行きたいのですけれど、行くことも出来ず、
毎日ぼんやりしています、
眼をとじて海をおもい渚を思い松を思いあなたを思う、まことにたえがたくなつかしく恋しい、恋人でもい丶、姉さまでもい丶、とにかくそんなものになって下さい、真面目でおねがいします、

安房の国海のほとりの松かげに病みたまふぞとけふも思ひぬ

もう古い歌です、
かもめどりのお歌はまことに素敵です、言いしらぬ静かさが全身を包みます、歌の底にあなたがよく見えます、だからあなたに逢ったような気がします、
もう筆を擱《お》きましょう、まことに失礼なことのみ書きました、どうぞ許して下さい、戯談などでいうのでなく真剣で言ってるのです、

さようなら、さようなら、

三月三日夜
繁

石井てい様

おたけさんが風邪を引いたのですってね、まだわるいのですか、なくなったら飴をこちらからお送りしましょうか、

＊「海の声」＝明治四十一年七月、生命社（自分の下宿）刊。自費出版歌集。

太田喜志子への想い

一九一二（明治四十五）年四月二十七日 小石川区大塚町、郡山方▼▼▼信濃国広丘村

四月二十七日午後　　牧水

我が　きし子様

ひとに見られぬ様、驚かないで、見て下さい。読んだら、葉書でもいいから、返事下さい。

昨日、夜、印刷所のかえりに、寄れという電話がかかっていたので、太田氏を訪ねました。そして、どうするつもりかとのことでした。僕から両親の方に申込もうかということでしたから、それは暫く待って下さい、実は私はいま公然と結婚することを好みませんからと一先ず断って来ました。私は目下の色々の境遇から、あなたと唯った二人きりで、日蔭者の生活

を送り度いと望んで居るのです。必要上、でもあるのですが、またそれが目下の私の好みでもあるのです、で、ただ何とはなしにあなたにこちらに来て貰って、誰にも黙って一緒になって、寂しい、そして充実した生を営み度いと思うのです。無論、大分公然となった今日だから、出ると言ってもとてもすなおにあなたを出してよこすことをばあなたの家でしますまい。その時は、それをけっく幸いにして、破壊的行動をあなたに執っていただき度いのです。

あなたをせんどうするのでは決してありません。それがいま我等の執らねばならぬ唯一のみちであるからです。いやに、異様な言をなすようですが、私は寧ろあなたの背後に、あなたに関係した一切の者の存在することを厭います。無論、これは嫉妬の心持も、よほど含まれているでしょう、(言っておきますが、私は非常に嫉妬深い性です、)ですが、単にそれのみでも無い、私共二人の生を強固にし、濃密にする一方法であると思うのです。直接に言えば、親をお棄てなさい、兄弟をお棄てなさい、唯ったひとりのあなたとおなりなさい、と斯ういうのです。

承諾しますか、私はもうあなたに猶予を与えません。

あなたにその決心がつけば、徐ろにそれを遂行する手段を執っていただきたいのです。無論、強いても事を荒らだてる必要はありませんけれど、何れにせよ、挙上の私の心持をば申上げておく必要があると思いましたので、この手紙を書きました。

勿論、私は全然孤独です。（中略）

いいじァないか、間違えばふたりで死ぬきりだ、眼の前に起きた事は眼の前だけで、かたをつけて行けば、それでいいじァないか、ああだ斯うだと、とても末の末まで考えのつく筈はない。

きしさん、あなたは「死」は嫌い！

ね、きしさん、私はいつのまにか、すっかり熱し切っている、さぞ可笑しく見えるでしょう、自身でも、いやだ！　このままで行ったら、どんなに、あなたを酷《いじ》めるか知れませんよ、それを思うと、何だか、涙が流れます、けれども、きしさん、もう逃がさない、あなたは私の前に極めて従順に横《よこた》わらねばなりませぬ。あなたを殺すか、私が死ぬか、問題はそこまで拡って行くかも知れませぬ、要するに、恋は悲惨だ。い丶え、あいてを私に選んだあなたが悲惨だ、私はあなたを悼む。

きしさん、空しく言うのをばよして、きしさん、ほんとに早く出て来ないか、それは一月や二月のしんぼうの出来ないことはないけれど、来た方がよくはない？　僕自身の犠牲にお前をした様でもわるいけれど、出て来れば出て来たで何とか法がつきはしまいか、ああ斯うときちんと予算をたててやる様なことは、我等が中には所詮出来ないのだから、却って事実上にもいい効果があるかも知れぬ。

とにかく、あまり子供らしい事もしたくないから、眼の前のかただけ、あらましつけておいて、決行した方がよくはないかね、そちらの事情が一向わからぬから何とも強いられないけれど、僕はそう思う。

ほんとに、どうします。出ない方がいいと思ったら、それでもよろしい、逢いたいから、いろ〳〵のことをいうのです、可笑しいやら悲しいやら。

「晶玉のかなしみ」――と言った様な我等が恋でありたい、我等が一生でありたい、夫婦（いやな言葉じァないか！）というものを、あんなごみだらけのざらざらしたものであらしめたくない。そして、結晶して、玉のようなものであり了《おお》せ度い。それを汚す時、我等は我等が生命を自ら擲ち度い！

そして真実私は、これは空想で無いと信ずる。

きしさん。あなたはどう思う。

恋を生命としようではないか、というと、一時流行った小説を思い起すかも知れない。けれども、事実の上に、そうしようではないか。何も、世間並みで終らねばならぬという規則を負うては生れなかった。飯を喰わない様な、清い、かなしい生活がいとなまれぬという法もあるまい。私はいまそれについていろ〳〵と具体的の方法を考えている。逢ったら相談しましょう。いろ〳〵ある。

——斯ういうことは、然し、文字で書いてはだめです、意味をなしませぬ。

早稲田大学を卒業する前年春、若山牧水は初恋の人園田小枝子と出会った。冬休みには小枝子と房総半島の南端、白浜町根本海岸の漁村で年越し、ここでふたりは結ばれた。そして数多くの激しい恋歌が生れた。たとえば、「女ありき、われと共に安房の渚に渡りぬ。われその傍らにありて夜も昼も絶えず歌ふ」の中の一首、

ああ接吻《くちづけ》海そのままに日は行かず
鳥翔《ま》ひながら死せ果てよいま

地方出の純朴な学生は、澄んだ大きな目の憂わしげな美女を、歌のなかで「わが妻」と呼んだ。しかし牧水は小枝子に結婚を断られる。実は年上の小枝子には、夫も子もいたのだ。複雑な彼女の経歴を知らない牧水は、恋の未練に苦悶しながら新年を迎え、一月二十七日から二月十一日まで、布良《めら》海岸へ行き、小枝子と愛しあったあの根本海岸と地つづきの浜辺をさまよい歩いた。

布良への途中、北条（館山）に療養中の石井貞子を訪ねた。窪田空穂門で歌を作る貞子は、日本女子大国文科を肺結核のため中退した美しい女性であった。この時二十七歳、牧水は二十五歳。海辺の松林のなかの家で、華やかだが言葉少ない貞子を前にして、初対面の牧水はひとりで話しこみ、時を忘れた。彼女の机の上には白梅の花が挿してあった。

この手紙で牧水は彼女に写真をねだり、「恋人でもいゝ、姉さまでもいゝ、とにかくそんなものになって下さい」と書いているが、なお小枝子を愛しつづけて悶々とするからこそ、小枝子にはない聡明な貞子に甘えたのだ。甘えによって恋の対象を強引にチェンジし、思慕の情をつのらせて、ほぼ一年間、感傷的な手紙を貞子に向かって書きつづけた。しかしまもなく彼女は牧水の早稲田の友人で小説家の三津木春影と結婚して

しまった。翌年一月四日の手紙には、三津木と貞子とのことを「もう夙《と》っくに知っていました……ひどく私の心を震動さしていました」といい、お祝いの贈り物として、貞子のことを詠んだ歌がたくさん入っている、数日前にできたばかりの歌集『独り歌へる』をあげると書いている。これで貞子へのフィクショナルな恋は終った。

四十三年三月に創刊した「創作」も、四月に出版した『別離』も成功し、牧水の歌は全国的に愛唱される。この名声ゆえに疲れ果て、放浪の旅に出た。信州小諸で独り歌ったのが、

白玉の歯にしみとほる秋の夜の
　酒はしづかに飲むべかりけれ

旧家に生れた太田喜志子は、村の母校（校長は歌人の島木赤彦）で裁縫教師をしながら雑誌「女子文壇」などに投稿していたが、上京して文学の道にすすむ希望をもっていた。庄屋であった太田家も、この時代には娘を上京させる余裕はなかった。しかし望みはつのり、明治四十四年六月、同じ村の出身で歌人の太田水穂をたよった。七月、喜志子が女中代りの手伝いをしていた水穂の家に、よれよれの浴衣を着た青年歌人が現れた。牧水と喜志子の邂逅であった。背が低く、浅黒い顔に見えたが、青年の眼は澄んでいた。

十月、喜志子は自活して文学勉強をしようと、内藤新宿の酒店の二階に下宿して、新宿遊郭の遊女の着物を仕立てるアルバイトをした。翌年三月、信州の旅に出た牧水は、四月二日、帰省中の喜志子と会い、桔梗が原を歩きながらプロポーズした。その夜、上諏訪の宿で、喜志子に、「一本か二本で済ましとくつもりであった酒をツイ五本飲みました（叱り給うな、今日は実際飲まざるを得ず）。突然驚かしたことのお詫び状。ご承諾下すったことを深く感謝」と興奮して書いた。

その後の牧水は忙しかった。雑誌「自然」の創刊準備に追われる中で、十二日の手紙には「太田氏に一切を打明けました。彼も非常に喜んで、早速五月に式をあげたらどうだネ親元には僕から言ってやる。そして最初の世帯道具くらいは僕のうちから寄付するサという様な景気でした」と書いている。その翌日が石川啄木の死んだ日で、友人としてただ一人臨終に立ち会い、牧水は走りまわった。医者へ、電報局へ、役所へ、警

察へ、葬儀社へ。

プロポーズにはよい感触を得ても、実現は難航するにきまっている。牧水はあせって、喜志子の上京をしきりにうながしたのがこの手紙で、「せんどう」はしないと書きながら、まさに煽動そのものだ。「親をお棄てなさい、兄弟をお棄てなさい」と激烈な言葉が並ぶ。「わがいとしきをとめよ／われ涙もておん身を愛す」ではじまる長詩を同封した。

自らも詩魂に燃える喜志子は、彼の手紙に動かされ、五月五日、着のみ着のままで故郷を出てきた。新婚生活は彼女の酒屋の二階の部屋に彼が転がりこむかたちで、その日のうちに始まった。彼は金策に飛びまわり、彼女はふたたび遊女の着物を縫う新婚生活。この年、牧水の父が死に、翌年、長男旅人が生れた。

四人の子の良き父でもあった牧水は、昭和三年、酒のために死んだ。牧水の歌を、旅を、酒をも、喜志子は理解しつづけた。死の一ヶ月前にも一升酒を飲んでいた彼は、「盗み飲まるることを知りつつわが妻の　酒の樽をばかくすとはせぬ」と、有難い妻を歌ったのである。

永井荷風が綴る

永井荷風　ながい・かふう　一八七九（明治十二）年、東京小石川区金富町に生れる。父は漢詩人で官途退官後、日本郵船の上海、横浜支店長。小説家。本名は壮吉、号は断腸亭主人など。東京外語清語科を中退。アメリカ遊学、のちフランスに渡る。明治四十一年帰国後の『あめりか物語』以来、反自然主義、耽美派の作品を発表。四十三年から大正五年まで慶応義塾仏文科教授。九年、麻布市兵衛町に偏奇館を建て居住。『地獄の花』、『すみだ川』『冷笑』、『腕くらべ』、『おかめ笹』、『濹東綺譚』など。昭和二十年、岡山へ疎開。戦後、市川市菅野の大島五叟方に寄寓、戦中執筆した「浮沈」、「勲章」、「踊子」などが世に迎えられ、大正六年からの日記「断腸亭日乗」の公表が注目された。文化勲章受章、芸術院会員。一九五九（昭和三十四）年四月三十日、胃潰瘍の吐血のための心臓マヒにより、市川市八幡の自宅で急死した、七十九歳。

内田八重　うちだ・やえ　一八八〇（明治十三）年、新潟の生れ。日本舞踊家。本名ヤイ、女優名は市川静枝、芸妓名は巴家八重次、舞踊家名の最初は藤間静枝。大正三年、永井荷風と結婚、翌年離婚。大正六年藤蔭会を組織し新舞踊の先駆者に。昭和三年、渡欧。六年、藤間姓を返上して藤蔭と改姓、のち静枝を静樹と改名。国民文芸会賞、文化功労者。一九六六（昭和四十一）年一月二日逝去、八十五歳。

内田八重への想い

一九一〇（明治四十三）年十二月二十八日　牛込区大久保余丁町▼▼▼▼新橋、巴家

おわかれ致してより何となく心さむしく只今やるせなき思にて夕日の庭に対し居候　何もかもお心やすだてよりの御無礼とおゆるし下されたく、いつまでも御心変りなきよう　其れのみ神かけて念居候　今年の休み中には是非「義経腰越の別れ」という脚本作りたく存居候が何分にも頭わるくいかゞと存候　あなたと何処《いずこ》なり一日半日にてもよろしく静な海のほとりに静養致度くと　できぬ事を夢見居り候　しばしの間のおわかれも全く心にかゝりいろ〳〵の事案じられ候まゝ、このはがき差出し候。

壮吉より

一九一五（大正四）年二月二十四日　牛込区大久保余丁町▼▼▼▼四谷荒木町

一筆《ひとふで》申入候　さて〳〵この度は思いもかけぬ事にて何事も只一朝にして水の泡と相成申候
一時の短慮二人が身にとり一生の不幸と相成候　今更未練がましきことは友達の手前一家の

手前浮世の義理の是非もなし　たゞ涙を呑むより外致方無御座《いたしかたござなく》候　酒井君より三升《みしょう》人形御所望の由聞及び候につけても　そなたが御心中　云わぬはいうにまさる程の事　私の胸にはしみ〴〵感ぜられ申候　何とぞ末長うこの人形の世話なし被下度《くだされたく》御願申候　扨《さて》私はそなた去りたる後は今更母方へも戻りにくゝ候間　これより先一生は男の一人世帯張り通すより外致方なく朝夕の不自由今は只途方に暮れ居り候　お前さまは定めし舞扇一本にて再びはれ〴〵しく世に出る御覚悟と存候　かげながら御成功の程神かけていのり居候　かえす〴〵この度の事残念至極にてお互に一生の大災難とあきらめるより詮方なく　私の胸の中《うち》もとくとお咄《はな》し致度存候えども　一度友達を仲に入れ候上は表立って如何とも致がたく　いずれこゝの処しばらく月日をへだて候わば再びお目にかゝりしみ〴〵お咄し致す折もあるべきかとそれのみ楽しみに致候

　このことそなたもよく〳〵お考え被下度　先《まず》は未練らしく一筆申残候　早々。

　二月二十四日夜半　　壮吉より

お八重どの

フランス帰りの永井荷風は、帰朝の翌月の『あめりか物語』刊行を皮切りに、めざましい文学活動が注目された。明治四十三年には、森鷗外の推薦で慶応義塾大学文学部に迎えられ、「三田文学」を創刊主宰した。与謝野寛・晶子夫妻の新詩社にいた少年詩人佐藤春夫と堀口大学は、荷風先生の講義を聴きたいために慶応を受験したという。

フランス文学を講義する永井教授は、一方では江戸趣味から花柳界好きの粋人で、前年から新橋の新翁家の富松と馴染み、互いに命という字を腕に彫ったという。が、この年十月、同じ新橋の巴家八重次を知ると、たちまち二人の恋情は燃えた。

新潟生れの内田八重は、五歳で妓楼の養女となって修業をし、新潟三美人の一人となり、知識人に人気のある踊りのうまい売れっ妓であった。坂口安吾の父も贔屓客だったという。やがて東京へ家出して、女役者の市川粂八《くめはち》に弟子入り、明治三十六年の川上音二郎・貞奴一座の「オセロ」が初舞台だった。しかし、小柄な彼女は芝居より舞踊で身を立てようと思いなおして、藤間静枝として稽古にはげんだ。そして生活のために、花柳界で踊りの師匠と芸者の道をえらんだ。歌人佐佐木信綱の門下の文学芸者でもあった。手紙には、「やるせなき思」いを吐露し、「いつまでもお心変りなきよう」と、せつなく迫る。雑誌には二人のゴシップ記事も載った。

荷風は八重次との交情を深めながら、大正元年九月、親孝行のためだからと彼女に因果をふくめて、湯島の材木商の娘と見合い結婚をした。荷風の重しであった漢詩人で明治のエリート官僚であった父が、二年の正月に亡くなると、二月には新妻を離縁してしまい、三年八月、親友の市川左団次夫妻の媒酌で、浅草の八百善にて、八重次との結婚式を挙げた。

ところが、二通目の時点では、翌年二月十日、妻が家出して、そのまま離婚という事態である。荷風の浮気の虫がまた動きだし、古風な姑のそばで大人しく夫の帰りを待つ八重ではなかったのだ。荷風にとって未練たっぷりの手紙だが、「舞扇一本」での成功をかげながら祈ると書いたとおり、八重は、新舞踊運動の先駆者になった。荷風が涙をのんで予言した彼女の「成功」は当たった。活躍ぶりが目覚ましければ出る杭は打たれる。昭和六年、藤間流からの抗議をうけて、姓を返上、藤蔭となった。三十二年、宗家藤蔭静樹を名のった。

静樹は荷風没後の「婦人公論」に、二人の出会いと結婚生活と別れのいきさつを書いている。新橋の芸妓のとき、カフェー・プランタンで小山内薫に良家のお坊ちゃんらしい荷風を紹介されて以来、そのカフェーを逢引きの場所としたこと、「交情蜜の如し」のウワサが広まったこと。そんなある日突然、「ぼく結婚するよ」というので、嫉妬に怒り悲しんでいると、また突然、「奥さん出て行ったよ」と、八重次の格子戸をたたかれて唖然としたこと。新居は大久保の余丁町の広大なお屋敷内、母と弟は別棟だったが、家具調度や和漢の書物の多い旧家での、朝晩の拭き掃除など、精一杯よき妻になろうとしたこと。しかし、荷風は食べ物にやかましく、おみおつけの匂いがきらいだといって女中部屋を他へ移したり、おしゃれで、身だしなみについても気むずかしい。で、生活に妥協の限界がきて、家出したこと。ほんとは、酒を飲まない彼と飲みすけの彼女（若いときから女酒仙のあだ名があった）、彼の浮気心と彼女の嫉妬心、これが家出の原因らしいこともわかる。

別れのとき、「もう二度と結婚はしないよ」「私も一生独身を通します」と誓ったという。手紙の中にも「これより先一生は男の一人世帯張り通す」とあるとおりだ。二人は大正九年ごろに、焼けぼっくいに火がついたこともあったが、やはり荷風は彼女との約束通り、死ぬまで家庭生活を送ることはなかった。むろん女出入りの数は多かったけれども。それはまた彼女のほうも同様に言えることだった。

竹久夢二が綴る

竹久夢二　たけひさ・ゆめじ　一八八四（明治十七）年、岡山県邑久《おく》の生れ。画家、詩人。本名は茂次郎《もじろう》。早稲田実業専攻科を中退。在学中から「平民新聞」や社会主義の諸雑誌に諷刺画の筆を揮った。『花の巻』『野に山に』などの画集、『どんたく』『山へよする』などの画文集多数のほか、本の装幀、楽譜やポスターなどのデザインの仕事も大きかった。昭和六年から外遊したが、外地での個展の不成功で失意と病を得て帰国。一九三四（昭和九）年九月一日、富士見高原療養所で肺結核のため他界した、四十九歳。

竹久たまき　たけひさ・たまき　一八八二（明治十五）年、金沢の生れ。旧姓は岸、本名は他万喜、夢二がつけた愛称は環。金沢高女卒。明治四十年、夢二と再婚、四十二年離婚、翌年、同居する。大正三年、夢二デザインの小間物店「港屋」を開店した。夢二と離別ののちは、婦人矯風会、東京婦人ホームなどで働き、青年との再々婚、離婚を経て一九四五（昭和二十）年七月九日、初婚のときの長女の家（富山県）で、脳溢血のため急死、六十四歳。

おしま（長谷川賢子　はせがわ・かたこ）一八九〇（明治二十三）年、北海道松前郡福山町に生れ、姉シマ（成田山女学校教師）の勤務地成田に住む。本名カタ。明治四十三年、避暑地の銚子海鹿島で夢二と出会い、「おしま」と愛称されて、「宵待草」のモデルとなる。四十五年、作曲家須川政太郎と結婚した。

笠井彦乃　かさい・ひこの　一八九六（明治二十九）年、東京日本橋区本銀町の紙商の家に生れる。本名ヒコノ。女子美術学校卒。京都で夢二と同居したが、一九二〇（大正九）年一月十六日、御茶の水の順天堂医院で肺結核のため死去した、二十四歳。

お葉《よう》（佐々木カ子ヨ　ささき・かねよ）一九〇四（明治三十七）年、秋田県河辺郡境田の生れ。母と上京、モデル業は十二歳の大正五年、責め絵の伊藤晴雨から十五年の藤島武二「芳蕙《ほうけい》」まで。竹久夢二に「お葉」と名づけられ、「黒船屋」など多数のモデルとなり、渋谷宇田川町で同棲。別離後、一度結婚、離婚を経て、夢二の終焉の場所となる高原療養所に入院し、若い医師と再婚した。一九八〇（昭和五十五）年十月、富士市で死去、七十六歳。

山田順子　やまだ・じゅんこ　一九〇一（明治三十四）年、秋田県由利郡本荘町の廻船問屋の生れ。小説家。本名順《ゆき》（夢二の手紙では雪子）。弁護士と結婚して小樽に住んだが、上京して竹久夢二、徳田秋声、勝本清一郎と同棲し、話題の女性となる。秋声の「仮装人物」などのモデルとなる。著書『流るゝまゝに』、『女弟子』など。晩年は鎌倉で観音経の布教をしていたが、一九六一（昭和三十六）年八月二十七日、肝臓癌のため死去、六十歳。

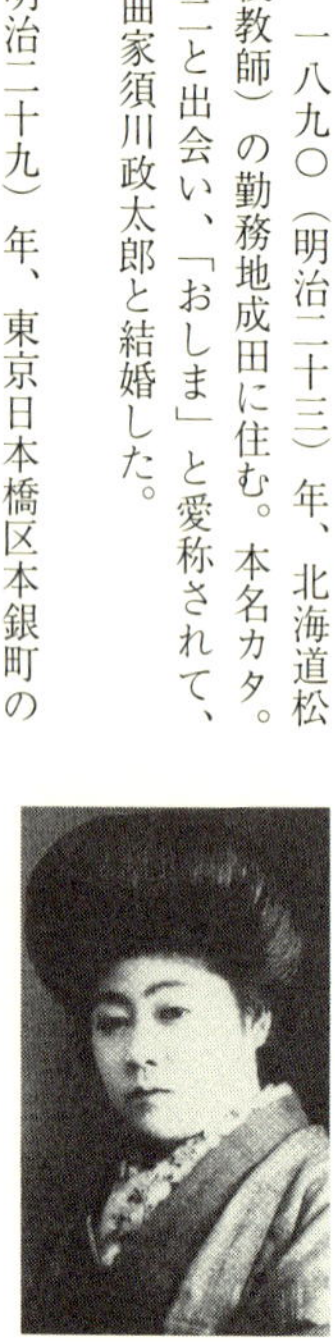
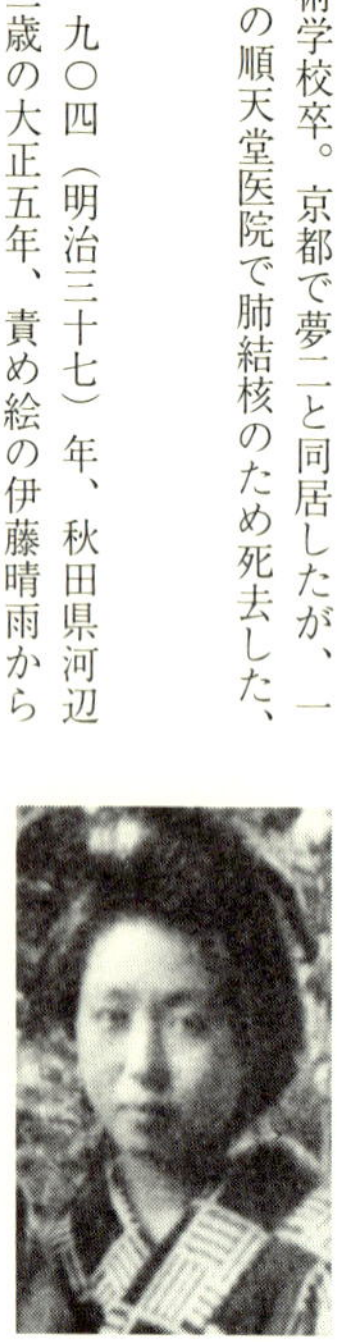
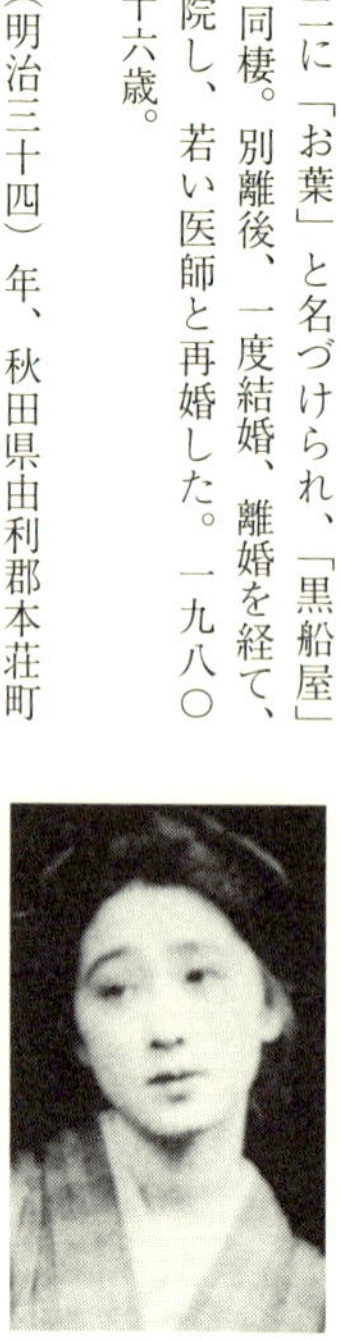
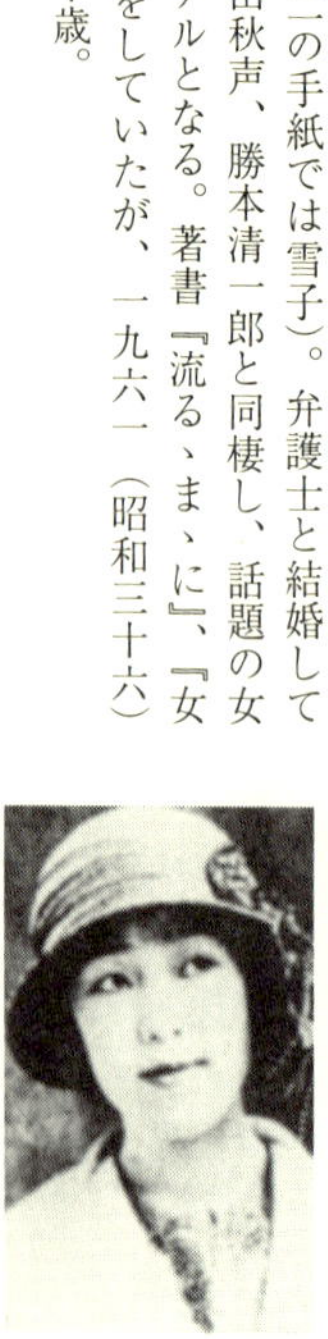

竹久たまきへの想い

一九一〇（明治四十三）年五月十八日　車中▼▼▼▼東京麹町山元町

五月十八日夜　午后九時二十五分金沢発汽車中ニテ
汽車の中でこれを書いている。僕はもう金沢をたった、あゝなつかしい金沢よ。御身の手紙をいま、よんでいる、
まあちゃんは知っているか、明日はハレー彗星が地球に近づく日だ、ことによれば何か起らねばよいがと心配でたまらない、それがため京都行は急にやめて新橋行の切符を買った。米原でのりかえずにすぐ新橋へゆきたいとおもうている、然し、京都の人々にも逢わねばすまぬ義理がある、私情のために昔の人は決して義理をわすれなかった、あゝ、京都へゆかねばならぬか、涙が出る。あゝ神よ、今宵の次に来るべき日は地球と彗星が衝突するとも、別れてある二人のために幸あらしめたまえ、私は恋人に逢いにゆくことのかわりに京都へゆくのですが、どうぞそれが神のお思召であるならば私共が星と衝突して死することなくまたの日に新橋で逢うて手をとることの出来ますように、恵ませたまえ。
あゝ、涙が出る。

然し二人は今をかぎりにもう逢えなくなるとはおもえない、やはり逢えるとおもう、汽車は走っている、御身に逢うべく走っている、

おしまへの想い

一九一一（明治四十四）年一月四日　東京▶▶▶▶千葉県成田

醒めながら私はこんな夢を見ていた。

書いたとて書いたとて、この夢のような甘い悲しさが書きつくせるものではない。よし書いたとて、誰に見せるのだろう、髪ながく瞳涼しき人は、私の眼のまえにいない限りは私のものではない。いつかは知らぬ人の手に嫁ぎゆくのではないか、彼女は実にその日を四日五日とまっているのではないか、

醒めよ、覚めよ、空想よりさめよ。そうして海外へゆけ！　海外へひとりゆけ！　と裏切りしたる心が叫ぶ。けれど、あの岡のうえにはじめて見し時より、何となく、日は一日と忘れがたく何物かに引かれゆくは何故ぞ、

恋か、恋かもしれない。けれどこんな期〔機〕会にこんな人に逢ったことは今までに幾度

あったかしれぬではないか。

なさけか。浅い日の間に彼女に私は何を言たろう、また彼女から何を聞いたろう。

そうだ彼女は一度だって自分からものを言ったことはなかった。

然しながら彼女の言わざる言葉は私には一種の神秘だった。

イヤともかくも理窟はなしに私は彼女を心から思っているようだ。然し彼女を自分のものにしようとは思っていない、何故なれば彼女と共にあることは彼女のために幸福な方法ではないかもしれぬということが考えられるゆえに。

だから、私は、彼女の家庭が望んでいることを彼女も共に望んで、心たのしく嫁ぎゆくことを心からよろこびたい、とそう思っている。

けれど私の他の我儘な心は、彼女と別る、ことを決して好まない。一日も長く、一刻もより長く、おなし空気のうちに、おなし松の木に凭っていたいと叫んでいる。

然しこの絶叫を彼女にきかせることは彼女の幸福ではないかもしれぬ。同時に私の幸福でないかもしれぬ。けれどその幸福は共に未来に属すべきものだ、未来のために今日を犠牲にするのは僕の趣味にもとるものだ、
イヤ、千万の理論は何の心慰めにもならぬ。

逢いたい　逢いたい。

千九百十一年一月四日　夜一時三十分

笠井彦乃への想い

一九一七（大正六）年四月二十二日　京都 ▼▼▼▼ 日本橋本銀町

手紙二通とも拝見。情義をつくした文面、いじらしくもたのもしくもおもわれて、よんでしまってから煙草をのむ咽喉のふさがるのを覚えた。おとなしくその日のくるのを待って居よう。七日といっても玉葉[*1]の帰ってくるのは月半になるとおもわれる、それだっておとなしく待って居ります。ほんとう言えば玉さんだって女だからお祭しはないが男というものは――いや此頃のこのもどかしい私のだゞっ児は、女の肌に遠い性的不安と、またそのために何も出来ない怠慢から来る創作慾の混乱と滞渋に原因していることは誰れも知って呉れない。また言えもしない。だからその心持を単純に言いあらわすと「生活に欠陥がある、やまに逢いたい、やまと寝たい、いつまでも〳〵、そして輝くように起き出て、ほのかななつかしい氷った涙のような製作をしたい。」

それで、「たゞもう早くきてほしい、何が何でも逢いたい」となるのだった。

言いわけのつもりでこんなことを書いたら、また、早く逢いたいと書きたくなった。

やま御免ね。

一番賢い方法は、いまのところやまが一番よく知っているんだから安心して（内心悄然としてだが）待っているよ。時たま外へ出るといろんな女が目につく――女というよりはキモノがすぐに目につく。そして帯の色やキモノの柄は職業的に批評的に見る心持と　も一つにはやまにはあんなのが好いかこんなのもきせたいというところに　おかまいなしに随分空想はぜいたくで　僕の考えているような色彩と地質と図按とを持ったキモノや持物をこさえたらおそらく日本で誰も及ばないすばらしい高貴なものだなと考えて　意気こう然として帰って来る。今日は米国から帰った友人と堀内[*2]と三人で祇園を歩いてたら紫と青磁と白との大きな滝じまの羽織をきて素足で歌舞練場へゆく舞子を見た。

きせたくもあるし、また、芸術家としてのやまに見せてやりたくもある。

まあ〳〵うつくしいことやうれしいことは来月のことにしようね。

今日は、うちの女中（これは堀内にいたのがきてくれたのだ）をお花見のかわりに京極の人形芝居へつれていってやるつもり、いま、ちこのキモノのあげをしている。

僕も今日はやすいお花見だ。そうときまれば歯をくいしばってまっているよ。

五月の二十二日が恰度《ちょうど》恋の三年期だね。

ナイル川にさくというロータスという花が雌蘂に逢うために自分の茎をきって逢うとすぐ死ぬように二十二日に逢うたら死ぬほどしっぽりねようね。翌日の朝日が二人の輝しい顔をてらす時を信じている。

それじゃ、うまくおやり。

川

やま様

＊1　玉葉＝栗原玉葉。女子美の先輩画家で、彦乃の父の信用があった。玉さんは夢二が訓読みした愛称。
＊2　堀内＝堀内清。同志社出身の京都の友人。

お葉への想い

一九二〇（大正九）年九月十九日　車中 ▸▸▸▸ 本郷菊坂町、菊富士ホテル、竹久夢二気付

お葉や

わたしはもうこうよんで見ても好いかしら。おまえはどうしているの？　日記はもうだいぶすんだかしら、忙しいあいだにこうして　はしりがきに手紙をかくのもたのしみの一つだ、

おまえに手紙をかくのも久しぶりだね。たまにはこうして遠くにいて手紙をかく心持もなつかしい好いものだ、ね、そう思わないか？（中略）

お葉ちゃん。

きのうの汽車で山北というところでのった田舎《イナカ》のおばあさんが二等へのりこんで叱《シカ》られて三等へ入ってきて言うことがおもしろい

「やみくもにとびこんだもんだから、一等二等だかわかりゃしないよ車掌《シャショウ》さん」

私はなんだか、わるびれないこのおばあさんが好きになった。この人はどんな不幸にあってもしょげたりひがんだりしないだろう、また、どんなすばらしい幸福に出くわしてもむじゃきに大喜びはするがあんまり喜びすぎて好い気にもならないだろう。

雲の多い日だね、おまえはそらを見ているかしら、東京の人は空《ソラ》が街《マチ》のうえにあることなんかわすれているからね、でもおまえは空をわすれないでいるだろうね。人間はどんなに文明《ヒラケタ》人になっても田舎の自然《シゼン》をわすれてはいけない。

でも、おまえはどうしているの？

ひとりでねて、ひとりでおきて、そして誰とお話をするの？

枕をかゝえてパヽをよんでいるのじゃない？　コナおしろいをふりまいてパヽの匂をかいでいるの？

ねるときおまえは下へむいているの？
それともうえへむいている？
手をこんな風にしている？　足をどんなぐあいにのばしている？　そして
もうすぐ帰るよ。

山田順子への想い

一九二五（大正十四）年七月二十三日　東京市外松沢村松原▼▼▼▼秋田県羽後本荘古雪

雪子さん
あれも言わでものこと　あれを言ってもこれを言っても愚痴になりそうだ。

なんて慌しい数月だったろう。

十一時頃、あの畑の径をたらりたらりと夢遊病者のように帰って来た。昨日のまゝの床にねそべって、約束の筆をとったが、消しては書き、書いては消し　なんと書いても詮ない　蚤がいるんだよ、足のとこに。

ある時は憎がりもしたが、やっぱりどこかに好いものを、互に見つけていたのだが、それを生かしてゆく力が足りなかった。「愛は戦だ」という。長い戦で短い恋だったたね。考えると、ゆっくり坐って家庭らしい静かな茶の時さえ持たなかったね。

でもいつかまた全く別な心持で逢えるだろう。

七月二十三日よる　　　　　夢

新進挿絵画家竹久夢二は、明治四十年、早稲田鶴巻町に絵葉書屋「つるや」を開店していた未亡人岸たまきと結婚した。すらりとした背たけも、はりのある大きな眼も、夢二にはない魅力だった。夢二は二十三歳、たまき二十六歳のたよりになる姉さん女房。翌年生れた長男虹之助は虹のレインボーをもじって、レム坊と呼ばれた。

『夢二画集　春の巻』がベストセラーとなり、人気者の浮気は昂じる。四十二年、協議離婚したが、翌年、よりを戻した。この手紙は夢二がたまきの故里金沢から京都へ向かう車中のものだが、前便を見ると、「金沢へ来て見て、はじめておん身をよく理解することが出来た」と書いている。つまり、母となるにはチャイルディシュ（子供らしい）で、主婦となるには心がのどかすぎ、情人としては心がきよいという理解をしたから、ただ友として、画室を飾る人形として美顔術に行って迎えに来てほしいと、いい気な亭主ぶりだった。しかし恋人としては、乗り換えの米原駅が近づくと、京都行きか、はたまた彼女が新橋で待つ東京行きか迷っているようだ。

この年の夏、たまきとレム坊とともに、銚子の海鹿《あしか》島《しま》へ避暑に行った夢二は、隣家の文学少女に恋をした。夢二は彼女を「おしま」と呼んだ。二人は海辺にすわり、松原を歩きながら手をとり、接吻した。手紙に見える「髪ながく瞳涼しき人」こそ、あの「待てど暮せど来ぬ人を……」の「宵待草」のモデルである。成田の女学校の教師をしている賢子の姉（ほんとはこの姉の名がおしま）のところへ行く母子が乗った汽車の別の車輌に夢二はいた。岐れの駅は佐倉か、手帖にITU MADEMOと書いて、ちぎったが、渡すのを失敗したので、帽子とハンカチを振って別れた。おしまは二年後にお嫁にいった。すでに別れを告げたあとの手紙なので、「あなた」でなく「彼女」という書き方をしたもよう。しかし、このあとの手紙にも、「結婚問題はどう決めた」かという未練の文句がつづいた。この年五月、次男不二彦（ちこ）が生れ、たまきは大森に、夢二は上野クラブに別居した。

大正三年、日本橋区呉服橋に「港屋」がオープンした。たまきの名の開店挨拶状を夢二が書いた。便箋、千代紙、半襟など夢二デザインのグッズの店には、女性ファンが押し寄せた。なかに本郷菊坂の女子美術学校の生徒笠井彦乃がいた。日本橋の老舗の箱入り娘と、夢二の恋。彦乃は胸のときめきを覚え、女に不自由しない夢二がそれに呼応し、若さを求めた。親の目をぬすんだ文通に、彦乃は「山」、夢二は「川」という匿名をつかった。

五年十月、夢二は不二彦と下渋谷伊達跡に転居、たまきは、二月に生れた三男草一をひきとり、港屋の跡に珈琲店「憩《いこい》」を開店、お客の北原白秋や島村抱月にまじって、夢二と彦乃が逢引きするシーンもあった。その後夢二は京都へ去り、たまきとは決定的に離別した。三男は俳優河合武雄にもらわれて行った。

彦乃への手紙は、京都の夢二が早く来い来いと、しきりに急かした一通である。もどかしい、はやる気持がせつない。いくら「やまに逢いたい」と言われても、彼女は自由な身ではない、まして婚約者もあったのだ。

六月、彼女は夢二の胸に飛びこむことなどオクビにも出さず、絵の修業のためだと、溺愛する父をだまして京都に向かい、ついに同棲がかなった。しかし幼い不二彦と三人の甘い生活は長くはつづかなかった。翌年秋、九州の旅で彼女は喀血、父の監視のもとに入院してしまい、もう夢二の手の届かぬ「やま」になってしまった。夢二は彼女の病みやつれた顔を見ることなく、幻影はふくよかなままだった。彼女の死の前年夢二が出した著書のタイトルは『山へよする』であった。

本郷菊坂の菊富士ホテルにいる夢二の部屋へ、モデルとして佐々木カ子ヨが登場したのは、大正八年春だった。目にも唇にも可憐な色気のある瓜ざね顔の十六歳。夢二は彼女に漢字を教え、日記を書かせ、この手紙から、お葉と呼ぶようになった。旅の途中でもどこでも、お葉が気がかりで仕方がない。また、たとえば山形県酒田からの手紙には、お葉の好きなハタハタを十足さがしたので、「おれが三足くってあとをおくる、かにもおくるよ。かえるまでおとなしくまっておるんだよ」と、優しい。しかし、いとおしさの中に彼女の過去にこだわることも忘れない。なにしろ彼女は上野の美校生のアイドルであり、ニックネーム「嘘つきお兼」であった。この少女への愛と不信の手紙は、十年夏に二人が世帯をもってからも、お葉が子を宿してからも、変りない。

以上の四人の女は、一世を風靡した夢二に描かれ、いわゆる夢二ごのみの美人画の中に、それぞれの姿をとどめ、いまなお生きている。

大正十四年、作家志望の奔放な山田順子が夢二の前に現れた。順子の著書『流るゝまゝに』の装幀をしたことから、彼女の三日月眉の妖艶な美形に夢二は魅せられた。

彼女は結婚を迫り、郷里の秋田県まで夢二と同行したが、同棲生活二ヶ月あまりで終った。これは別れの手紙である。順子のために失踪したお葉との再会もあったが、なお未練をもつ夢二からお葉は敢然と去った。

昭和九年、富士見高原療養所の所長として落魄の夢二の最期を診た、作家で医師の正木不如丘《ふじょきゅう》は、彼の病床の手帖に、「女は真平ラ」というメモを見た。が、いつかチコちゃん（竹久不二彦氏）から私は聞いたような気がする。世話をしてくれた「四人の母」（たまき、彦乃、お葉、順子）は、みんな違ってみんなよかった、そして父も、正直で誠実だったと。これが恋多き男のそばで、子どもが演じるマナーだったらしい。

幸徳秋水が綴る

幸徳秋水　こうとく・しゅうすい　一八七一（明治四）年、高知県幡多郡中村町の生れ。評論家、社会主義者、無政府主義者。本名は伝次郎。大阪で中江兆民の書生になり、上京、国民英学会卒。明治三十一年、万朝報社に入社したが、日露開戦論に反対して堺利彦、内村鑑三とともに退社、「平民新聞」を発刊。三十八年、渡米、オークランドで社会革命党を結成。妻千代子と協議離婚のあと、管野スガと同居、「自由思想」を創刊。湯河原に滞在中、いわゆる大逆事件で逮捕され、一九一一（明治四十四）年一月二十四日、死刑が執行された、三十八歳。

師岡千代子　もろおか・ちよこ　一八七五（明治八）年、東京の生れ。父は元宇和島藩士で国学者の師岡正胤。明治三十二年、幸徳秋水と結婚。四十二年、協議離婚したが、獄中の秋水の差し入れなどに奔走した。著書に『夫幸徳秋水の思出』、『風々雨々　幸徳秋水と周囲の人々』がある。一九六〇（昭和三十五）年二月二十六日、八十四歳で他界。

師岡千代子への想い

一九一〇（明治四十三）年五月二十一日　相模湯河原、天野屋▼▼▼▼大阪市北区本庄横道町、田中商店方

御病気如何、例の通り為替券封入して置く、御受取を乞う。

其後直ぐに詳しい考えを申送ろうと思ったけれど、毎日の書きもので疲れるので、順序をたてた長い手紙をかく気力がなく、一つはまだ種々の事情で是という方針を一定した訳でもないから其儘になった、全体自身の方針も御身の方針も極めようというのには、唯だ僕一人が極めて、否か応かを聞くのみではイケぬ、十分によく相談をし合う必要もあり、相談をするには是迄の成行も目下の事情も詳しく知らして置きたいと思う、夫《それ》が手紙には書きつくせぬのでこまる。

管野[*1]はトウ〱去十八日に、四百円の代りに百日の労役に服すべく入獄した、彼れとは先頃から別れることにはなって居るけれども、兎に角病人で入獄してるとなれば、出来るだけのことは見てやらねばならぬし、八月に出獄したら身の振方の相談にも預からねばなるまい。

運動の方も僕が刀折れ矢尽きたので今は全滅の姿だ、同志でも少し金でもあって雑誌でも発行してれば集っては来るが、一度逆境に落ると皆離散して仕まう、就ては兎に角九月に堺[*2]

が出て来るまでは再挙は難い、堺が出たとて何も出来はしまいが、まず何とか一段落の相談が出来る。

僕の衣食の事も姑息な話しで小泉[*3]なぞが心配してくれるけれど、是も八九月にならねば目鼻がつかぬ、遂につかずに了うかも知れぬ、要するに八九月まではマー現状維持で過すより外は何の決定も出来ぬと思う。

決定は出来ないまでも多少準備はして置きたいことがある、いずれにころんでも必要なだけの準備はして置きたいと思う、夫れには御身の手伝いを頼みたいこともある、けれども是迄御身には非常な心配もかけ苦痛もさせたから、又たそんな境涯に落したくはない、出来るだけ慰めも介抱もしてやりたいとは思うが、夫が目下の状況で果して出来るかドウかと危ぶんで居る、兎に角一度面会して十分に御身の心持もきゝ、此方の成行も事情も話して相談したい、其上でなくては決定が出来ぬ、併し今は此著述をしてるから、万事を差置き其脱稿を急ぐことにしよう、其上で御身に来て貰うかこちらから行くかして相談することにしよう。

いずれにしても身体がわるくてはこまるから、十分に養生するように祈って居る。

母が頻りに御身のことを心配して聞てくるから時々手紙でも端書でもやって下さい。

廿一日夜

秋水

千代子様
別に金の受取は書かなくてもよいけれど、兎に角此手紙着したか否やを知るのに成べく早く御返事を乞う。

＊1　管野＝管野（かんの）スガ。秋水の湯河原滞在に同行し、先に拘引された愛人。
＊2　堺＝堺利彦。このとき赤旗事件で千葉監獄に入獄中。九月出獄した。
＊3　小泉＝新聞記者の小泉三申。親友小泉の勧めで、秋水は療養と『通俗日本戦国史』執筆のため湯河原におもむいた。

自由民権運動の発祥の地「自由は土佐の山間より出ず」といわれた高知県の四万十川の河口に近い中村町。小京都の歴史をもつ町に生れた幸徳秋水には、安倍晴明の流れをくむ陰陽師《おんみょうじ》幸徳井《かでい》氏の末裔というプライドがあった。明治五年、秋水誕生の翌年父が急逝、若未亡人となった母は、神童と呼ばれながら挫折の多かった少青年期も秋水を愛し、死ぬまで彼を信じた。

　恩師中江兆民の玄関番から独立して上京した秋水は、母を呼んで同居し、二十九年、母の気に入りの少女朝子と結婚した。久留米藩士の娘であった妻は、おとなしくて「女中式の女」だからと、花婿が初夜に妓楼にあがるやら、結婚すぐに里帰りを勧めて喜ばせておいて、幼な妻が福島県三春の実家へ着いたころに三下《みくだ》り半を送るやら、酷い仕打ちをした秋水だった。自由平等を説く社会主義者といえども、対女性問題では秋水よお前もかであり、いかにも明治の男であった。

　三十二年に再婚した国学者師岡正胤の娘千代子は、国文、英文、仏文、和歌、絵画などをたしなむ才媛である。頭は大きいが切れ長の目の彼に、千代子は男の魅力を感じた。皮肉屋の文学者斎藤緑雨からきた結婚祝いのメッセージを、秋水は千代子に笑顔で手渡した。見ると、味醂鰹節は一時のみ、茶漬は永久なり、妻は茶漬なり、というようなことが書いてあった。千代子はおとなしく夫の茶漬役となっていたが、秋水の社会主義運動についてゆくことは難しかった。三十六年に万朝報社を退社して、堺利彦らと平民社を創設。三十八年は筆禍事件のため五ヶ月の入獄があり、七ヶ月間もアメリカに亡命して活動、といった夫の歳月に妻の存在感が薄れゆく。

四十年、大阪、別府を経て、十一月、秋水は千代子とともに土佐へ帰省、翻訳や評論の執筆をしながら、親戚の子どもたちと遊び、故里のきれいな空気を吸っていた。そこへ、「サカイヤラレタスグカエレ」という赤旗事件の第一報がはいり、翌年七月、千代子を母のもとに残して出発した。海路を和歌山県新宮へ、伊勢、箱根をまわって、東京に着いたのは八月、堺利彦らの赤旗事件の第一回公判の前日だった。

四十二年一月、置いてけ堀をくっていた千代子が東京へ帰ってきた。ところが彼は妻を説得して、毎月十二円の生活費を送ることを条件に、三月には協議離婚を成立させてしまった。母には革命家の妻として、どうもと、言い訳したようだが、なぜ離婚なのだろう。彼女が病身だったからか、千代子の姉須賀子（樋口一葉と萩の舎《や》塾で同門）が権力側である名古屋控訴院の判事の妻だからか、才媛の千代子でも夫の運動の遂行のためには、おとなし過ぎて不満足なのか。

秋水は積極的な女性が好きだったのだ。管野スガの存在をクローズアップさせねばならない。協議離婚の届けをした直後、千駄ヶ谷に移した秋水の自宅平民社に同居した管野スガ、実は赤旗事件で入獄中の荒畑寒村の愛人のはずだが。彼女の裏切りが先か、彼の略奪が先か、それはともかく秋水はスガとともに「自由思想」を創刊。発禁と罰金と拘留が繰り返されていた。

四十三年三月から秋水は腸結核の保養と執筆のために、スガと一緒に湯河原の天野屋旅館に滞在していた。この千代子への手紙は、入獄するスガを見送ってから書いたものである。病気療養中の千代子にむけた率直なことばは、離婚は愛しながらの別れではないかと思わせるものがある。「出来るだけ慰めも介抱もしてやりたい」と書いた。よりを戻す「相談」の文面でもある。

秋水が逮捕されたのは、この手紙の十日後だった。いわゆる大逆事件の芋ずる式の検挙がはじまっていた。秘密裁判は死刑の求刑、判決、執行と異常なスピードではこばれた。四十四年一月二十四日、秋水ら十二名が、翌日、紅一点の管野スガが刑死した。

「基督抹殺論」を獄中で書き上げたのは、千代子の生活費の一助に、その印税を渡すためであった。むろん印税が入るわけはなかったが、秋水にとって心残りは、やはり千代子のことであったか。

島村抱月が綴る

島村抱月　しまむら・ほうげつ　一八七一（明治四）年、島根県那賀郡の生れ。評論家、美辞学者、劇作家。旧姓は佐々山、本名は滝太郎。東京専門学校（早大）卒。オックスフォード大、ベルリン大で学ぶ。帰国後、坪内逍遥のもとで母校の教授、文芸協会の演劇指導、「早稲田文学」の復刊をおこなうが、松井須磨子との恋のため師に叛き、芸術座を旗揚げする。著書に『新美辞学』、『近代文芸之研究』がある。一九一八（大正七）年十一月五日、急性肺炎のため急逝した、四十七歳。

松井須磨子　まつい・すまこ　一八八六（明治十九）年、長野県埴科郡（松代）の生れ。女優。本名は小林正子。東京俳優学校を経て、文芸協会第一期生となり、「ハムレット」のオフェリア、「人形の家」のノラで好評。二度の結婚歴があるが、指導者島村抱月と恋におち、芸術座をおこす。著書『牡丹刷毛』がある。一九一九（大正八）年一月五日、抱月のあとを追って縊死した、三十二歳。

松井須磨子への想い

一九一二（大正元）年八月　高田馬場▸▸▸▸大久保

今日あれから半日、向うにいて、あの手紙をよみ返しては、抱きしめたり接吻したりして、ボンヤリ考えこみ考えこみしていました。全くうれしい手紙、なつかしい手紙、それから悲しい手紙、出来るならいつまでもいつまでも肌につけてはなさないでいたいと思った。けれども例の世界がこわさに裂いた。其時は何だかあなたの体に手をかけるような気がして身を切るほどにつらくなさけなかった。

ねえ、あれほど切ない思いを言いかわした手紙まで、すぐ裂きすてなくてはならないなんて、あんまりなさけないとは思わなくて？

考えて見りゃつまらない、馬鹿々々しい。命と思う恋は神聖だもの、一そ世間へ知れるなら知れてみよという気になります。

いつまでも、こんな思いをしていては、ぼくはからだがつづかなかろうと思う。どうしたらいいかしら。どうしてぼくはこう深く思いこんでしまったのだろう。今なんかもぼくの頭は、あなたの外なんにもなくなっています。

あなたのことを思えば、ただうれしい。世間も外聞もありはしない。すぐにも駆け出して抱いて来ようかと思うほどです。あなたはかわいい人、うれしい人、恋しい人、そして悪人、ぼくをこんなにまよわせて、此上はただもうどうかして実際の妻になってもらう外、ぼくの心の安まる道はありません。ぼくはどうかして時機を作るから、それまで必ず待っていてちょうだい。（中略）

あなたの写真は、この前言ったように首から上だけでいいのです。それをぼくの髪の毛と一しょに懐中へ入れておくから大丈夫。ただ顔が見られさえすればいい。肱《ひじ》つきはどうしてだめ、ハンケチなら、それでもいいから、この次送ってもらう方法を打ち合せてから送って下さい。もし不安なら学校の方においで、そこでばかりつかいます。送る前にあなたが使ってあなたのにおいをうつして下さい。（中略）

戸山の原の方へ散歩に来た？　少しも知らなかった。逢いたいねえ。この十五日すぎからは途中でぼくちょいちょい逢えるかもしれない。顔だけでも見たいねえ。宅の書生なんか心配するには及びません、あれは何も知っていないはずです。それにしてもあなたに人をこわがらせることを教えたのはぼくね。ぼくがこんなに苦しい恋をさせたからのこと、かんにんしてちょうだい。因縁だと思ってちょうだい。全くふしぎな恋だとぼくは思う。少なくともぼくにとっては、生れてはじめてこんなに深く深く胸の底から物を思うようになりました。

この恋をとり去ったら、ぼくの命はなくなってしまいましょう。

ぼくもこの恋をはじめてから人前をつくろう工風もいろいろするようになった。恋はいろんなことを教えるものね。けれども二人の仲だけは必ず必ず打ち明けっこよ、死のうと生きようと必ず相談することね。本当々々の夫婦よ、心も体も一となることね。あなたのハタには男は多いけれども、ぼくの近くには妻の外には研究所の女か女文学者の一、二しか知ってるものはない。そんなものはあなたの前には人の数とも思ってやしないし、ぼくの愛はすっかりすっかりあなたにささげてあるのだから、一時の浮気じゃないと思ってちょうだい。必ずぼくのほうから変りっこないのだから、あのほうの事はぼくを信じてちょうだい、信じてくれるでしょう？　その代りあなたのほうで変ったら、正直ものの一念で、ぼくはどうなるかわからないと思ってちょうだい。

これから手紙はいつでも一番しまいの所を字の上でも何でもかまわないから、べったりぬれるほどキッスして送りっこね。そうすると、受けとったほうでもそこをキッスすることね。毎日十二時の思い、今でもつづけて下さい。

この次のあなたの返事は月曜に何かの雑誌（今月あげた「青鞜」の七月号でもいいでしょう）の不用なのを一冊返すつもりでぼくにわたしたらどう？　そしてその中に手紙をはさんでおいたら、そうすればぼく大丈夫そのつもりで決しておとさないように受け取るから。ねえ、そうして下さい。ぼくの手紙は郵便で大丈夫かしら、そうびくびくしてはしようがないけれどもね、今夜は一時近くまでかかって、この手紙を書いて、これからねて、あなたの夢でもみたい。土曜の晩のようなのでなく、うれしいうれしい夢を。そして抱きしめて抱きしめて、セップンしてセップンして。死ぬまで接吻してる気持になりたい。まアちゃんへ、キッス、キッス。

新帰朝者の島村抱月は、早稲田大学の教壇に立ち、「早稲田文学」を主宰し、自然主義の隆盛期の文壇に迎えられ、颯爽としていた。明治四十二年、坪内逍遥が主宰する文芸協会の演劇研究所に、第一期生としてあらわれたのが、松井須磨子。一度木更津の旅館へお嫁に行って破縁となり、この時は東京高師の演劇青年と再婚していた。第一回試演「ハムレット」に出演したあと、野性的で積極的な須磨子は、「努力の化身」と呼ばれるほど稽古にも、抱月の講義にも熱中して、夫とは別れた。

四十四年、イプセンの「人形の家」を抱月が初めて演出、主役のノラを演じた須磨子も好評を博し、ふたりに恋情が芽生えた。謹厳実直を絵にかいたような男の恋、うぶな中年男の恋は始末におえない。

抱月は、実家の破産により裁判所の給仕をしていたとき、島村検事に俊才を見出されて、姪のいち子との結婚を前提に、早稲田への進学の経済的援助を受けた。五人の子女が生れていたが、入り婿の抱月は妻に頭があがらない。

この猛烈なラブレターは、妻が見つけて中山晋平に写しをとらせたものである。なんと甘ったるい、しかし真剣な書きぶり、しかも、これほど正妻をないがしろにした文面とは。いち子の激怒がはじけた。抱月に師事した晋平は、島村家の書生をして音楽学校を卒業した。全国的に口ずさまれた「カチューシャの唄」をはじめ、須磨子主演の劇中歌のほとんどを作曲し、のちには「波浮の港」、「東京行進曲」など大正昭和の流行歌史を彩る人だ。

この手紙事件の少し前のこと、晋平が大正元年八月二日を、「私が空前絶後の驚異を経験した日」として、のちに暴露した目撃証言によると、彼と彼女が歩いているところへ、あとをつけていた妻がぶつかった。妻は須磨子の襟もとをひっつかみ、夫を罵った。家へ連れもどされた抱月は、妻に手をかけられた須磨子が自殺すると言って、自室の畳、床の間、襖、障子まで、ドタバタ両足で叩き鳴らして慟哭していた。夜中には飲めない酒のラッパのみをしては、「妻にもすまない、坪内さんにもすまない、学校にもすまない」、ラブと義理のために今夜死なしてくれと晋平に言ったという。

大正二年、抱月はついに文芸協会を退き、恩師の逍遥と訣別し、教授の地位も家庭も棄てて、須磨子とともに芸術座を旗揚げした。三年三月帝劇初演の「復活」の成功は、北から南へ、中国、韓国、ウラジオストックへと、巡演回数は四百四十四回を記録、指輪や髪かざりなどのカチューシャ・グッズが流行り、レコード、映画まで同時進行した。

誓紙を作成するなど、二人の愛の結びつきは確かだったが、須磨子の抱月への、また劇団員への横暴な女王ぶり、またそれを許している抱月の不甲斐なさが目にあまり、反発をかった。

大正七年十月末、抱月はスペイン風邪にかかった。舞台稽古で帰宅が午前二時になった夜、抱月の遺体が須磨子を待っていた。十一月五日であった。死ぬときは必ず一緒に、とあれだけ約束したのに。あっけない死は残酷だ。須磨子の眼から悲嘆の涙がとめどなく流れる。

抱月亡きあとの芸術座の始末、正妻との遺産問題などにかかわりながら、彼女は激しく追慕の念に傾いていく。年末には寒風吹き荒ぶ横浜と横須賀での公演を果たしはしたが。

タバコのめのめ空まで煙せ　どうせこの世は癪のたね　煙よ、煙よ、ただ煙、一切合財みな煙

これは八年元日が初日の「カルメン」の劇中歌である。彼女は四日間歌っただけで、縊死を遂げた。化粧

をし、着物の裾を水色のしごきで結び、緋縮緬の帯を物置の梁にかけた。絶命は一月五日、抱月のふた月目の命日であった。

告別式では、芸術座の舞台に美しい死に顔が、色とりどりの草花によって飾られた。それは須磨子の初舞台の当たり役「ハムレット」のオフェリアの死にざまを、人々に思い出させた。

遺書に「私の死体はあの方の墓へ埋めるようお取り計らい願います」と繰り返し書いた。これこそ、もっとも切実な望みだったが、無理なことだった。

北原白秋が綴る

北原白秋　きたはら・はくしゅう　一八八五（明治十八）年、熊本県玉名郡関外目村の母の実家で生れる。実家は福岡県沖端村（柳川市）の海産物、酒造の大商家。詩人、歌人。本名は隆吉、初期のペンネーム射水、薄愁など。早大英文科予科を中退。「明星」の歌人としてスタートし、詩人画家の「パンの会」で交歓、耽美主義運動を展開。処女詩集『邪宗門』についで、『思ひ出』、第一歌集『桐の花』をはじめ歌集多数、童謡集『トンボの眼玉』など。芸術院会員。眼底出血で視力薄明のうちに、一九四二（昭和十七）年十一月二日、腎臓病と糖尿病が悪化し、自宅で急逝した。「ああ、蘇った。新生だ、ああ素晴らしい」が、長男の聞いた最期のことばであったという。五十七歳。

福島俊子　ふくしま・としこ　一八八八（明治二十一）年、三重県名賀郡比奈知村（名張市）の漢方医院に生れる。明治四十五年、夫松下から白秋とともに告訴され、市ヶ谷未決監に拘留される。横浜の南京街の店で働くところを白秋に見出され、大正二年、白秋と結婚、三浦三崎に住む。翌年、肺結核のため白秋と小笠原父島に転地。帰京後、貧窮のなかで離婚。宇治山田の医師と再婚し、離別後は京都の一灯園、国立音楽学校寮、般若道場などに住む。一九五四（昭和二十九）年六月十日、胃癌のため死去、六十六歳。

江口章子　えぐち・あやこ　一八八八（明治二十一）年、大分県西国東郡香々地岬村の生れ。詩人、歌人。大分県立第一高女卒。結婚し離別後、平塚らいてうを頼って上京。大正五年、白秋と結婚、葛飾に住み、「烟草の花」を創刊。九年、小田原で離婚した。京都の大徳寺などで暮らし法名を妙章尼と名のり、結婚と離婚を繰り返す。著書に『女人山居』、『追分の心』がある。一九四六（昭和二十一）年十二月、郷里で窮死した。五十八歳。

佐藤菊子　さとう・きくこ　一八九〇（明治二十三）年、大分市の時計宝石の貿易業の家に生れる。大分県立第一高女卒。田中智学の国柱会（日蓮宗派）で機関紙「天業民報」の編集に勤務。大正十年、北原白秋と小田原で結婚。十五年、谷中天王寺町の彫刻家朝倉文夫の隣りに転居。はじめて白秋に家庭の安らぎを与えた。一九八三（昭和五十八）年一月二日、九十二歳で逝去した。

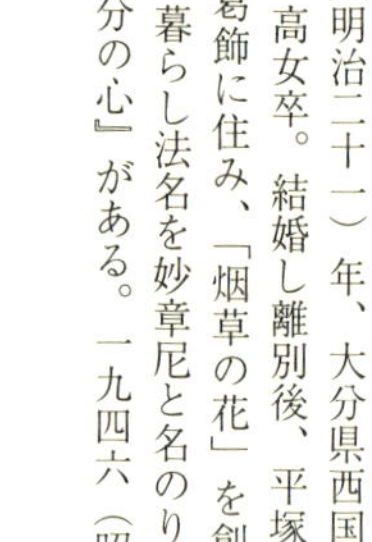

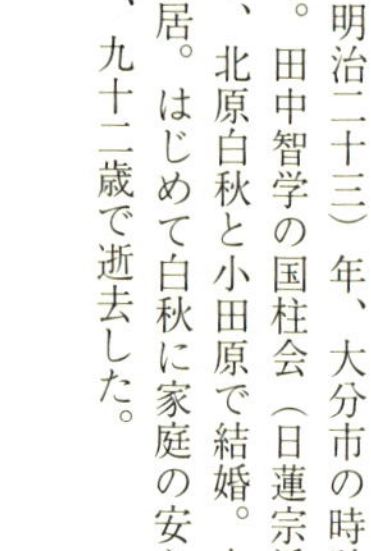

福島俊子への想い

一九一三（大正二）年一月　京橋越前堀▼▼▼▼横浜

あなたは此頃どんな生活をしている?。何を考えている?　僕はつく〴〵目の廻るほど酒と他国人と骨牌《カルタ》と淫欲（?）との濃密な雰囲気の中に立ち働いているあなたが羨ましい。忙がしいあなたが羨ましい、三崎から帰ってから何ひとつ為《す》るではなし、花やかな交際社会にももう半年以上も立ち入らなくなってしまった、友達といっても、もう誰一人信ずる事ができなくなった、剰《あまつさ》えたった一人のあなたさえ、もう昔のように信ずる事ができなくなって了っている。一人でじっと考えこめばこむほど世の中がつまらなくなる、ふさぎの虫がすぐ募り出す、こうして生きていておしまいにはどうなる事であろう、時とすると自分の芸術にさえ愛想をつかして了う事がある、そういう時の寂しさと云ったら、もう世の中のつまらなさというものをたゞ一人で背負っているような気がする。僕も随分痩せましたよ、

晶子夫人[*1]やその他のやさしい人たちからいろ〳〵に慰めては貰うが、そういう事もたゞ軽い心と心の遊戯に過ぎぬ、——今日も病院へ行って、夕方からとぼとぼあの木挽町の河岸を歩いて帰ってきた、あなたとよく夜あるいたっけ、あの頃はあなたも〔僕〕も風船玉で、今から考えると軽薄だった、でもあの時、僅か半年もたゝぬうちにあんな恐ろしい事になろうとは夢にも思うてはいなかったが、運命というものは妙なものだ、而して一度別れた僕たちはまた、——これから先どう運命が旋転してゆくものであろう、（中略）も一度あのゆめを取りかえしたい、然しもうあなたは人妻でない。会うと思えば何時でも会える身の上だ、それにしてもそのつまらなさを充分に償うだけ今のあなたの生活は僕に怪しい誘惑を投げる、而して新らしい美しさを二人の昔の恋の上に輝かす。あなたの生活が果してあなたのいう通りか、あなたの心が果してあなたのいう通り信実か、疑えば疑うだけ苦しさと美しい好奇心と

が僕の胸をかきむしる。何でもいい、焼木杭《やけぼっくい》に火がついたのだ、ゆくところまで二人はゆかねばならぬ。逢って見たい、とは思うが、逢ってもしや気まずい思をしたら、それこそ取りかえしのつかない不幸だ、まあ当分のうち逢わずにいて、もっと苦しんで、逢わねば死んでしまうという心もちになった時はじめてキュッと抱きしめたい――あなたはそうは思わないか。もっと亢奮さしてその上で昔より熱烈な新らしい抱擁に堕ちようではないか、もっと手紙をおよこしなさい。(中略)

あなたが夜の酒場のさわがしさから逃れてたった一人ぽっちになった時、考える事は何か、それをおきかせなさい、昔の俊子さんでなければないだけに考える事もちがうだろうし、ある一部の変化とはどういう意味か、――とにかくどんなに変化してもあなたは悪人ではない、だからあなたも理想にはしているか知れぬが世にいう怪美人とか妖婦とか毒婦とかいうほどの悪は持たない。それにしてはあまりにあなたはたわいがない　あまりに無邪気だ。而してあまりに上人間である、……と僕は思っている。所謂新時代の女としてはあなたはそれほどの哲学を持たない、権威を持たない、而してあの種の女になるべくあなたはあまりに自己省察の冷い意識を欠いでいる、兎に角あなたは純抒情詩純芸術の人である。美しい情界の人である、而して夢想家である、すぐに酔いすぐに泣きすぐに笑い出す人である。ほんとに雲雀のような軽い心に高翔する恋の歌い手である。剰え自分自身の美に酔うて恍惚と昏倒しうるほどおめでたい人である（これはいい意味でいう、誤解してはいけない、僕もおめでたい側の一人だ）だから嘘もつく、飛びかけりもする、ヒステリーも起す、喰いつく、ひっかく、胸ぐらをおとりなさる、死ぬ真似をする、――だから僕にはあなたという人が面白くて面白くてならないのだ、かわゆくてかわゆくてならないのだ、だからどちらかというと、僕はあなたの心よりもあなたの肉体から来る凡《すべ》ての美、凡ての誘惑、凡ての風姿、表情、歓楽が僕を罪悪のどん底までひきずってゆく、僕はたしかにそこに迷ったのらしい、あなたが僕の肉体に誘惑されるという事は少い、たった眼だけである、ただ僕の精神上の凡ての美、光、力があなたを虜《とりこ》にしたにちがいない。だからこの二人の対照が益々面白くなってゆく、簡単に云えばあなたはあまり表情がうまかったし、僕はあまり手紙かくのがうまかったのさ――何《いず》れにしてもはなれて見なければ女の美しさも男のえらさもわかるものではない。たゞむやみに恋しい恋しい。――

つまらぬ事を長々と書いた、さぞ誰かさんも苦笑しておいでだろう。今夜はあまり頭が変で、気分が妙にふさぐので、こんないたずら書きをした、明日になったらきっと自分ながらおかしくなるだろう。

今夜はこれでおやすみだ――、さあ一人でおやすみだ、つめたい蒲団にもぐり込むのだ。横浜の方をひとつ睨みつけて、一寸みえをきる、

たんと浮気をなさい——、
さあさあ一人ぽっちのトンカジョン[2]おやすみなさい。
　あゝあゝ、つまらない。…………

夜が明けた、もう十一時だ、また昨夜の手紙のつづきをかく。

さっき一寸浜へ行こうかと思ったが、いやいやそれはあまり甘いと思って止した。待ってもくれない人のところに行ったってどうなる。（中略）

僕は今二人のそも〳〵からの小説を書いて見ようかと思う、随分評番《ママ》のものが出来るぜ、それとも芝居にして見ようかとも思っている。とし子という女をどういう風にかくかは僕の方寸にある、お前が干渉してはいけない。とにかく正直に見たまゝをかくから怒ってはいけない、だきょうなんぞしないから、キッスを百も二百も持ってきたって、だきょうはしないから、

怖がらなくていいさ、僕はお前に惚れているんだもの、バカだね。
南低吉[3]
大きらいなリリーさん[4]

＊1　晶子夫人＝与謝野晶子。白秋は与謝野寛に叛旗を翻して「明星」を脱退したが、交流はつづいた。

＊2　トンカジョン＝白秋の子ども時代からの呼び名。良家の長男のこと。
＊3　南低吉＝俊子宛書簡に用いた白秋の匿名。ほかに、ふさぎの虫とも書いた。
＊4　リリーさん＝白秋が俊子につけた宛名。このほか、百合子、まり子などを使用。

江口章子への想い

一九二〇（大正九）年五月十九日　小田原天神山▼▼▼▼小田原十字町、谷崎方（？）


今回、離婚の届をする事にしました。就いては只今かぎりあなたは自由です。

土地の契約書は私の名に書き換え、家の所有□□名義にするため、あなたの委任状が必要だというからその方はあの実印で始末をつけます、それは承知して置いて下さい。

只今込山＊からあなたの話をきいた。込山はすっかり安心して、私にも安心するよう云ってくれた。私は笑ってきいていたが、そういう風にあなたがしっかりしていれば、私もあなた方のために安心した。

お小づかいが無いかと思うが私から内証にでも送ってあげれば却てあなたの苦しみを増すばかりと思うからわざと差扣《ひか》えます。

これからのあなたの□□多事だろうが随分御大切に

十九日
北原隆吉

江口章子様

＊ 込山＝木兎の家を建てた小田原の大工の棟梁。白秋デザインのミミズクの絵とローマ字入りのはっぴを着ていた。

佐藤菊子への想い

一九二〇（大正九）年十一月　小田原天神山▸▸▸▸名古屋

木兎《みみずく》の家の屋根裏から私の眺めた紅い十五夜の月の中には葉書が一枚っきりしか見えませんでした。そうして私を風邪ひかして了いました。

あなたも御風邪のようですが御如何ですか、御大切になさいまし。昨日河野君[*1]と田中智学さん[*2]のお嬢さんがお見えになりました。

家の方がやっと落成期に入りました。書斎は渋い寂色の砂壁に薄桃色のタイルの壁張を張る事にしました。同じ二階の四畳半の方は青の砂壁にしました。六畳の化粧室の方は薄紅色の支那の紙を張って当分花模様の畳を敷く事にします。階下の食堂は卵色で、客間なり居間なりの広い部屋は藤紫の砂壁に卵と小豆と薄緑の花模様のタイルを腰に張る事にしました。浴室は全部白タイルで、次の洗面場も白タイルにして洋風の洗面その他を取りつける事にしました。客間の裏の三畳には畳を敷いて、これは茶が丶った鶯色の室にしますつもりです。二十日頃は完成します。室内装飾の方はまだ考えません。テェブルや椅子をそろえる金はまだありません。ですが今度お出の時には面目を一新した木兎の家をお目にかけられるでしょう。

庭は周囲を花壇にして中央部を芝生にします。そうしてところぐ〵に棕梠を植えます。

こうして色々と芸術的にやや理想に近い家は建てましたが、随分苦心惨憺です。家などはどうでもいいと思う事があります。清貧という気持がやはり私には安心を与えられます。考えると破れ衣で一首の歌を十日も二十日も考えて坐っていた頃の生活がなつかしいとつくづく思います。私というものもようやく酬われて来ましたが、素朴だった木兎の家もあまりに一方で俗っぽく有名にされて了いました。前の妻は貧しい時には私と一緒に閑寂に堪えましたが、物質的に余裕がついて来るとすっかり私の芸術とはなれて了いました。私はいつでも貧しい時とおんなじです。

新らしい家には新らしい生活が必要です。芸術即生活、これを一つにしようとするのが私ですが、これが全然突然に破壊されて了いました。どうにかして復活せねばなりません。今は生みの苦しみです。全く色々に考えては苦しんでいます。私の大悲主義（私は観世音の信者です）をどうして徹底させようか。それ丈《だけ》です。

私は女性というものが全くわからなくなって了いました（あなたの前ですけれど）私は初め女性を思慕しましたが、その美しい思慕を侮蔑に変えしめたのも女性でした。それからまた前の妻を通じて女性に対する憐憫という心が起りました。続いて女性の真実を知りました。尊敬心も起りました。無論私は対等に見てその個性の自由を少しも束縛しませんでした。この私の虔ましい心をまたその女性が破壊して了いました。前の妻は他のあらゆる女性の価値と徳性とを極端に傷けて了いました。私をしてまた女性に対して救う可らずという気と深い憐憫を起させました。今のところ私の前には女性そのものの尊厳はありません。然し若しそうでなくして私がそう思うようになったという事ならば、私の方が救われ難い男性かも知れません。で、婦徳の美しさ正しさ奥床しさというものを、凡ての女性に代って私に示してくれる女性があったらと、それればかり私は欣求しています。そういう女性によって、凡ての誤られたる女性が本然の輝きに還ります。そうして私のような虐られ尽した男性の心も本当の女性というものを初めて識り得る幸福に目ざめて来るでしょう。結局するに私は今の邪見から救われ度いのです。

あなたは女性が女性自身に傷けてゆくいろ〳〵の事実を御覧になって悲しい事と思われま

せんか。それと同じく男性が男性自身に傷けてゆくいろ〳〵の事実は私を苦しめます。私でさえが同性の栄誉と徳性とをどれ丈汚しているかわかりません。私はまだまだです。然し私は同じ男性のためにどうにかして自らを高くしなければならない事丈は覚悟しています。そうして同じ女性のために真に正しく輝こうとする人を求めます。あなたは私と同じように考えては下さいませんか。

あなたの御葉書は拝見しましたが私はもっと真剣を要求します。私はうれしいような擽《くすぐ》ったいような気持ちがしました。本当にブツカッて来て下さい、私に。本当に私を見て下さい、本当に識って下さい。真実に二つはありません。本当に云って下さい。

男性と女性との交際についてはどちらも多少怯れがちで、やはり自分の矜を傷けない態度でうれしく戯れたいという気が可なりあります。ですから夢みたいな詩のような世界の中で鬼ごっこするような時が随分あります。それはうれしいものです、有頂天にさして了います。それも無くては寂しいです。然し私たちはもっと現実的に理解し合うという事が一番に大切だと思います。薄桃色の霞をすっかり払って了いましょうか。

＊1　河野君＝小田原に住む日本画家、河野桐谷。河野夫人が友人の菊子を白秋に紹介した。
＊2　田中智学さん＝宗教家。立正安国会、国柱会をおこした。

北原白秋は原宿の家の隣りに住む美しい人妻俊子を、垣根ごしに見た。夫の暴力で生傷が絶えない彼女。同情から愛へ、可哀想と惚れたとはイコールになる。『思ひ出』の出版記念会で上田敏に激賞されるやら、十大文豪投票の詩人の部で一位になるなど、めざましい活躍の一方、郷里柳川の生家は破産、人妻との恋に悩み、転々と引越しを繰り返す白秋でもあった。京橋区越前堀に移ったとき、俊子が来た。上京した母、弟妹と同居の北原家へである。俊子は夫から離婚を宣告されて、これから郷里に帰るのだが、その前に白秋にひと目逢いたかったという。その夜、あしかけ三年のプラトニック・ラブの二人が、結ばれた。

明治四十五年七月、俊子の夫の罠にかかった白秋は、姦通罪で告訴されて、天才詩人から編笠、手錠、青服の囚人に転落する。罪人の烙印は大きかった。弟が奔走した三百円という示談金で釈放された白秋は、死を思い、三浦三崎へ行った。蘇った彼は、監獄で肺病になった俊子の居どころを探索すると、横浜南京街の外国の船員相手の卓袱屋《ちゃぶや》で働いていた。手紙はその時のものである。喜怒哀楽のはげしい彼女の表情や性格、いかに白秋が彼女にまいったかが書かれている。

のちに白秋の妹と結婚する版画家で、この時パリにいる親友山本鼎《かなえ》への、経緯と現況報告をした大正二年六月の手紙を見ると、愛したはじめは、歯がゆいくらいに潔白にしていた自分を、彼女は「神様のように崇拝し」、夫が「アイノコの女」を自宅に入れ、彼女を虐待する、「僕は火のようになってしまった」。現在はまだ夫が金のために離縁をしないので、「相信じて、この苦境を切りぬけてゆく」思いで、三崎で家族とともに、俊子と密かに同棲をはじめた。住まいはフランス人のいた別荘で、城ヶ島の見える海に面し、「裏の段々畑には麦がムンムンする位熟れている」。その家で白秋は勉強し、ボートを漕ぎ、いか釣りや鯖釣りに出かけて日焼けし、「健康は充分だ。心も強くなった……弟はここで魚の仲買をはじめた」などなど。翌年、俊子の療養のために小笠原父島へ。その後、両親と妻の不和が目にあまり、赤貧のなか、離婚した。

大正五年五月、「アララギ諸兄に」という手紙で、「白秋およめさまをもらい嬉しくてたまらず候。……新居は真間《まま》の手児奈《てこな》の跡どころにて風致極めてよろしく、……雀のこえ幽かに明るくきこえ居候」と書いた。江口章子との再婚、葛飾時代である。家財はすべて消えて、残るは章子の琴と扇のみというどん底のなかで、短歌の推敲と、米びつを振って残り少ない米粒を雀にやる明け暮れ、章子は喜んで耐えた。『雀の生活』『雀の卵』の愛ある世界だった。

鈴木三重吉が大正七年に創刊した「赤い鳥」に協力、「りすりす小栗鼠」をはじめ現代にも歌われる多くの童謡を発表、やや窮乏から脱した白秋は小田原の海の見える伝肇寺《でんじょうじ》の境内に「木兎の家」を建てた。菜園果園もある、すこぶる凝った住まいが、寄付五百円と自己負担六百円で出来上がり、八年七月には詩話会をここで催した。章子の役割も幸せも絶頂であった。

翌年、洋館増築の地鎮祭の祝賀園遊会という日、トラブルがあってせっかくの苦労の新築を見ることなく章子は離婚という事態となる。編集者との仲を疑われて、彼女は華やかな会の最中に男と逃げる、小田原に住む谷崎潤一郎の家へ、駆け込み訴え。章子は谷崎家の二階の窓から新築の家の方向に顔を向けて、「別れの記念館よ」とヒステリックに終日泣いていた、これは谷崎夫人千代が佐藤春夫と北原家を訪問する道すがらの語りである。このトラブルから白秋は谷崎と絶交、以後二人が会うことはなかった。もともと谷崎は白秋と章子の葛飾の愛の巣を訪ねた日のことを、好意的に小説に書いたこともあったが。この手紙は突発的な離婚の直前のものだ。

章子の流浪の一生は、一冊の長編になるほど凄まじい。大分県香々地《かかち》の造り酒屋の令嬢だった彼女は女学校在学中に弁護士の花嫁になったが、遊蕩児の夫のもとを去って上京、「青鞜」を主宰する平塚らいてうを頼り、その縁で白秋と結ばれた。白秋との離婚のあと、故郷と各地を転々したが、たとえば、恋愛中の歌人柳原白蓮の邸の上女中になるが、章子の酒びたりの自堕落ぶりは、白蓮が筑豊の石炭王の夫のもとから出奔する前の銅《あかがね》御殿でのこと。京都府綾部のグンゼ製糸の工場に入り、「女工解放の狼火《のろし》! 郡是の異端者章子さん」と新聞に載り、京都の大徳寺では紅一点の墨染めの衣の姿となり、いくつかの恋を経て、一休寺の住職と、また大徳寺の高僧と結婚。まだまだ漂泊はつづくのだが。

昭和五年一月、生田春月が彼女の詩集『追分の心』の序文に、章子は和泉式部だと讃えた。しかし春月はその五月、播磨灘に入水して果ててしまった。春月との孤独同士の共死を誓ったこともある章子のショックは大きかった。

十七年、白秋の訃音を知って号泣した彼女は、京都山科の養老院の病床にいた。二十年六月、ふるさとに帰り、座敷牢で糞尿にまみれながら、白秋のすりきれた『雀百首』を胸に抱いて一年半生きた。

章子と別れた年、白秋は佐藤菊子を知った。手紙は落成するモダンな三階建の洋館のことをカラフルに細かく説明している。そして「前の妻」をひきあいに女性不信めいたことを書きながらのプロポーズである。

翌十年、新築の洋館で挙式した菊子は、文中に彼が欣求した「婦徳の美しさ正しさ奥床しさ」をそのまま体現した理想の女性であった。白秋の苦渋の人生に、明るい世界が開けたのだ。家庭的な安息のなかで、子どもが生れ、「からたちの花」「ペチカ」など愛唱歌がどんどん誕生した。温かい人柄の菊子に支えられて、この人とは終生添いとげた。

素木しづ が綴る

素木しづ　しらき・しず　一八九五（明治二十八）年、札幌に生れる。小説家。本名シヅ。北海道庁立札幌高女卒。結核性関節炎のため東京で右足を切断する。文学を志して森田草平に師事。「松葉杖をつく女」、「三十三の死」を発表して好評を得る。岡田耕三との恋愛を経て、大正四年、無名の画家上野山清貢と結婚、女児を生む。「悲しみの日より」、「たそがれの家の人々」など。没後の刊行は『青白き夢』、自伝的長編の『美しき牢獄』。一九一八（大正七）年一月二十九日、二十二歳で早世した。

上野山清貢　うえのやま・きよつぐ　一八八九（明治二十二）年、北海道江別の生れ。北海道師範学校図画専科卒。上京し太平洋画会研究所で黒田清輝、岡田三郎助に学ぶ。大正十三年、帝展に初入選。野性味あふれる牛や馬を描いた。著書に『写生地』がある。昭和五年、帝国美術院委員。一九六〇（昭和三十五）年一月一日死去、七十歳。

上野山清貢への想い

一九一五（大正四）年秋　茅ヶ崎（？）▶▶▶▶東京市外中野

淋しいったらどうしたらいゝかと思うほど、淋しさが込み上げて来る。またバラ〳〵っと大降りになったようなの、私はいま昼寝からさめたところ、もう四時頃かしら、絵は無事にゆきまして、私は泣き出したいようなの、一人ぽっちで、なにするという事もなしにあなたのことばかり思いつゞけて居ます。東京はお天気だといゝがそれも随分案じて居ります。まだ一日もたゝない　どうぞね、私はまってますのよ、いゝ小説を書きますわ、雨がやむといゝのに、（七日午後）

上野山って封筒にかきましたわ、まだ字が下手でしょう、電気がいまつきましたの、こまかい雨が降ってる上に風が出てざわ〳〵がた〳〵って淋しい夕方ですわ。

どうしてらっしゃいます、シオンの花が散らないで、すっかりしおれてしまいましたの、帰ってらっしゃる時は机の上になんにも花が御座いませんわね。私はいま楽しい空想をしてますの、あなたが帰ってらして、小さな家が出来て、冬の仕度をしてお飯をたいて、赤ちゃんの着物をこしらえて、布団をこしらえて、しっかりした一日一日を暮すことを考えてましたの、二人でおいしいお飯をたべて、そしてねんねするんですわ。もうじきばんのお飯を持って来ますわ。あなたは一体どこでどんなお飯をめし上ってらっしゃるの、本当に病気をしないようにして下さいな大切にして、私も大切にしてますわ。病気をいましたら私だちは本当にかなしいわね、い丶事い丶事ばかり思って明るい楽しい未来を考えてますの。十日のお互の淋しさや苦しさやかなしさが、私だちのこの冬の楽しさになるんだと思って、本当にね　そうだわ、あなただってそうでしょう。そうならなくっちゃいけないんだわ。

一人ぽっちで宿屋にいて一人ぽっちで御飯をたべるなんて本当に間のぬけたつまらない淋しいかなしいことだわ。もう夜になってしまったの、恐ろしい雨風になったのですわ、真闇なよる、部屋の戸やなにかゞガタビシ〳〵して本当に便所にゆくのもこわいよう、いま宿の子供が遊びに来ましたのよ二人で。

いま子供だちが帰りましたわ、私はおふとんを敷いて茫然しましたの、今夜も今夜もあなたの寝巻をだいてしっかりだいてねむりますわ。幾時頃かしら、時間もなにもわからないで、籠の鳥のように一室のうちによるひるをおくります。あなたがお帰りになって、京都のよるの街を歩くのなんか楽しみにしてますの、あなたもおやすみなさいませね。私も床に入りますわ。夜めがさめたら私の事を考えて下さいまし。（よるねる前に）

いまめがさめましたの、雨はやんじゃってるけれども曇った風のある日ですわ、夜中に便所に行ってしばらくねられないで本をよんでましたの、お竹どんが寝像がわるくってすっかりお尻もなにも出してねてますの、けれども笑う気になれませんでした。今日からあなたは働かねばならないのね、どうぞしっかりやってちょうだい。いまね御飯がすんだらお湯に行こうかどうしようかと考えてるんですわ、今日も一日じきたちますわね。

あなたの御手紙はあしたになれば来るんだと思ってまってますの、ようよう決心していまお湯に行ってまいりましたの、御天気になりましたの、それで明るく日のあたってるのを見て少し気がはればれしますけれども、あの青い青い空を見てると、本当に一人でいることが淋しくなります。御湯には二人入ってましたけれども我まんして入って来ました、二人とも生れたばかりのような赤い顔の赤ちゃんをつれていました。私はなんだか恐ろしくなりましたの。

いまおひるをたべました。あなたはどこで御飯をめし上って、すべてのことが都合よくゆきそうかしら。

いま電気がつきました。私は淋しくってかなしくってならない。あなた一人にすがって、あなた一人の為めに生きてる身が、こうしてはなれていては私はどうしたらい丶のかわからない。みんながあなたにたような足音をして帰って来ます。お丶いまあなたがふと帰ってらしたら。

いま御飯がすんでからこゝの宿の主人と子供が二人私の部屋に来ましたので話してましたら河井さんの所から女中がお使で、ルソーの懺悔録と世界道中かばんの塵*と二冊の本を持って来て下さいました。ルソーの懺悔録は恐ろしく大きなあつい本です。一生懸命よみましょう、いずれそのうち河井さんが入らっしゃるって御手紙をそえて来ました。

こゝの宿の主人の話しじゃこの近所にはたゝみたてぐつきの家があるのだそうです三間位で七円位だろうて云ってました。さがしておいてやろうって云ってました。

あゝ御話が出来たらどんなにうれしいか御話をするつもりでいつも〳〵この紙に書いてたって本当につまりませんわ。あしたは御手紙がいたゞけるでしょうね。もし来なかったら来なかったら、私は本当に苦しい。（八日夜）

上野山しづ

清貢様

＊　世界道中かばんの塵＝田中一貞の著書、大正四年、岸田書店刊。

素木しづと森田たまは、札幌の小学校も女学校も同級生であった。たまは病気のため中退したが、少女小説を書くことになり、ひとあし先に東京へ向かった。しづは札幌高女四年の藻岩山登山のときに転んで膝を打ったのが原因で結核性関節炎に罹り、明治四十五年、転地療養のため一家で上京、赤十字病院で右足を切断した。後年のエッセイスト森田たまの思い出の中のしづは、「春の淡雪に紅を溶いて流したような優しい美しい」少女であった。

十七歳のしづは、入院中に作家を志し、大正二年、二人の文学少女たまとしづは夏目漱石の弟子の森田草平に入門した。しづは「松葉杖をつく女」を、翌年は「三十三の死」を「新小説」に発表。このころ、やはり漱石門下の岡田耕三に英語を、津田青楓に油絵を習っていた。太平洋の孤島への逃避行を夢見た岡田に惹かれたしづは、江口渙と岡田の旅先の伊豆大島へ追いかけていった。のちに岡田は「北方文芸」に彼女の情熱的な恋文を公表した。ちなみに漱石の長女筆子と、しづの妹が日本女子大付属女学校でクラスメートだった。

大島での岡田の心は、しづから離れていた。そこに登場したのが、旅から旅へ放浪する無名の画家だった。上野山清貢としづとの、運命的な邂逅である。無頼のボヘミアン風な彼は、長髪を振り乱した精悍な容貌だが、心優しく献身的なバプテスト派のクリスチャンだった。彼女は熱が冷めた岡田に、激しい絶交状を書いた。上野山としづがいた三原旅館には、肺の悪い天才画家中村彝《つね》もいた。

手を取りあって帰京したふたりは、四年五月、日比谷美術館で「二人展」を開き、八月、二人だけの結婚式をおこない、伊勢、関西周遊の二ヶ月のハネムーンもした。翌年一月には女児を出産、桜子と名づけたが、ふたりは「坊や」と呼んでいた。家事、育児を協力しあう対等な友だちのような夫婦生活のなかで、五年、六年のしづの創作活動はめざましかった。「文章世界」の大正五年一月号「新進作家論」には、紅一点でしづが取りあげられ、「新潮」三月号の「新進十作家」にも入れられた。十一月に出版された短篇集『悲しみの日より』も、おおむね評判がよかった。六年二月号は四つの文芸誌が彼女の作品を載せている。「樋口一葉の再来か」と伝説的にいわれもした。

そういう中で、しづは五年六月に喀血して、茅ヶ崎南湖町で療養、六年五月にも倒れて、小田原ちかくの早川村、かめや旅館にひとり滞在し、読売新聞連載の小説「美しき牢獄」を執筆していた。松葉杖で浜辺をさまよい、伊豆大島をかすかに望むと、岡田との別れの哀しみと上野山との出会いの感動の記憶が心をよぎる、そんな想いにかられる日もあっただろう。

さてこの手紙だが、もう一度新婚のほやほや時に溯る。身重のしづが茅ヶ崎あたりの宿屋に十日ほどいた時のものらしい。「上野山」と字を書いてみる初々しさ。出産を待つ女の不安と期待。ともあれ恋しい夫への、ひたすらな語りかけだ。

昭和十二年に菊池寛が出した『文章読本』には、素木しづのこの手紙を、人の心を打つ技巧のない文章のサンプルとして、序文にまず揚げ、本文にも「坊やがいないと淋しくって淋しくって」という早川村からの手紙を、「愛児を通じて、良人への感情が素朴に書かれている」例として引用した。

しづの作品の内容は暗いが、性格的には明るく前向きだった。しかし東京に戻って半年、大正七年一月二十九日、一週間前までは二歳一ヶ月の桜子と夫の着物を縫っていた彼女の二十二歳の命は尽きてしまった。

神楽坂あたりで、飲み物の店でも開いて、「上野山さん」を洋行させたいと、生田花世に語っていた夢も果てた。(召使いではないから彼を「主人」とは言わない。彼は「しいちゃん」と呼んだ。)

死の床で彼女を抱きかかえていた夫は、「死ぬなんて馬鹿だ」と、突然叫んだ。枕もとには、しづが大好きな水仙の花が飾られていた。

伊藤野枝が綴る

伊藤野枝　いとう・のえ　一八九五（明治二十八）年、福岡県糸島郡今宿村に生れる。社会運動家、評論家。本名ノヱ。上野高女卒。在学中、郷里で仮祝言をしたが出奔、辻潤と同棲。青鞜社に入り、「新しき女の道」などを発表。大正四年、平塚らいてうから引継ぎ「青鞜」の編集兼発行人となる。大杉栄の伴侶となり、「文明批評」や「労働運動」を創刊し、『乞食の名誉』などの共著、ファブル『科学の知識』などを共訳した。一九二三（大正十二）年九月十六日、大杉栄とともに、憲兵大尉甘粕正彦らに虐殺された、二十八歳。

大杉栄　おおすぎ・さかえ　一八八五（明治十八）年、香川県丸亀に生れ、軍人の父の転勤で新潟県新発田で少年時代を過ごす。評論家、革命家。東京外語仏語科卒。幸徳秋水の平民社に出入りし、明治三十九年、堀保子と結婚の年、電車賃値上げ反対デモで逮捕される。赤旗事件で獄中にいたため、大逆事件の連座を免れた。荒畑寒村と「近代思想」を創刊。『獄中記』、『正義を求める心』など。大正十一年、国際アナキスト大会に出席のため密航、パリで逮捕、追放された。一九二三（大正十二）年九月十六日、伊藤野枝とともに麹町東京憲兵分隊で虐殺された、三十八歳。

大杉栄への想い

一九一六（大正五）年四月三十日　千葉県御宿、上野屋旅館 ▸▸▸▸ 麹町区三番町、福四万旅館

ひどい嵐です。一寸《ちょっと》も外には出られません。本当にさびしい日です。けれど今日は、さっきあなたに手紙を書いた後、大変幸福に暮しました。何故かあててごらんなさい。云いましょうか。それはね、なお一層深い愛の力を感じたからです。本当に。

こないだ、あなたに云いましたね、あなたの御本だけは持って出ましたって。今日は朝から夢中になって読みました。そして、これが丁度三四回目位です。それでいて、何んだか始めて読んだらしい気がします。あなたには前から幾度も書物を頂く度びに、何にか書きますってお約束ばかりして書きませんでしたわね。私は書きたくってたまらない癖に、どうも不安で書けませんでしたの。それは本当に、あなたのお書きになったものを、普通に読むと云う輪廓だけしか読んではいなかったのだと云う事が、今日はじめて分りました。何んと云う馬鹿な間抜けた奴と笑わないで下さい。

私が無意識の内にあなたに対する私の愛を不自然に押えていた事は、思いがけなく、こんな処にまで影響していたのだと思いましたら、私は急に息もつけないようなあなたの力の圧

迫を感じました。けれども、それが私にはどんなに大きな幸福であり喜びであるか分って下さるでしょう。あんなに、あなたのお書きになったものは貪るように読んでいたくせに、本当はちっとも解っていなかったのだなんて思いますと、何んだかあなたに合わせる顔もない気がします。けれども、それは本当の事なんですもの。それをとがめはなさらないでしょうね。今は本当に分ったのですもの。そしてまた私には、あなたの愛を得て、本当に分ったと云う事はどんなに嬉しい事か分りません。これからの道程だって真実たのしく待たれます。

今夜もまたこれから読みます。一つ一つ頭の中にとけて浸み込んでゆくのが分るような気がします。もう二三日位はこうやっていられそうです。一ぱいにその中に浸っていられそうです。でも、何んだか一層会いたくなって来ます。本当に来て下さいな、後生ですから。

嵐はだん〳〵ひどくなって来ます。あんな物凄いさびしい音を聞きながら、この広い二階にひとりっきりでいるのは可哀そうでしょう。でも、何にも邪魔をされないであなたのお書きになったものを読むのは楽しみです。本当に静かに、おとなしくしていますよ。でも、一寸の間だってあなたの事を考えないではいられません。こうやっていますと、いろ〳〵な場合のあなたの顔が一つ一つ浮んで来ます。

大杉栄が綴る

伊藤野枝への想い

一九一六（大正五）年五月二一日　麹町区三番町、福四万旅館 ▸▸▸▸ 千葉県御宿、上野屋旅館

けさ、あの雑誌や新聞をポストに入れて帰って来ると、三十日と一日との二通のお手紙が来ている。

本当にいい気持になって了った。僕はまだ、あなたに、僕の持っている理屈なり気持なりを、殆んど話した事がない。それでも、あなたには、それがすっかり分って了ったのだ。二ケ月間と云うものは、非常な苦しさを無理に圧えつつ、全く沈黙してあなたの苦悶をよそながら眺めていたのも、決して無駄ではなかったのだ。

しかし、一時は僕も、全く絶望していた。そして僕は、せめては僕の気持もあなたに話し、又あなたの気持も聞いて、それで綺麗にあなたの事はあきらめて了おうと決心していた。あ

なたの事ばかりではない。女と云うものには全く望みをかけまいとすら決心していた。そして、それと同時に、僕自身の力にも殆んど自信を失っていた。僕が、いつかのあなたの手紙を貰ってから、ひどく弱り込んで了ったのも、全くその為めであった。

あなたは、僕に引寄せられた事を感謝すると云う。けれども、僕にとっては、あなたの進んで来た事が、一種の救いであったのだ。それによって僕は、僕自身の見失われた力をも見出し、又それの幾倍にも強大するのを感得する事が出来たのだ。

きょうの、あの二通の手紙は、まだ多少危ぶんでいた僕を、全く確実なものにしてくれた。本当に僕はあなたに感謝する。あなたの力強い進み方、僕はそれを見ているだけでも、同時に又僕の力強い進み方を感じるのだ。

本当に僕は、非常にいい気持になって、例の仕事にとりかかった。昼飯までの、二時間ばかりの間、走るように筆が進んで、いつもの二倍程も書きあげた。

又邪魔がはいった。正午頃に、労働者の一同志が来た。新聞配達の労働組合をつくりたいと云うのだ。しかも、もう殆んど、其の準備が出来ているというのだ。一時間ばかりは、其の話で大ぶ面白かったが、やがて下らない其の男の身上話や何かに移って、折角の興も大ぶさめた。

三時頃に漸く帰える。あくびが出て仕方がない。又、けさの手紙をとり出して見る。そして此の手紙を書き出した。

御宿の浜と云うのは、僕の大好きな浜らしい。僕には、浜辺が広くって、其処《そこ》に砂丘がうねうねしていないと、どうも本当の浜らしい気持がしないのだ。僕の育った越後の浜と云うのがそれであった。

あなたの、早く来てくれと云う言葉も、何の不快もなしに、というよりは寧《むし》ろ、非常に快く聞く事が出来た。本当に行きたい。一刻でも早く行きたい。今にでも、すぐ、飛び出して行きたい位だ。ゆうべは、神田の一軒の本屋に寄って見た。極く小さな本屋でもあり、それに今或る雑誌をやりかけて其方へ全部の資金を注いでいるので、あなたの本の話は駄目だった。もう一軒、これならばと思って行って見たが、そこの主人がきのうとか軍隊に召集されて行ったとかで、これ亦駄目。まだもう一軒、望みをかけている本屋もあるが、一寸行ってみる気にならない。

文章世界は、そんな話は全く駄目。孤月（中村孤月*）は少しも顔を見せない。

兎に角、往復の旅費さえ出来たら、せめては一晩泊りのつもりで行く。そして第二土曜にあなたが上京した際には、必ず何んとか都合して、一緒に御宿へ行けるようにする。

あなたが大きな声で歌うと云う其の歌い声を聞きたい。

* 中村孤月＝蓬髪垢衣の大正文壇の奇人の一人。「文章世界」に「現代作家論」を連載。

伊藤野枝が千葉県御宿海岸の旅館に滞在したときの、大杉栄との往復書簡である。長男の一《まこと》は、別れた辻潤のところに残し、次男の流二をつれていた。

玄界灘に面した小さな村に生れた野枝は、明治四十三年上京し、鶯谷の上野高女の編入試験にパスした。翌年春、五年生の始業式の日、ふちなし眼鏡の若い教師を見た。辻潤との出会いだった。野枝は英語の流暢な、ピアノを弾く先生を思慕した。のちのアナーキスト、尺八をもって放浪の果てに戦時下、新宿のアパートで餓死した辻潤の、若き日の颯爽とした姿である。夏休みに親同士の縁で野枝は郷里で仮祝言をあげたが、すぐに脱出した。野枝は辻の社会思想や文学の話に目をかがやかせ、彼も文才のある野性的でパッショネートな筑紫の乙女を愛した。平塚らいてう主宰の雑誌「青鞜」を読ませたのも彼であった。卒業後、離婚交渉に難航しつつ辻潤といっしょになったが、生徒との恋愛はご法度だったから、辻は女学校を追放され、彼女と母と妹同居の生活難は底をついた。

らいてうに認められた野枝は、「青鞜」の新しい女たちに仲間入りし、仕事と育児に邁進した（二十八歳で死んだ野枝は、七人の子を出産した）。大正三年には、らいてうから「青鞜」を引継ぎ、二十歳の編集長になった。

「近代思想」の発行人大杉栄が「青鞜」の野枝の文章「婦人解放の悲劇」をほめたことから、二人は親しくなった。結婚してわかったエゴイスティックな側面に幻滅して、辻潤とは別れ、大杉と結ばれたあとの手紙である。

野枝は大杉の本『生の闘争』を読みながら、ひたすら大杉がやってくるのを待っている。この手紙が着く前、五月一日に大杉も「逢いたい。行きたい」と書きながら、東京日日新聞の神近もえらくなったと褒め、彼女のそばで野枝からの手紙を読んでいても内容を聞きたがりもしないし、苦悩の色も見せなかったことなどの報告もする複雑さだ。そして翌日のこの手紙では、野枝の本のために、神田の出版社まわりをしたことが書いてある。六日の文面には、帰りの列車の駅々で尾行の刑事が四人も交代して、「御苦労様の至り也」とあるので、大杉が御宿へ行ったことがわかる。

逢いにきた大杉との烈しい愛の交歓に、野枝は自信をもったものの、七日の手紙には「私は神近さんに対しては、相当の尊敬も愛も持ち得ると信じます。同じ親しみを保子さんにも持ちたいと思います」と、やはりグルーミーな気分もあり、婦人記者ナンバー・ワンといわれる彼の愛人神近市子と、獄中の大杉を支えた年上の糟糠の妻堀保子のことを書いている。

この年十一月、市子が大杉ののどを短刀で刺すという葉山の日蔭茶屋事件がおこり、市子は服役、保子は離縁を公表することにより、自由恋愛論を標榜する四角関係はくずれた。恋の勝利者にはなったが、世間も友人も市子に同情的で、野枝は敵役となった。以後、貧窮の渦中で、「文明批評」、「労働運動」などの新雑誌を協力して出し、書くことを継続して共著を出版し、住所を転々とし、野枝は女の子を四人産み、一所懸命に生きた。信条を「自分を他人の重荷としないこと」「他人の生活に立ち入らないこと」とした。むろん伴侶もまた他人の範疇、としての謂いではないだろうか。

十一年末、大杉はひそかに日本を脱出してパリに潜入した。渡航費の提供者には千円の有島武郎もいた。ラ・サンテ監獄から送還され、翌年七月、華々しく帰国した。最後の住まいの淀橋町柏木（新宿）の近所に評論家内田魯庵がいた。二人は内田家へおおぜいの子を連れてきて、柔和な微笑を見せる子煩悩な父母ぶりであった。

その数日後が九月一日、関東大震災。社会主義者への弾圧のさなか、大杉は貴族趣味な金紋入り蝋塗りの乳母車に長女魔子をのせて、のんきに散歩するので、魯庵ははらはらしていた。十六日、大杉と野枝が六歳の甥と帰ってきて、自宅の前で梨を買っているとき拘束され、麴町憲兵分隊で、甘粕大尉により三人とも虐殺された。野枝は八月にネストルという名の男の子を産んだばかりであった。二人の無惨な最期は翌月まで公表されなかったので、魔子は魯庵の家に毎日きて、無邪気に遊んでいたという。

芥川龍之介が綴る

芥川龍之介　あくたがわ・りゅうのすけ　一八九二（明治二十五）年、東京京橋区入船町の新原家に生れたが、母の実家芥川家の養子になる。小説家。ペンネーム柳川隆之助、号は澄江堂主人、寿陵余子など、俳号は我鬼。東大英文科卒。第三、四次「新思潮」同人。在学中の「鼻」が夏目漱石の激賞を得る。横須賀の海軍機関学校教官に赴任。大阪毎日新聞社社員となり、海外視察員として中国に赴く。帰国後、健康すぐれず、湯河原、鎌倉、軽井沢、鵠沼海岸へと転地静養を繰り返しながら執筆し、その間、二度目の長崎行きや死の年の大阪、北海道東北の講演旅行も果たす。大正六年の『羅生門』から昭和二年六月の『湖南の扇』まで十二冊の短篇小説集がある。一九二七（昭和二）年七月二十四日、田端の自宅で睡眠薬の致死量を飲んで自殺した、三十五歳。

塚本文　つかもと・ふみ　一九〇〇（明治三十三）年、長崎県に生れ、幼少期に東京品川下高輪で育ち、父の戦死後、本所相生町の母の実家に移る。母の弟を訪ねてくる親友芥川龍之介を知る。跡見女学校卒。大正七年、芥川龍之介と結婚。比呂志、多加志、也寸志の三男が生れる。著書に『追想芥川龍之介』がある。一九六八（昭和四十三）年九月十一日、六十九歳で他界した。

塚本文への想い

一九一六（大正五）年八月二十五日　千葉県一の宮町、一宮館▸▸▸▸本郷弥生町

八月廿五日朝　一の宮町海岸一宮館にて

文ちゃん。

僕は　まだこの海岸で　本をよんだり原稿を書いたりして　暮しています。何時頃《いつ》　うちへかえるか　それはまだはっきりわかりません。が、うちへ帰ってからは　文ちゃんに　こう云う手紙を書く機会がなくなると思いますから　奮発して　一つ長いのを書きます　ひるまは　仕事をしたり泳いだりしているので、忘れていますが　夕方や夜は　東京がこいしくなります。そうして　早く又　あのあかりの多い　にぎやかな通りを歩きたいと思います。しかし　東京がこいしくなると云うのは　東京の町がこいしくなるばかりではありません。東京にいる人もこいしくなるのです。そう云う時に　僕は時々　文ちゃんの事を思い出します。文ちゃんを貰いたいと云う事を、僕が兄さんに話してから*　何年になるでしょう。（こんな事を　文ちゃんにあげる手紙に書いていいものかどうか　知りません。）貰いたい理由は　たった一つあるきりです。そうして　その理由は僕は　文ちゃんが好きだと云う事です。勿

論昔から　好きでした。今でも　好きです。その外に何も理由はありません。僕は　世間の人のように　結婚と云う事と　いろいろな生活上の便宜と云う事とを一つにして考える事の出来ない人間です。ですから　これだけの理由で　兄さんに　文ちゃんを頂けるなら頂きたいと云いました。そうして　それは頂くとも頂かないとも　文ちゃんの考え一つで　きまらなければならないと云いました。

僕は　今でも　兄さんに話した時の通りな心もちでいます。世間では　僕の考え方を　何と笑ってもかまいません。世間の人間は　いい加減な見合いと　いい加減な身もとしらべとで造作なく結婚しています。僕には　それが出来ません。その出来ない点で　世間より　僕の方が　余程高等だとうぬぼれています。

兎に角　僕が文ちゃんを貰うか貰わないかと云う事は全く文ちゃん次第で　きまる事なのです。僕から云えば　勿論　承知して頂きたいのには違いありません。しかし　一分一厘でも文ちゃんの考えを　無理に　動かすような事があっては　文ちゃん自身にも　文ちゃんのお母さまや兄さんにも　僕がすまない事になります。ですから　文ちゃんは　完く自由に　自分でどっちともきめなければいけません。万一　後悔するような事があっては　大へんです。

僕のやっている商売は　今の日本で　一番金にならない商売です。その上　僕自身も　碌に金はありません。ですから　生活の程度から云えば　何時までたっても知れたものです。そ

れから　僕は　からだも　あたまもあまり上等に出来上っていません。（あたまの方は　それでも　まだ少しは自信があります。）うちには　父、母、伯母と、としよりが三人います。それでよければ来て下さい。

僕には　文ちゃん自身の口から　かざり気のない返事を聞きたいと思っています。繰返して書きますが、理由は一つしかありません。僕は　文ちゃんが好きです。それだけでよければ来て下さい。

この手紙は　人に見せても見せなくても　文ちゃんの自由です。

一の宮は　もう秋らしくなりました。木槿《もくげ》の葉がしぼみかかったり　弘法麦の穂がこげ茶色になったりしているのを見ると　心細い気がします。僕がここにいる間に　書く暇と　書く気とがあったら　もう一度手紙を書いて下さい。「暇と気があったら」です。書かなくってもかまいません。が　書いて頂ければ　尚　うれしいだろうと思います。

これでやめます　皆さまによろしく

芥川龍之介

＊　兄さん＝芥川の親友山本喜誉司。文の母の弟だが、若い叔父なのでこう呼んだ。

府立三中の芥川龍之介が親友を訪ねるたびに、表で遊んでいる文ちゃんが、「兄さん、芥川さんが来たわよ」と、若い叔父を呼びに家の中へかけこむ、そんな塚本文のあどけない笑顔のシーンがあった。文の母は二十四歳で戦争未亡人になり、子を連れて実家に寄寓していた。

その後、芥川には愛する吉岡弥生の存在があり、家人に結婚を反対されて、その恋に破れたあと、芥川家では花嫁候補として、塚本文が浮上したのである。頬のふっくらした女学生になった十六歳の文に再会して、芥川は眼を見はった。大正五年の正月には家によんでカルタをとって遊び、だんだん結婚の意志をかためていった。

「としよりが三人います。それでよければ来て下さい」「僕は文ちゃんが好きです。それだけでよければ来て下さい」と、なんとも優しい書きようではないか。いたれり尽せりの、心のこもったプロポーズの手紙だ。むろん彼女に異存はなかった。その年十二月、婚約の契約書が作られ、彼は横須賀の海軍機関学校の嘱託教授になった。

大正五年十二月といえば、芥川がもっとも尊敬する夏目漱石との永訣のときでもあった。芥川は前年暮れに漱石の若い門下生となり、五年二月の「新思潮」創刊号に発表した「鼻」を激賞されて嬉しいおもいをした。一の宮から文へのこの手紙を書いた三日後には、漱石にあててこの避暑地での久米正雄との「我々のボヘミアンライフ」を書いている。時計がないので太陽の高さで起き、トイレは内緒で庭の砂にしみこませ、穴のあいた蚊帳のなかに火鉢をいれて燻し、といった暢気な書生ぶりを報告した。

晩年は神経が弱って、細くて小さな文字になったが、フィアンセへの手紙は原稿用紙のます目一杯にあふれるように書き、自己流にくずしていたので、彼女が「読みにくいわ」と言うと、正直でよいとほめられたことがあった。これは文の晩年の追想である。もう一つ婚約時代の思い出に、はじめての原稿料で帯留めを買ってもらった。蝶が羽を拡げた形で、裏に「りう」というかな文字が彫ってあった。一回だけの贈り物だったという。

翌年、第一創作集『羅生門』を刊行、佐藤春夫の発案により日本橋のレストラン鴻の巣で、出版記念会が催され、新進作家として文壇へ順調に船出する。この活躍中にも、お堅い学校の教官室でほかの先生たちに聞えないように、小さな声で「文ちゃん」と言ってみたり、結婚したらそう呼ぼうと思って「文子」と言ってみたというような、ほほえましいラブレターも書いた。

七年二月、結婚。田端の芥川家に近い会席料理の自笑軒で披露宴がおこなわれた。鎌倉の新居では、横須賀の学校から夫が帰宅すると、二人して机に向かい合い、文は英語を習った。この鎌倉時代がいちばん楽しかったという。芥川はますます創作に集中していった。翌年には「としよりが三人」いる田端の家に戻り、文は女学生のように無邪気な妻と、しっかり者の「襷がけの妻」の二役を自然に演じていた。

「結婚生活はわずか十年の短いものでしたが、その間私は、芥川を全く信頼してすごすことが出来ました」という文章は、昭和二十四年の「図書」に載っているが、それと同じことばを、私はじかに聞くことができた。三十九年七月、文藝春秋主催の芥川賞・直木賞の三十年記念展に近代文学館が協力したときだった。芥川の書斎を復元するために、机や火鉢や、マリア観音像など、数々の遺愛品を拝借に行った。夫が亡くなったときの着物については、中国みやげの象と虎の絵が藍と白に染めぬかれた布を、夫人が苦心して浴衣に仕立てると、大いに気に入り、最期のときは洗い晒して色があせていたと説明してもらった。あのことばを、じかに聞いたのはその日だったと思う。展覧会のあと、文夫人と長男比呂志氏の意向で、出品資料のすべてが文学館に寄託された。今なお比呂志夫人瑠璃子さんの手で、寄贈が続行されている。

佐藤春夫 が綴る

佐藤春夫　さとう・はるお　一八九二（明治二十五）年、和歌山県新宮の医家に生れる。詩人、小説家。慶応義塾予科を中退。大正六年、谷崎潤一郎を知る。同棲した芸術座の川路歌子と別れ、女優米谷香代子と同居。翌年、「田園の憂鬱」で文壇デビュー。九年、台湾、中国から帰国後、香代子と別れる。「小田原事件」で谷崎と絶交し、『殉情詩集』ほかを刊行。十三年、小田中タミと結婚。十五年、谷崎との友情復活。昭和五年、タミと別れ、谷崎千代と結婚。『ぽるとがる文』、『掬水譚』、「芰夷行」（菊池寛賞）、『定本佐藤春夫全詩集』（読売文学賞、詩歌）、『晶子曼荼羅』（読売文学賞、小説）など。芸術院会員、文化勲章。一九六四（昭和三十九）年五月六日、文京区関口の自宅で朝日放送の「一週間自伝」を録音中、心筋梗塞のため七十二歳で急逝した。「私の幸福は……」が最後の言葉となった。

谷崎千代　たにざき・ちよ　一八九八（明治三十一）年、群馬県前橋の生れ。旧姓は石川。大正四年、谷崎潤一郎と結婚、長女を生む。谷崎・佐藤の「小田原事件」のあと、横浜、関西へ一家で転居。昭和五年、佐藤春夫と結婚、長男誕生。一九八二（昭和五十七）年七月二十二日、八十五歳で他界。

谷崎千代への想い

一九二一（大正十）年一月二十八日〜二月四日　東京青山南町 ▸▸▸▸ 相州小田原十字町

（前略）

あなたは僕を恋しいと言ってくれるくせに、何一つ僕のために犠牲を払ってくれようとはしない。ほんとうの恋というものはそんなものじゃないと思う。僕はあなたのためになら命の外なら何でもすてる。若し〔か〕すると命でもすてたい。しかし私は口から出まかせを言いたくないから、命だけは今はねのけて置く。その外のものなら、世間の名誉であろうと、つまらないものではあるが財産でも、また切なくはあるけれども親でも、自分の仕事でも――いや、あなたさえ私のそばに居てくれれば、私の仕事は生涯のうちには出来るのだ。そうすれば、両親に対する申わけはいくらでもあるのだ。勝手なことを言うようだけれども、あなたの子供が成長してからこの問題を理解するようになっても、たといあなたが私の方へ来たからと言っても、私をもあなたをも恨む筈はないと思う。私はまたこれほど愛しているあなたの、そのあなたの最も愛しい〔て〕いる子供に、どんなことがあっても不幸をかけはしないと思う。私はここで誰の前をもはばからずに断言するが、人の夫としても人の親になっても、少くとも谷崎よりはどれだけ真心のある人間だか知れない。私は神に恐れずにこれだけのことは言える。それは私がすぐれた人間だからではない。ただ谷崎という男が凡人以上に不真実な男だということを、私はこの事件の前後を通じて、今になってはっきり知ったからこう断言するのです。このことは僕がそう言ったと言って谷崎に伝えてくれてもいい。私はもう谷崎という男に何の敬愛の情をももてない。信用をもおけない。それ故今度谷崎からどんな手紙を貰っても私は、谷崎と和解するつもりはない。私は卑屈な人間でよくよくでなければ人に対して激しい感情をもつ事はない。しかしかたくなな生れつきで一たん一つの激しい感情が起ればそれは決してやすやすとは消えないのです。（中略）
あなたが谷崎と夫婦でいるということは多分三人一緒に破滅するという事だろう。しかし、いくらこんな事を言って見たところで結局だめだ。あなたは谷崎のそばに居る。私はひとりぽっちだ。もうそれだけで私は充分に負けている。あなたは何一つ私のために犠牲を払ってくれようとはしない。谷崎に黙って私に会うのはそれは苦しいに違いない。しかし私があなたを深く愛しているから、決してあなたを害《そこな》うものではないと信じてくれるなら、それぐらいの苦しさを忍んで一日に十分や二十分の時間を私に顔を見せてくれたって何が悪いものか。いや悪いかもしれない。しかしそれだけのことで私の心がどれだけ楽になるかを思ってくれたなら、あなたの少しぐらいの苦しさは、私を救うためだと思ってがまんしてくれてもよかったと思う。私はいずれ駄目になるものにきまっては居る、それでもあなたの顔を見られると思えばその時だけでも生きているような気がする。あなたに逢わない一日がどんなに私にくるしいか、さびしいか、切ないか、あなたは想像して見てくれたことがあるか。私はただしょんぼりと火鉢の前へ座ったきりで、火鉢に火の消えるのも忘れている。（中略）

あの男、いつか、秋雄*が来た晩に、私とあなたと二人きりで二階で話した時に、あなたのことを娼婦のようになっていると呼んだ。私は私の愛しているものが娼婦のようだと言われたのがくやしいばかりに、あなたを思いきろうと思い込んだ。私はあの時のことを思い出すと、自分が可愛そうでならない。私はうまく谷崎にだまされた。私は自分の愛するものが娼婦のようだと呼ばれただけで何とも言えない苦痛と恥とを感ずる男だのに、谷崎は自分の愛するものを平気で娼婦呼ばわりをすることの出来る男だ。そのあの男はどんな立派な立派な人格をもった男か。あの時、あの男は秋雄と二人で下でおせいの噂をしてわいせつな話をしたり、「おせいはもう僕のことなどは忘れてしまって、高橋に夢中になっている、あまりけろりとしていて憎らしいくらいだ」とも言ったという。私の前ではあわれっぱ〔ぽ〕い事を散々言っておいて、もう十分もたたないうちには前の情婦の噂などを晒々としていたのかと思うと、私にはあの男の気持がわからない。

またあの時、あなたは私にむかって、「私も強くなる」と言った。あなたは以前に「私が強いくらいならあなた（—僕—）のところへ行くのだが、意久地がないから駄目だ」とよく言ったことが私の耳にのこっているから、「強くなる」というのは私のところへ来てくれるということだと私は思いこんで（—私はそう思いこんだ自分のうぬ惚れが恥しいが、）そう言ってくれるあなたの心をうれしいと思い込んで、私はあなたと兄弟のようになろ〔う〕と、あなたが谷崎の方へゆくのを別に自分の方へひきよせようとはしなかった。それに私はその時は谷崎をもっと〔男〕らしい男とおもってもいたから、あなたが谷崎のそばに居るのは悲しいうちにも何となくやり甲斐があるようにも思った。若しあの時あなたがはっきりと谷崎のところへ行く、あなたの方へは行かないと第一に言ってくれたら、（私がうぬぼれて思い違いをしなかったら、）私は思うだけのことを、あなたが私の方へ来ても、谷崎の言うように決して道に外れたことではないことを力説して置きたく思ったのだ。私は自分の思うだけのことを、信ずるだけの事をのこらずあなたに打あける機会がもうなくなったように思えてならない。私がここに居ることを谷崎にうち明けた以上、谷崎は決してあなたをもう私に逢わせはすまい。東京へ行くにしてもどこへ行くにしても一一あなたを引っぱって行くだろう。私はきょうどうかするとあまり恋しいのとさびしいのとで気が違いはしないかと思えるような時間が半時間ほどもつづいて、泣くにも泣かれず、もうどうなってもいいから、あなたのうちへ飛び込んで行っ〔て〕あの男と〔を〕散々罵って、けんかでも決闘でもしてやろうか、思いつめた心をおさえるのに骨を折った。

私の言うことはしどろもどろで何を言っているのかわからないかも知れない。自分でもよくはわからない、言いたい事は一つも言えてない気がする。（後略）

＊ 秋雄＝春夫の弟。医学博士。ウィーン留学のときにマロニエの実を持ち帰り、早世した弟を悼む春夫の長詩「マロニエ花咲きぬ」がある。

　大正九年十月、佐藤春夫は中国、台湾の旅から、小田原十字町の谷崎家へ直行した。谷崎潤一郎は妻千代と、長女鮎子、千代の祖母にあたる養母と、妹せい子の五人家族。前年末に北原白秋の世話で、潮騒の聞えるこの家に転居していた。鮎子はおばあさんに送り迎えされて聖公会花園幼稚園に行き、横浜の大正活映に通う谷崎と女優せい子（芸名葉山三千子）は、留守がちだった。谷崎は映画会社の脚本部顧問になり、自作の「アマチュア倶楽部」など、映画に熱心な時期である。せい子はおとなしい姉の千代に似ない、彫りの深い顔立ちとスタイル、モガのはしりらしい派手な性格で、谷崎を翻弄した。「僕は家畜より野獣が好きだ」と谷崎は言っていた。

　谷崎はずんぐり型だが、グリーンの宝石をゴールドで縁どった大振りの指輪をはめ、人魚を彫ったアイボリーのステッキをついた伊達男ぶり、痩せ型の佐藤はキザな鼻眼鏡をかけていた。

　もともと谷崎は、佐藤を処女短篇集『病める薔薇』の序文で讃美し、六歳下の親友として、小田原の前の本郷曙町では近所に住んで、いつも仲良く銭湯に行くウマの合う仲だった。

　佐藤は知っていた。谷崎は向島の料理屋のお嬌《きゃん》な女将、つまり千代の姉に求婚したのに、純朴で家庭的な千代と結婚させられた過去を。芸術のためには妻も家庭も犠牲にするタイプの偽悪主義の谷崎の仕打ちに接した佐藤は、千代への同情から恋ごころをつのらせていった。心底は嫌いではない千代を泣かせ、せい子との情交も目にあまった。谷崎の関西移住後の作品「痴人の愛」の奔放な小悪魔ナオミのモデルも、せい子で、ナオミズムという流行語があったというが、私は年とった彼女を佐藤家で見た瞬間、ディートリッヒのようだと思ったことがある。

谷崎は「大切な邪魔物」であった妻を、同情者に譲るという瀬戸際までいったが、前言を翻した。佐藤は「僕は白髪になるまでお千代を争ってもいい」と言い残して、十年三月、ついに絶交した。その後か、千代が夫に「これがあたしの初恋です」と言い、男に熱愛された女の輝きを見せたのは。目にも光をとりもどした。妻が変貌すれば夫に未練が出る。横浜本牧に転居して、夫婦愛がよみがえった。しかし、

あはれ／秋かぜよ／情《こころ》あらば伝へてよ／夫を失はざりし妻と／父を失はざりし幼児とに伝へてよ／
――男ありて／今日の夕餉に　ひとり／さんまを食《くら》ひて／涙をながす　と。

有名な「秋刀魚の歌」の一節である。佐藤には詩という武器があるからかなわないと谷崎がぼやいたらしいが、絶交のあとも千代への恋の詩が発表されていた。千代は雑誌に載る佐藤の詩を、どんな想いで目にしただろう。

谷崎と佐藤の小田原事件と呼ばれた恋愛葛藤、絶交、和解、そして、のちの夫人譲渡事件といういきさつの、絶交直前、これは幾日にもわたって書き継がれた原稿用紙二十枚におよぶ手紙（下書き）の後半の一部である。小説のような長い長い手紙のなかに迸る佐藤の激情。

二人の男が吐露したすさまじい手紙を、永い歳月、千代夫人は篋底に秘めていた。死の前に託された鮎子さんは、一九九三年、水上勉の解説「両文豪の真面目」とともに「中央公論」に公表した。

昭和五年八月に「夫人譲渡事件」がマスコミをにぎわした余波として、宝塚小林《おばやし》の聖心女学院では、乱れた家庭の子女として、鮎子さんを追放処分。それに抗

議したためにクビになった教師がいた。いま、世田谷区のフランシスコ・ヴィラで静かに暮らす九十代の岡本ちよさんで、私は当時のはなしを伺い、佐藤が感謝をこめて、その先生に贈ったという「さまよひくればば秋草の……」の詩の軸を文学館にもらってきた。岡本氏はその場で鮎子さんに電話をかけて、私とかわりばんこに談笑した。その日は、この手紙公表の直前であったが、それから数ヶ月して、鮎子さんの訃報を聞いた。夫の竹田龍児氏（佐藤春夫の甥）も、同じ年に他界した。

谷川徹三が綴る

谷川徹三　たにかわ・てつぞう　一八九五（明治二十八）年、愛知県知多郡常滑の商家に生れる。哲学者、評論家。一高を経て、京大哲学科卒。同志社大学などに出講し、京都での有島武郎や志賀直哉と交流する。処女評論集『感傷と反省』。昭和三年、法政大学教授になり上京（戦後、総長に就任）。『享受と批評』のほか、『宮沢賢治』、『芸術の運命』、『人間であること』など。芸術院会員、文化功労者。一九八九（平成元）年九月二十七日、自宅で死去、九十四歳。

長田多喜子　おさだ・たきこ　一八九七（明治三十）年、京都府淀町に長田桃蔵の次女として生れる。同志社女専卒、東京音楽学校（芸大）ピアノ科中退。大正十二年、谷川徹三と結婚。昭和六年、一子俊太郎が誕生。一九八四（昭和五十九）年二月八日、杉並の河北病院で他界した、八十八歳。

長田多喜子への想い

一九二二（大正十一）年三月二日　京都市上長者町▶▶▶▶京都府淀町

三月一日夜

いま帰ってきました。あなたが送って下さらないと帰るとき一層淋しいのです。今夜は殊に物足りない気持でした。私はいまも自分で自分の心をどうしてい丶か分らないのです。そのくせ私はいま疲れています。やっぱり昨夜ねていないから。しかし私の心はあなたで一ぱいです。そして一ぱいにみち足りている様で、どこかみち足りていない。これはどういう気持なのでしょう。私はいますぐにでもあなたにあわなければいやされない気持です。いますぐはとてもだめだ、では明日は、明日またあなたのところへゆくのはあまり度々すぎる、――私はもうねましょう。十一時、あなたはもうおやすみになりましたか。

三月二日

昨日はすこし寒すぎましたね。しかし御一所だったので私は寒いのも平気でした。私はあなたが閉口なすったろうと思って、済まないと思いました。昨夜帰るときは随分さびしかった、私は電車の中で泣き出したくなって了いました。私は全く意久地なしで貪慾です。あなたに毎日あってなければ満足できないのです。——今日も未だすこし変な心持です。ぼんやりしています。これからお湯へ行って、すこし、私はしっかりしなければいけない。
水仙は未だ香っています。

たき子様　　　　徹三

一九二二（大正十一）年十二月二十一日　京都市上長者町▶▶▶▶京都府淀町

十二月二十一日朝

朝といってももう十時です。昨夜床のなかへ入ってもねられないので三木[*1]の手紙をよみ出しましたらとうとう二時になって了いました。で今朝九時すぎまでねました。いま起きて乳をのみチョコレートを食べチーズをすこしかじって机に向ったのです。私はもうあなたにあいたくってじっとしていられない位です。十二時迄ともかく家にいて妹も誰も来なかったらやっぱり淀へ行きます。この一月許りかなりいらいらした日を送っていましたが、もう大抵なおりそうです。あなたにもすみませんでした。私はあなたが病気になってからあなたを一層すきになりました、（勿論前でもこの上好きになれようがない程すきでしたが）。——というのはあなたが一層女らしくなったからです。私はそれを嫌いとかいやだとかいうのとはすこし異って（私も実際あなたのいやなとこでもすきですから）あなたのあまり女ばなれした言動からは一種の反撥を感じさせられました。私が時々私達二人に於ては男性過剰だといったのはそれです。しかしそれがだんだんなくなって行く様な気がしたのです。で私はそれをうれしく思い、またあなたに絶えざる牽引（それは常に肉体を接触していたい欲望にまでなります）を感じながら、一方またあの安からぬ思いのために乱されて、実に複雑な心理のうちにあったのです。――しかしもうそれは私にも過ぎ去ったことにしましょう。私はいまはたゞまたあなたにあいたい思いで一ぱいです。しかし私はもう一つあなたにいうのを忘れていました。この間からの私の我儘な神経質な言動に対して、あなたが私にとって下すった態度はうれしく思いました。あなたの手紙はみなうれしい手紙だったのです、（私の子供らしいじぶくり[*2]は自分でも笑いたくなることがありますが、実際は子供の様に物悲しい訳の分らないものなのです。私のこの子供らしい愚かな気持をどうかあなたもいたわってやって下さい）。――私はこんなに書いて何だかあなたの前で泣きたい様な気になりました。私は悲しい。悲しくてうれしい。うれしくてかなしい。

徹三

たきちゃん

＊1　三木＝京大の友人三木清。哲学者。戦時中、治安維持法で検挙され獄死した。
＊2　じぶくり＝理屈をこねること、すねて怒ること。

京都郊外の淀町に自宅のある、政友会代議士一家に、多喜子という聡明で美人で、しかもユーモラスな娘がいた。同志社英文科を卒業して、東京音楽学校のピアノ科に入ったが、姉花子の病気看護のために、京都にかえった。長田家には自由な気風があって、明るい多喜子には、京大哲学の三木清や林達夫らボーイフレンドとの、友情と恋情が醸すような楽しい知的なつきあいの輪があった。

知多半島の中ごろ、愛知県常滑で海の子として育った自然児の谷川は、音楽的環境が皆無（中学校にも音楽の時間はなかった）だったが、一高時代にはロッシの歌劇を「享楽」の手始めとして文学青年に変貌、有島武郎に親炙した。西田幾多郎の吸引力により京大哲学科に入り、勉強の日々のなか、ある夜の音楽会で、友人の林や三木から噂を聞いていた多喜子と出会った。

ひとりっ子の詩人谷川俊太郎が父母の没後、ダンボール箱いっぱいの手紙の山を見つけた。それは大正十年六月から十二年七月までに交わされた若い二人の往復書簡で、五百三十七通あったという。なんて筆まめなことか。父のラブレターとともに、母は自分の手紙も一緒にして大切にとっておいたものらしい。詩人はその四分の一ほどを選び、『母の恋文　谷川徹三・多喜子の手紙』を編んだ。愛の軌跡はむろんのこと、あとがきにあるように、「当時の京都に住む二十代のインテリたちが、何を考え、何に悩み、どんな暮らしをし、どんな映画や展覧会を見、どんな音楽会や芝居に行っていたか」が分かるのも面白い。

「たき子様」から「たきちゃん」へと変化し、純情から性的欲望へと、青年の心は愉悦と苦悩に漂泊する。谷川が京大を卒業した春の手紙は、「今日は私の初舞台」ではじまる。同志社大学予科のドイツ語の講師になって、「いよいよ先生といわれる程の馬鹿になったかなと思いました」などと書いた。このころ、同志社で集中講義をしていた有島武郎や、京都時代の志賀直哉に逢うのも、多喜子と一緒だった。改造社の京都支社長の浜本浩（支社といっても、同棲中の美稲さんと二人きり）が撮った写真類を近代文学館にいただく時、九十歳になった浜本美稲夫人が、きのうのことのように大正時代の「多喜子さん」を、にこにこと連発した。しかし、ふと晩年の谷川夫人の病気に思いつき、顔をくもらせて現実にかえるのだった。

　谷川俊太郎は『母の恋文』につづいて、『モーツアルトを聴く人』という詩集を出した。その「ザルツブルグ散歩」の中ほどに、「ぼくの母はピアノが上手だった／小学生のぼくにピアノを教えるときの母はこわかった／呆けてから毎晩のようにぼくに手紙を書いた／どの手紙にもあなたのお父さんは冷たい人だと書いてあった／お父さんのようにはならないで下さいお願いだから／五年前に母は死に去年父も死んだ」とある。

　詩人によると、母は結婚前の恋する愛しかたが、ずっとつづいていて、父は普通の夫婦の関係だと思っていたのだ。それは残念ながらよくある男女の違いかもしれない。しかし、谷川はやはり普通ではなかった。脳が萎縮して、病院のベッドに横たわるだけで口も利けない妻を、毎日欠かさず見舞ったという、四年七ヶ月も、毎日だ。そして、九十歳の夫は感謝をこめて、みずみずしい長詩「鎮魂歌」を作った。フィアンセの頃のこと、没《な》くなる数日前の微笑のことなどなど、妻に語りかけるように。この詩は『母の恋文』のあとがきの中に入れられた。

　また、もう一度俊太郎の詩だが、「ふたつのロンド」のはじめに、「六十年生きてきた間にずいぶんピアノを聴いた／古風な折り畳み式の燭台のついた母のピアノが最初だった／浴衣を着て夏の夜　母はモーツアルトを弾いた／ケッヘル四八五番のロンドニ長調／子どもが笑いながら自分の影法師を追っかけているような旋律／ぼくの幸せの原型」と、彼もまた母を鎮魂する詩を書いている。

有島武郎が綴る

有島武郎　ありしま・たけお　一八七八（明治十一）年、東京小石川水道町に関税局少書記官有島武の長男として生れる。小説家、評論家。学習院を経て、札幌農学校本科（北大）卒。アメリカ留学後、ヨーロッパ各地を歴訪。札幌に赴任し母校の教授となる。明治四十二年、神尾安子と結婚。翌年、「白樺」に参加、のちに『或る女』となる「或る女のグリンプス」などを発表。大正五年、妻は三児をのこして病没、父も逝く。「カインの末裔」、「小さき者へ」など旺盛に創作活動を再開。十一年、北海道狩太の有島農場を小作人に解放の宣言、個人雑誌「泉」を創刊する。一九二三（大正十二）年六月九日、波多野秋子と縊死した、四十五歳。

波多野秋子　はたの・あきこ　一八九三（明治二十六）年、東京の生れ。父は実業家、母は新橋芸妓。編集者。東京実践女学校卒、波多野春房と結婚後、青山学院卒。大正七年、中央公論社に入社、「婦人公論」記者。一九二三（大正十二）年六月九日、有島武郎と軽井沢の有島別荘で情死を遂げた、三十歳。

波多野秋子への想い

一九二三（大正十二）年三月十七日　麹町下六番町▼▼▼▼東京市外中野

十五日の御手紙大変にい丶御手紙。これですっかりあなたの御気持ちがわかりました。私の所謂ＡＢのことがあなたのつきつめた心に実感となって現われた事がよろこばしい。で今日あなたに約束した御宅に上る事を私はひかえました。五分を待つのにもそれ程の苦しみをして下さるあなたに二時間を空しくお待たせするのを考えると私は自分が苦しく思いますけれども強いて自分を縛ります。それは私が次ぎのような結論に達したからです。

愛人としてあなたとおつき合いする事を私は断念する決心をしたからです。あなたにお合《ママ》いするとその決心がぐらつくのを恐れますから、今日は行かなかったのです。私は手紙でなりお目にか丶ってなり、波多野さんに今までの事をお話してお詫びがしたいのです。あなたが私を愛し、私があなたを愛するその心持ちを如何に打破ることも出来ません。自然を滅却することが出来ない以上は出来ません。けれども純な心であなたを愛し、十一年の長きに亙って少しも渝《かわ》らないばかりでなく、益々その人をいとしく思わせる程の愛情をそ丶いで居られる波多野さんをあざむいて、愛人としてあなたを取りあつかうことは如何に無恥に近い私にでも迚《とて》も出来る事ではありません。波多野さんの立派な御心状が私の心まで清めてくれます。美しい心の美しさを私はしみぐ〱尊くなつかしく感じます。あなたも波多野さんの前に凡ての事実を告白なさるべきだと思います。而してあなたと私とは別れましょう。短かい間ではあったけれども驚く程豊に与えて下さったあなたの真情は死ぬまで私の宝です。涙なしには私はそれを考えることが出来ません。

縦令《たとえ》あなたが如何に私を愛して下さってもあなたが波多野さんに対して持たれる好意と感謝は昔のまゝであるでしょう。而してそれは年と共に増すとも減ずることはありますまい。波多野さんにその気持ちがわかって下されば已むを得ないあなたの気持ちはわかって下さると思います。而してこれからあなたのあるだけの力の及ぶ限りあなたの真心を以って波多野さんの生活を幸福にしてお上げなさる様祈り申します。

勿論誤解はして下さらぬと思いますが、私は決して嫉妬や激情から此手紙を書いているのではありません。心の中のほがらかな光によってこれを書いているのです。

あなたが自分では迚も死ねないと仰有る言葉抔《など》も私にはよく解ります。而してあなたのそのやさしい心をなつかしく思います。死んではいけません。

波多野さんの為めに私の為めに一日でも長く生きていて下さい。あなたとはお目にかゝれない運命に置かれてもあなたの此世に於ける存在を感じていられる事は矢張り私のよろこびです。そうです。私も私の子供に帰ります。三人の子供を私は恋人とします。全くあなたとの地上の交渉を絶ってあなたを愛し続けるのは波多野さんも憐んで許して下さるでしょう。許して下さらなかったところがそれを如何することも出来ない事ではありますが……

然し波多野さんが同情と理解とを持って下されば私としては矢張りうれしいことです。あなたも如何《どう》か凡ての事を静かに考えて下さい。

殊に私が波多野さんにお詫びをしたいという取りつめた考えを考えてい、方法を示して下さい。

溺れ易く感じ易い私の心というよりも行為を（今までの）笑わないで下さい。私は私のこの弱点を矢張り憐れみ愛せずにはいられません。私は生涯か丶る弱点に苦しみぬく男でしょう。恋愛事のみならずすべてのことの上に。

私の恋愛生活は恐らく是れが最後ではないかと思います。この次ぎに若し来るとしたらそれは恋愛と死との堅い結婚であるでしょう。

つまらないことを云い過ぎていたらすべてそれを無視して下さい。まだ書けてそれがいつまでも書き続けそうです。然しそれにはきりないから。

三月十七日（一九二三年）

武郎

大正五年、有島武郎の妻が二十八歳で三児をのこして病死し、父もその年他界、作家活動への転機となった。ハンサムで真摯な態度の、金銭的にも豊かな独身の文学者に、ロマンスの雰囲気がつくられるのは仕方がない。弟の有島生馬の長女暁子さん——母なき子となった従弟たちと犬ころのように遊んで育った——から、「実に真面目で、いちばん優しい伯父だったのよ」と私は聞いたことがあった。有島はたとえば帝劇女優だった桜井八重子と親しく文通し、松井須磨子も一時その気になり、与謝野晶子は架空にしろ、まるで後朝《きぬぎぬ》のような歌や手紙を書いた。望月百合子はフランスへ留学する前、読売新聞に入社した頃のことを、「私は有島さんのアイドルだった」と、悪戯っぽく私に言われた。それは近代文学館に有島書簡を寄贈された日だった。女性評論家のパイオニア望月百合子の百歳を祝う集いが、二〇〇〇年九月、新宿中村屋であった。百歳の人の記憶で、私の名を呼ばれた。三十数年前のアイドル発言のときと同じ笑顔だった。望月さんにつきそう笠井千代さんとも、私は何十年ぶりかの再会であった。彼女が来館されたとき、竹久夢二が愛した笠井彦乃の妹だとわかったが、その後、望月・笠井両氏が姉妹のようなつき合いになったことは知らなかった。望月さんはその翌年亡くなった。閑話休題。

あまたの女性ファンの中で、波多野秋子がもっとも強烈だった。秋子は十八歳のころ波多野春房の英語の私塾に通っていて、彼と結婚した。マホメット教信者で、英文の出版社も経営する外交通のやり手の、十五歳上の波多野には、先夫人がいた。結婚後、小鳥を頬ずりするように彼女を可愛がり、青山学院へ入学させた。「婦人公論」の記者になった秋子は、はつらつとして才気溢れた身のこなし、ギリシャ型の美貌に道行く男女が振りかえったという。その評判は、たとえば芥川龍之介も「中央公論」の名編集長であった滝田樗陰に、「波多野という別嬪《べっぴん》を、僕の所へは一度もよこさないのはけしからんですな」と笑って言い、この話から、秋子が依頼した芥川の「猿蟹合戦」が大正十二年三月号に載った。

有島はむしろ彼女を避けていた。「ある婦人記者が美貌で以って僕を誘惑しに来るのだ。滑稽じゃないか」と言いつつ、妖婦的な黒い大きな目に、いつか惹きこまれていった。滝田の証言では、前年の夏ごろから秋子が急に変貌した。派手なパラソル、ハンドバッグ、裏表が赤と黒のショールを長くたらすといった若づくり、「恋は人をおしゃれにする」と。しかしふたりの恋愛関係は、まだ先のことだった。

この手紙は秋子が夫への愛と苦悩を書いたことへの返事だが、有島は「三人の子供を私は恋人とします」と書いて、愛ある別れを告げ、「死んではいけません」とも書いている。この「別れ」が、かえって秋子に火をつけたのではないだろうか。消したつもりがまた燃えあがる恋心だ。不思議なことに、この手紙を出した同じ日、大橋房子(のち芥川の仲人で佐佐木茂索と結婚した女流作家ささき・ふさ)の洋行送別会が帝国ホテルであり、小山内薫や山田耕筰と同席した有島のかたわらには秋子がいた。が、二人はみごとにふるまい、誰にも恋人とは思われなかったようだ。

四月、山陰へ講演旅行に発つ有島を東京駅で見送った秋子は、巨大なシュークリームのはいった菓子折りをプレゼントした。車中の彼の口には甘かったか苦かったか、のどを滑らかにとおったのか、つっかえたか、まあどちらでもよいことだが。

六月七日、東大の病院に入院中の足助素一(有島の著作集や個人雑誌を刊行した出版人)への告白から事件は露顕した。四日、足助の縁談の交渉で成田へ行った有島は、その足で秋子とともに船橋の旅館に泊った。翌日、秋子の夫に呼び出され、姦通罪で告訴すると、また彼女の賠償金を一万円とも脅された。愛する者が金に換えられる屈辱に堪えられず、有島は監獄へ行くと言う。実は船橋の宿で秋子が死を迫ったが、人間に未練はなくても自然には未練があるから、もう一度秋の景色を見たい、死ぬのは十月に延期した。が、波多野の侮辱に対しては「生きて見せる」とも告げた。そして八日、足助は初対面の秋子に、彼を殺すなと訴えた。有島の発言からは「情死」も出た。足助の懸命な諫止も無効であった。

秋子は年下の親友の石本静枝にだけ、有島との恋と死を打明けていたことがわかり、中止させなかった静枝は、有為の文学者を見殺しにしたと、批難の矢がいっせいに彼女に向けられた。若い叔父鶴見祐輔の影響から社会改革の思想をもった男爵夫人石本静枝は、二児をもうけたあとアメリカに留学、大正九年にはサンガー夫人と出会い産児調節運動の旗手となり、のち離婚して労働運動家加藤勘十と再婚、戦後の女性議員第一号となって活躍、二〇〇一年十二月、百四歳の人生を全うしたあの加藤シヅエである。

有島と秋子と静枝の出会いは、大正十一年、静枝が与謝野晶子らとロシア飢饉援助の運動のときと、そのころ静枝が自宅で催した研究会来曙会に二人とも参加していたこと、九月の有島の戯曲「死と其前後」の室内劇での二人の接近、有島が妻の死をテーマとしたこの劇は島村抱月演出、松井須磨子主演で大正七年に初演されたものだが、のちの演劇評論家飯塚友一郎が二十歳のころ、室内劇を提唱して牛込の自宅で上演、観劇中の有島が涙を流すのを見て、秋子も泣いたという。これらが静枝の接した二人の場面であった。

六月八日夜の軽井沢、二人は三笠の有島別荘まで、風雨の吹き荒ぶ真っ暗な道を、愛の歓喜と死の結合という究極の光明を目ざして、足早に歩きつづけた。四十五歳と三十歳の道行であった。

有島の母と子どもへ、弟妹への遺書は、列車の中で書いた。濡れそぼちながら着いた山荘で、小さなローソクの灯の下、足助ら友人に遺書をしたためたあと、二人相寄り、いっきに散華した。

横光利一

が綴る

横光利一　よこみつ・りいち　一八九八（明治三十一）年、福島県東山温泉に生れ、父の仕事関係で各地を転々、中学時代は母の故郷三重県伊賀町柘植でおくる。小説家。本名は利一《としかず》、初期の筆名は横光白歩、兼光左馬。早大専門部政治経済科を中退。大正八年、小島キミを知る。菊池寛の「文藝春秋」の編集同人となり、「蠅」「日輪」などで文壇に登場。川端康成らと「文芸時代」を創刊、新感覚派の旗手となる。同棲したキミの発病と死。日向千代との再婚。『上海』、『機械』、『寝園』、『紋章』（文芸懇話会賞）などを経て、昭和十一年、ヨーロッパ旅行の成果「旅愁」は、疎開地の山形県から帰京した戦後まで断続連載、刊行されつづけたが、未完におわる。一九四七（昭和二十二）年十二月三十日、胃潰瘍に腹膜炎を併発して世田谷区北沢の自宅で没した、四十九歳。

小島キミ　こじま・きみ　一九〇六（明治三十九）年、東京の生れ。横光の同人雑誌仲間小島勗《つとむ》の妹。日本高女卒。大正十二年、横光と同棲。十四年、肺結核で倒れ、療養のため神奈川県葉山森戸海岸に転地。翌一九二六（大正十五）年六月二十四日、逗子小坪の湘南サナトリウムで死去、二十三歳。彼女の死後の七月八日、横光は婚姻届を出した。

横光千代　よこみつ・ちよ　一九〇三（明治三十六）年、山形県鶴岡の生れ。旧姓は日向。女子美術学校卒。文藝春秋社で菊池寛と会い、愛読者として横光利一を訪ねる。昭和二年、菊池の媒酌で横光と結婚。横光はしばしば日向家を訪れ、旅先から妻への書簡も多い。横光の臨終記を「四時十三分」として、二十三年に発表した。一九六九（昭和四十四）年十一月二十五日、六十六歳で逝去した。

小島キミへの想い

一九二三（大正十二）年推定　小石川区餌差町、野村方▼▼▼▼同上（?）

くれぐれも云って来たことだが、どうか、僕に満足してもらいたい。満足出来ないのは分っている。しかし、人間と云うものは、どんな境遇へいっても、どんな人間に逢っても必ず、それ相当な不満があるに定っているのだから。あなたが溜息をつくときの心理が分ると、僕にも、猛然と反抗心が起って、あなたのそのときの心理のような気持ちが湧き上って来る。俺に満足してくれないのだ。そう思うと、愛したくても愛情が出ない、侮辱されたような気がするのだ。

僕はあなたを妻にしてありがたいと思っているのだ。どんな顔をしているときでも、そう思っているのである。それも知らないで、不愉快な溜息されるような気持ちになられては、生活して行く気が起らない。僕があなたでなければいけないのだと思って、あなたを妻にすることが出来、あなたが僕を愛してくれて、そうして僕の妻になってくれたのなら、もうこれ以上僕にとってはありがたいことはないのである。誰でもいずれ不満はあるにちがいないのだ。それを忍耐してくれて、初めてありがたいのである。愛情が、腹のままに湧き出ることが出来るのである。こんなことはもう書きたくはない。やめよう。とにかく、お願いだから、溜息なんかよして貰いたいものである。

それから、此の間書くと云ったことを一寸書く、（中略）

あの女の子はその頃、僕の所へ勉強しに来ていたので、それで竹の紙をくれたのである。いつも竹の紙があればいい〳〵と僕が云っていたからである。好きとか嫌いとか云えば、それは好きであった。しかし、そんな種類のものなら、あなたにだってあるだろう。自分の心に訊いてみるがよい。それから、いろいろのその他のことを君は云うが、そんなことは、君が想像するから恐いのである。分らないことを想像すればどんなにでも出来るのだ。丁度、僕が駅のことを思うように。駅のことをいくら君が弁解したって、僕に駅のことが何も分らない以上、いくらでもまだ想像出来るのである。好きな女、と云うよりも好意を持っていた女、そう云う程度なら、自分に親切にしてくれたもので二人ほど覚えている。しかし、それとて、僕が好きではなかったのだ。愛するなんて、そんなに深い程度になんか行けるものか。しかし、そんな好きさなら君にだって幾らだってあるだろう。あっただろう。僕の知っている限りだって三四人はあるではないか。僕に怒れた義理ではなかろう。それも、僕は君を知らないときにである。君のは、ちがう。僕と愛に落ちてからだ。だから、君の方は、不貞な行為なんだ。怒るなら僕からである。頭が少し悪くなった。とにかく怒るなら僕からなのだ。僕はそんな女など思い出したこともないのだ。君とは違うのだ。君は溜息までついているではないか。それに僕は、君に感謝して、どうかして、なお幸福に二人がなろうとしているのだ。それに君は、一度、君の心を考えて見るが良かろう。とにかく、君を妻に持ったと云うことで、どれ程僕は絶えず感謝しているか。それも知らずに。もうよした。少し位は、長い間、君から苦しめられていたそのことでも、一度位思ってみてくれ給え。漸く明るみへ！　それに、それに、ああ、暗黒よ、去れ、暗い影よ、飛んでいけ、もしもなんじがまだ俺を追うならば、もう俺は。（別紙略）

横光千代への想い

一九二八（昭和三）年四月二十八日　上海旋塔路千愛里、東亜興業会社、今鷹瓊《よう》太郎方 ▼▼▼▼ 鶴岡市鳥居町、日向豊作方

こちらへは金子[*1]も国木田[*2]も来ていた。毎日、街を歩いてみているのだが、思ったほど面白くもないので、案外早く帰るかもしれぬ。お前さんにはもう逢いたくなって仕方がなくなって来た。笑ってはいけぬ。旅行をしていると、こんなになるのかと思う位いだ。これじゃ、旅行と云うものは、一年にはぜひ一度しなければいかぬ。どこへ行っても酒が直ぐ出るので、酒を飲む癖がつきそうで心配だ。しかし、こちらの酒は茶みたいなもので、いくら飲んでも何んともない。こちらの日本人はどれもこれも猾そうな顔をしていていやだ。シンガポールから来ていると云う今鷹の友人と僕と今鷹と、一室に三人もいるので、夜ふかしをして疲れる。話をしてどうもうるさい。昨夜も、俺はもう帰りたくなった、と云ったら、笑われた。こちらには汚いロシア人が多い。俺もよほどお前を愛していると見えて、お前の幻想が浮んで来て困る。早く帰ってお前と一緒に温泉へでも行きたい。

こちらで一番僕の興味をひくのは、やっぱり河口だ。俺は河口が好きと見える。昨夜は、カルトンと云う西洋人ばかりいるダンスホールを見て来た。建築は実に立派だが、人間が下劣

で獣を見ているようだ。各国の水兵が多い。どれもこれも下劣な顔をしている。ここは各国の悪い奴ばかり来ている所だ。悪い奴でなければこんな所へは来ない。だから、そう云う人間の集っている面白さは、充分ある。信用なんか、人間のどこから出て来るのかと思われる位いだ。

支那人の汚さと云ったらない。美しいのは、道路だけだ。道路は顔が映るほどだ。そこを、あの十八世紀風の馬車に乗って、昨《ゆう》べはカルトンの広場の方へ行ってみた。港の舟の金文字が波に揺れる度に、一つずつ光って見える。象三はたっしゃか。お前達は無事に鶴岡へ着いたのかどうだか、まだ俺には分らないのだよ。旅人と云うものは自分自身のことより、家の方のことを絶えず心配しているものだと云うことを覚えといて欲しい。

皆さんに宜敷く。

＊1　金子＝詩人の金子光晴。この年妻の森三千代とともに東南アジア、パリへの放浪に出たが、旅のはじめが上海であった。

＊2　国木田＝上海に滞在中の作家国木田虎雄、独歩の長男。

大正七年、早大高等予科に復学した横光利一のクラスに、キミの兄の小島勗がいた。小説の投稿に精出し、詩歌研究会に加わって詩作に没入する横光は、和服の上に黒いマントをはおった、蒼白い顔の学生だった。

もともと親しい友人として小島家へ出入りしていたが、キミを知り彼女への想いがつのり、下宿も早稲田近くの戸塚村から小島家に近い小石川初音町に移して、接近していった。しかし小島は横光に経済力のないことから「愛する人を家事の奴隷にするのは罪悪」であるとして交際を拒み、妹を監視した。横光にとって、それは「半生の中で一番絶望期」の苦しみであった。

大正十年、横光は早大政治経済科へ転入したが、長期欠席と学費滞納のために年末には除籍となった。が、菊池寛を知り、菊池家で川端康成を紹介されて、生涯の師友の出会いとなる。横光の同人雑誌「街」、「塔」の創刊の時期でもあった。

横光が生れたときから土木関係の仕事で各地を転々していた父が、十一年、朝鮮京城で客死した。そのあと、横光は「親父が死んでいた。俺に何の金のないのも、はっきり分った。ああ、俺は愛する人を失わなければならない」と小島に告げ、キミにも「結婚は出来ない」と言った。

この手紙では溜息をつくキミに、「あなたを妻にしてありがたいと思っている」とあるが、まだ結婚はしていない。籍を入れない妻はどこにでもいる。キミと同棲前後の最悪状態のときの、お互いに嫉妬の傷口を舐めあうような吐息が聞える。彼がかつて好意をもった女性と、彼女が駅に勤めたときの男性と、どちらも過去のほじくり合いのようだ。嫌悪と感謝がまじる手紙となった。

経済の逼塞状態は菊池寛によって救われた。十二年一月、菊池が創刊した「文藝春秋」に参加し、「蠅」と「日輪」により新進作家としてスタートする。翌年は創作集『日輪』と『御身』をつづけて刊行し、川端康成らと創刊した「文藝時代」によって、作家活動もめざましく、横光は新感覚派文学の花形となった。

その間、生活的には、いざこざの続いた母からの脱出を試み、本籍の大分県宇佐での兵役点呼を利用して、帰りの滋賀県大津で、キミと水入らずの、一ヶ月ほどの幸せな間借り生活があった。

十四年一月に母が死に、六月にはキミが結核で倒れ、病状が悪化して神奈川県小坪の病院に入院、横光も近くに住んで、看護と執筆のたたかいの日々となる。一年後、逗子のサナトリウムでキミは二十三歳の生涯を閉じた。六月二十四日の死ののち、七月八日、横光はキミとの婚姻届を出した！　そして、亡妻ものといわれる鎮魂の作品を発表した。死に立ち向かっている夫妻の病室にスイトピーの花束が届いた、「どこから来たの」「此の花は馬車に乗って、海の岸を真っ先きに春を撒《ま》き撒きやって来たのさ」という会話で終るのが、一作目の「春は馬車に乗つて」であった。

　ある日、横光の作品を全部読んでいるという日向千代が訪ねてきた。本郷の女子美術学校に通う横光ファンを見て、「すらりと下った藤のように立っていた。――貴品《ママ》がある。紫だ」と、横光は魅せられた。昭和二年二月、上野精養軒での結婚式に媒酌をした菊池寛も、「こんな綺麗な人ッてあるだろうか」と思った。その年、長男象三が、八年、次男佑典誕生。

　芥川龍之介が亡くなる前に横光にすすめたこともあって、三年四月、上海行きを実行した。上海の人々や景色を報告する妻への手紙にある「よほどお前を愛していると見えて、お前の幻想が浮んで来て困る」と言うのはほほえましい。これの前便によると、女子美の刺繍高等科出身の千代へのおみやげらしく、「お前の好きそうな刺繍が沢山ある」ので少し買っている。

　帰国後の十一月、妻子との新居を世田谷北沢に構え、最初の長編「上海」の連載を開始した。雑誌では第一回目の「風呂と銀行」以下別のタイトルで発表され、七年の刊行のさい『上海』と題した。斬新な文体と、植民地都市のいろいろな人種、階層の人間のロマンが、好評を博した。

　妻へのラブレターは、作品「旅愁」を生んだ十一年のパリ行きのときにも多い。パリにいた岡本太郎が横光と数ヶ月付き合うのに、彼が「文学の神様」と呼ばれていたので、そんなポーズを想像したが、実は無邪気な飾り気のない人だったというが、千代への手紙にも往路の船中から「押しよせる波みな妻の顔に見ゆ」と恋句をいれたのを皮切りに、率直に心をひらいていた。私小説作家ではない横光の作品の女性像に、センシティブな千代のおもかげが見られるような、そんな愛妻家だった。

島崎藤村が綴る

島崎藤村　しまざき・とうそん　一八七二（明治五）年、長野県馬籠村に生れる。詩人、小説家。本名は春樹、初期の別号は無名氏、古藤庵無声、枇杷坊など。明治学院卒。明治女学校、東北学院で教職につく。「文学界」同人、『若菜集』などで詩人として出発。明治三十二年、小諸義塾に赴任し、秦冬子と結婚。散文に転じ『破戒』により、代表的な自然主義作家となる。三人の女児のあいつぐ病没、四人の子をのこして妻も死去する。家事手伝いの姪と関係し、大正二年渡仏（「新生」事件）。加藤静子と再婚し、ライフワーク「夜明け前」を完成。一九四三（昭和十八）年八月二十二日、「東方の門」の連載なかばで、脳溢血のため大磯の自宅で永眠した。「涼しい風だね」と妻に最期のことばを言った。七十一歳。

加藤静子　かとう・しずこ　一八九六（明治二十九）年、神田猿楽町の生れ。父は病院長浦島堅吉、母は加藤幹。随筆家。府立第一高女を経て津田英学塾（津田塾大）を中退。島崎藤村主宰の「処女地」の編集助手として、終刊後も秘書として、藤村の書斎に通う。昭和三年、藤村と結婚する。著書に『藤村の思い出』、『藤村　妻への手紙』、『ひとすじのみち』、『落穂』がある。一九七三（昭和四十八）年四月二十九日、心筋梗塞のため大磯の自宅で死去、七十六歳。

加藤静子への想い

一九二四（大正十三）年五月二日　麻布飯倉片町 ▸▸▸▸ 市外池袋

沈黙の友へ
自然の声の聞えて来るまで待てとはあなたらしいお手紙でした。あの心持はよく分りました。そのあなたとの苦しい沈黙がほゝえみに変り行く日こそ待遠しく思われます。
あやめ草足に結ばん草鞋の緒
いつぞや繻袢を染めるというお話のあった時にこの句を手紙のはじに書きつけてあげたことを思出します。好《よ》き旅立、真に好き Life の旅立——最近になってこの句に特別な香気を覚えます。
五月二日夕（中略）
春樹より
お手紙を下さい。

大正十年三月、津田塾の学生加藤静子は、一年上の伊吹信子が卒業して信州の学校に赴任するので、麻布飯倉片町の島崎藤村の書斎を訪ねるから、いっしょにと言うのでなにげなく同行した。病弱な静子はまもなく学校を中退するつもりだった。帰りがけに、藤村は「では、お二人のアドレスとお名を」と言った。いまの男なら気に入った女性に電話番号を教えてというところか。

その年夏、東洋大学で藤村の五十歳記念講演会があった。演題は「北村透谷について」。静子は友人と講師控え室へ行った。その日彼女が目にした藤村のカフスボタンは、最後の日まで二十数年間、外出のときはいつも、手くびを飾っていた。大正はじめに渡仏のさい、徳川家からの餞別のボタンで、古い刀の目貫で作られて、金色の葵の紋が鏤められたもの。外出から帰ると、いつも琴爪の箱に仕舞っていたという。渡仏といえば姪こま子との背徳の一件、琴爪は亡き妻冬子の形見にちがいなく、箱に複雑な想いをもってしまうのは後年の私であって、本人も回想する静子夫人も、カフスボタンの箱に愛の苦渋を見ていたとはかぎらないが。

ある日、藤村から静子にお出でくださいというハガキがきた。訪ねると、若い女性のための雑誌を出すので、あなたを編集助手にという申し出だった。彼女は戸惑い、ことわった。するとそれまでは言葉も態度も物静かだった藤村が、「なぜですか?」と切迫した声をあげ、彼女を見つめた。射すくめたといえるかもしれない。それが十一年四月創刊の「処女地」であった。

静子は処女地社の編集室へ通勤、といってもそこは藤村の四畳半の狭い書斎にすぎない。大きな机に二人が向かい合っての編集作業であった。その夏、藤村は長男を馬籠に帰農させた。

「処女地」は難航し、十二年一月号で終刊、二人とも病気で倒れた。ようやく四月、全快祝いとお別れのあいさつに行った静子に、これからも机上の雑用を手伝いに通ってほしいと言った。静子は藤村の読書指導を条件に承知した。その日借りたパスカル英文集と良寛の和歌集をかわきりに、以後たくさんの本が手渡された。セックスに関した本は藤村がラインを引いた箇所だけを読んでくることと限定した。ある時は秘書として、ある時はお産の出血多量で母が死んだ四女柳子の家庭教師あるいは母親役となって、島崎家に定期的に通ううちに、男女の情愛が高まっていった。

この手紙は藤村のプロポーズに、静子が、「沈黙をゆるして下さい。二ツの道のどちらを歩んでいるのだか、それさえ知らないのです。笑って下さい。苦しい沈黙を敢て守ります。自然の声の聞ゆる日まで。お声をきかせて下さい」と書いたことへの返事である。「二ツの道」というのは、藤村が「わたしたちの Life を一つにする」か、「友情を唯このまま続けたい」のかと、プロポーズしながらも彼女の考えを聞いたものだ。

昭和三年五月、川越の静子の兄への手紙は、彼女が心よく働いてくれたことの八年越しのお礼と、結婚の申し出だった。正式な縁談には第三者を介するところだが、藤村は「書生流儀」に書いた。静子宛には、結納のかわりに婚約記念のものをと三越へ行って、塩瀬の丸帯（濃紺地に支那風の花、花のまわりにいぶし金のこまかい疋田鹿の子という大柄だが地味な帯）を買ったこと、そちらからは記念に「字書」がほしいと所望した。この時のプレゼントの『辞林』が、使いこまれてすりきれて、藤村の着物で表紙がつけられ、文学館の藤村資料の中にある。十一月三日、魯山人の星岡茶寮で、略服の簡素な結婚式を挙げた。

昭和四十二年二月、近代文学館への資料受贈のお礼に、昭和初期の東京商大の学生時代からの友人で、文学館では理事長と常務理事の伊藤整氏と瀬沼茂樹氏のお供をして、私は大磯の島崎夫人を訪ねた。冠木門をくぐると平屋造り、水を打った清々しい庭を背に、背筋のまっすぐな静子さんの凛然とした話振りに、正座した二人の先生は少年のように目をかがやかせ、好奇心を露わにした。

おいとましてから藤村の墓のある地福寺に寄った。緊張感から解放されて、墓碑の前で写真の撮り合いっこをした。寺の墓地でなく境内の一画に、白梅の下、玉砂利に囲まれて一基のみの細長い墓標が建っていた。藤村の文学のいわば犠牲となってつぎつぎに死んでいった三女、次女、長女、先妻の墓碑が一列にならぶ馬籠の墓地の凄惨さを、つい思いうかべてしまう。お二人の文壇史的な明治の噂ばなしは、大磯の駅前食堂のストーブをかこむ丸椅子での茶碗酒とともに、また車中でも、尽きることがなかった。

小林多喜二が綴る

小林多喜二　こばやし・たきじ　一九〇三（明治三十六）年、秋田県下川沿村（大館市）に生れ、小樽へ移住。小説家。小樽高商卒。拓銀小樽支店に勤務。同時に同人雑誌「クラルテ」を創刊、不幸な境遇の田口タキを知る。ナップ機関紙「戦旗」に発表した「一九二八年三月十五日」、「蟹工船」などで作家として広く知られ、日本プロレタリア作家同盟の中央委員となる。「不在地主」により銀行を解雇される。昭和五年、上京、タキと同居。共産党への資金援助で検挙される。翌年、地下活動にはいり、伊藤ふじ子と結婚。一九三三（昭和八）年二月二十日、連絡中を赤坂で逮捕され、築地署で拷問により惨殺された、二十九歳だった。

田口タキ　たぐち・たき　一九〇八（明治四十一）年、小樽郊外高島に生れる。手宮小学校卒。父の鉄道事故死ののち、苦界に身を沈める。室蘭から転売された小樽入船町のやまき屋で、小林多喜二と出会い、救出される。自活をもとめて病院、ホテルに勤務し、昭和五年、美容師を志して上京、多喜二と中野で同居、整容学院で学ぶ。多喜二の出獄後の求婚を断る。多喜二の死後、結婚し横浜に在住。

田口タキへの想い

一九二五（大正十四）年三月二十日　小樽若竹町▶▶▶▶小樽入船町、やまき屋

「闇があるから光がある」

そして闇から出てきた人こそ、一番ほんとうに光の有難さが分るんだ。世の中は幸福ばかりで満ちているものではないんだ。不幸というのが片方にあるから、幸福ってものがある。そこを忘れないでくれ。だから、俺たちが本当にい丶生活をしようと思うなら、うんと苦しいことを味ってみなければならない。

瀧ちゃん達はイヤな生活をしている。然し、それでも決して将来の明るい生活を目当《めあて》にすることを忘れないようにねえ。そして苦しいこともその為めだ、と我慢をしてくれ。

僕は学校を出てからまだ二年にしかならない、だから金も別にない。瀧ちゃんを一日も早く出してやりたいと思っても、た丶それは思うだけのことでしかないんだ。これはこの前の晩お話しした通りだ。然し僕は本当にこの強い愛をもっている。安心してくれ。頼りないことだけれども、何時《いつ》かこの愛で完全に瀧ちゃんを救ってみせる。瀧ちゃんも悲しいこと、苦しいことがあったら、その度に僕のこの愛のことを思って、我慢し、苦しみ、悲しみに打ち

勝ってくれ。

（中略）瀧ちゃんの境遇が境遇だから、イヤなことを我慢しなければならないだろうけれども、魂だけは売るな、それは僕があの晩ちゃんと瀧ちゃんから預っていた筈だからだ。いいかい、しっかりしてくれ。

僕も、僕等の連中も皆余分な金など持っていない。君達のうちから借りたりしているんだから分るだろう。金さえあれば、僕等喜んで行く、安心してくれ。

瀧ちゃんの借金は幾らあるんだ、僕としては勿論出来るだけのことはしたいが、残念にも金がないんだ、それでも何かその返金に努力したい、知らしてくれ。

最後に、決して悲観したり、失望したりするな、俺たち二人の間の愛を信じていよう、いくら力弱く、はかないように見えるとしてもだ。無茶に酒を飲んで身体をこわさないように。若《も》し苦しくなって、酒でもグンぐ\飲みたくなったら、僕のことを想って、少し我慢すること、い丶かい約束するよ。（中略）

ではさようなら、返事を待っている。

私の最も愛している

瀧ちゃんへ

大正十三年、小林多喜二は小樽高商を卒業して、北海道拓殖銀行の小樽支店に勤めた。まじめなエリート銀行員であるとともに、友人と同人雑誌「クラルテ」を創刊し、文学、映画、演劇、音楽に没頭する青春の季節でもあった。八月、父が急逝し、多喜二は一家の担い手となったが、十月、悲惨な境遇の田口タキを知り、強く惹かれるようになった。タキは貧しい子沢山の家の長女で、室蘭の銘酒屋つまり売春宿に売られ、小樽の小料理屋、実は曖昧屋とかそば屋とか呼ばれる娼家に転売されていた。色白で顔立ちが美しかった。多喜二はどん底から這い出ようとする酌婦タキのきれいな心に触れた。

これはタキへの最初の手紙で、「闇があるから光がある」と励まし、「この愛で完全に瀧ちゃんを救ってみせる」と断言している。この月、東京商大を受験して失敗し、創作に精進する日をおくっていたが、暮れのボーナス全額と友人からの借金で五百円の大金を工面して、タキの身を自由にすることができた。しかし当時の金持ちがした身請けではない。ヒューマンなラブというか、英語を教えたり、トルストイの小説のあらすじを聞かせるという愛しかたであった。母にすすめられて翌年四月には、若竹町の自宅にタキを住まわせた。それでも彼は屋根裏の書斎兼寝室、彼女は家族と寝起きして、二人の仲はプラトニック・ラブであった。

多喜二の家は貧乏ながら笑い声がたえなかった。たくさんの弟妹と多喜二は、その日にあったことを我さきにと母にしゃべり、物まねをし、歌をうたい、母に新聞や本を読んできかせようとする。あまりの賑やかさで、店にきたお客が、ごめんくださいと言っても聞えないので、パンやまんじゅうを失敬していくことが多くても、「なんぼかはら減ってたんだべよ」と、盗っ人《と》に同情するような母だった。こんな雰囲気の家を、彼女は無断で出て、自活の道を求めてか、稲穂町の病院に住みこんだ。多喜二は涙ながらに必死でゆくえを捜した。

多喜二が創作と平行して、社会科学を本格的に勉強し、富良野村の小作争議や小樽港湾労働者の大争議の応援をしていたころ、手紙で啄木の歌をお手本に歌作りをすすめたり、デートもしていたタキが、また無断で小樽からいなくなった。

二年後、多喜二の目に、偶然女の姿が飛びこんだ。あっ、タキではないか！　中央ホテルの前を行きつ戻りつ、ウエイトレス姿をたしかめた。嬉しかった。彼女は彩子という名で働いていたのだ。この年、多喜二は拓銀を解雇されたが、母には出勤のふりをしていた。

五年、山の一軒宿、昆布温泉にこもって執筆中の多喜二の手紙もある。タキがくれたドロップスをなめながら、タキが贈った万年筆で書いているとか、『蟹工船』は一万五千冊売れたとか。やがて多喜二と、美容師を志したタキは上京、一緒に暮らした。プロレタリア文学の担い手として活動する多喜二だったが、治安維持法違反で起訴され、豊多摩刑務所の独房に入れられた。整容学院に通っていたタキは、不馴れな刑務所への差し入れにまごつき、獄中の多喜二はほかの作家の妻たちとくらべて弱々しく見える彼女をたしなめながら、救済は結婚だ、と決意して出獄した。が、意外にもタキは求婚をことわった。多喜二の仕事の足手まといになるという気おくれと、小樽の家族の生活が彼女にかかっていたからか。あきらめた多喜二は、母と弟を東京に呼んで暮らすなかで、地下活動にはいる。

昭和八年二月二十日、築地署特高に逮捕され、その日のうちに、拷問死した。杉並の家では、もの言わぬ変りはてた多喜二を抱きしめて、「それ、もう一度立たねか、みんなのためもう一度立たねか」と母は叫んだ。全身に拷問の痕が見える惨たらしい遺体を囲んだ同志友人は総検束されたので、ささやかな告別式となり、母もタキも泣きたいだけ泣いた。

ひと月前、留守中に訪ねてきて、「じゃ元気で！　幸福で！」と、タキに置き手紙を書いた多喜二。その人の死を知ったタキの想いは、どんなに切なかったことか。

岡本かの子が綴る

岡本かの子　おかもと・かのこ　一八八九（明治二十二）年、東京赤坂青山南町の大貫家（二子玉川の大地主）別荘に生れる。小説家、歌人、仏教研究家。本名カノ、初期の筆名は大貫可能子。跡見女学校卒。明治四十三年、岡本一平と結婚、翌年、太郎が誕生した。歌集『かろきねたみ』『愛のなやみ』など。夫婦生活の危機から宗教遍歴、仏教研究家を経て、外遊後は小説に転身。芥川龍之介をモデルにした昭和十一年の「鶴は病みき」（文学界賞）、「母子叙情」、「老妓抄」、「家霊」など、没後も一平により「河明り」、「生々流転」などが発表された。一九三九（昭和十四）年二月十八日、東大病院小石川分院で永眠、四十九歳。

岡本一平　おかもと・いっぺい　一八八六（明治十九）年、函館に生れ、東京日本橋に育つ。漫画家。東京美術学校（芸大）西洋画科卒。帝国劇場の舞台美術などを経て、東京朝日新聞社に入社、コマ絵を描く。大正三年、夏目漱石序文の『探訪画趣』を処女出版し、『マッチの棒』で名声を得る。十一年、外遊、『世界漫画漫遊』がある。昭和五年から七年まで、かの子とともに欧州巡遊、ロンドン軍縮会議のスケッチを「朝日」に送信した。帰国後はかの子の小説のために力を尽す。かの子没後再婚し、妻子と岐阜県西白川に疎開。一九四八（昭和二十三）年十月十一日、美濃加茂市で脳溢血のため急逝、六十二歳。

岡本一平への想い

一九二六（大正十五）年八月推定　青山南町 ▸▸▸▸ 大阪

昨日ホテルより御差し出しの御手紙、拝見いたしました。数えて見ますと、今年になってから何度めの大阪行きでいらっしゃいましょうね。今度のを合せれば。いろ〳〵そちらの御様子をお書きになってもわたくしは只一度の大阪行きで、妙に広漠としたような梅田駅前の広場と、堂ビルの階上のプラトン社と、千日前の化粧品屋のようなカフェーのそうだすいと、土蔵造りのような活動館のイルミネーションと料理や『みどり』の小体《こてい》な座敷しか大阪についての記憶を持たないのだから仕方がありません。

でも、いろ〳〵お書き下さることは何にしてもおよろしいわ。

わたくしはね、実は病気をしておりますの、申上ずに居ようともおもいましたが、でもほんとうのことを申上げなければやっぱりほんとうの御返事にならないような気がいたしますから。

ほんのいつもの神経痛がすこしおこっただけ、しく〳〵といたみをこらえてふせって居ますと、この病気の時ほどいろ〳〵なことがほんとうに考えられるのはないような気がいたしますわ。生命《いのち》にかゝわる心配はなしたゞ末梢のいたみをこらえるだけで体の中心はしっかりして居るのですから。

丁度買った家のことなどいろ〳〵考えましたの、あのしっかりとした日本風を中枢としたクラシカルと、けば〳〵しからぬ英国風の荘重な洋館とを極々トリックなしにとり合せた処にあの家の価値がありますのね。純仏国式《ふつこく》に建てたいなどという理想をもって居ったこともありましたが、でも、価値は考えかたによってどういう風にでも極りますのね。われ〳〵、何と云っても日本人ですから日本の本格であるクラシックの上にしっかり立ってこそ洋風の異風をも本当に愛すべきですわ。うっかりすると自分の本然《ほんねん》の人種別に因縁する皮膚の色や民族性を忘れてすっかり白人的なものを建てる処でしたのに、まあよかったと却って思います。英国風な洋館もノーブルでようござんすね、しかし、あのすこしもごまかしのない均整しきった建物のどこか一部に破格な処、ワイルドな処、デリケートな処が作り度《た》い。それはまあ来月いよ〳〵棲み込んだ後のことにしましょう。

今朝から痛みが右の方へ来ましたの、音楽にもおどりにも、しばらく遠ざかって居なければならないのが苦痛ですけれど、でも病気の時は、すっかり病気のなかへ素直に這入《はい》って居るのがよろしいのですわね。それが一番その時々に忠実な生き方でしょう。それから著書の方の参考書も大分集まって来ましたからおよろこび下さい。

人形芝居が来月歌舞伎へまいりますって、是非御一緒に参ることにしましょう。（中略）では、今日はこれで筆を擱《お》きます。花壇のバラがあぶらむしのために、みな葉を喰われて枝が棒立ち、変にふがいない腹立たしさをバラに対して感じます。『まあ、その意気地なしのざまをごらん』といってやり度くなります。

ともかくもお体をお大切に御帰京遊ばすのをおまちいたします。

東京留守宅にて　かの子

大阪ホテルのpapaまいる

岡本一平と東京美術学校のクラスメートだった藤田嗣治の文章「一平をしのぶ」に、学校の毎日の昼弁当にはおハチをふろしきに包んで下げてきて、茶わんにシャモジで飯を盛って、サケなどを焼きながら食べていたという奇人ぶりが見られるが、その彼が「新聞界や漫画界の大親分になった」のは、この手紙のころだろう。のちの小説家岡本かの子は、この時点では歌人、仏教研究家として知られた。

明治四十三年、高津村二子の大地主で豪商の箱入り娘かの子を、一平は洪水の多摩川を渡って、強引に結婚を申し込んだ。翌年、太郎が生れた。一平は夏目漱石にバックアップされて、朝日新聞にコマ絵（一コマ漫画）を連載、金まわりがよくなると、おきまりの放蕩児となり、家庭をかえりみない。

夫に幻滅したかの子はペンフレンドであった早稲田の文科学生堀切茂雄と恋におち、夫も合意して同居ということがあった。大正五年、堀切は郷里で病没した。夫妻はキリスト教に救いをもとめ、やがてかの子は、仏教研究に傾斜していった。ふたりが夫婦の関係を絶つことを誓ったのは大正六年で、誓いは生涯実行された。夫は妻を童女のように、観音さまのように愛しつづけた。世界漫遊の旅に出た一平は、ジャーナリズムの流行児となり、つぎつぎに作品が発表された。そういう中で、かの子は慶応の学生恒松安夫、医師新田亀三と恋愛し、夫公認で同居する。

この手紙で、感想を述べている「英国風な洋館」は、大正十五年九月青山南町から青山高樹町へ転居する家のこととみて、年次を推定した。これがかの子の終生の住まいとなった。

手紙の前文で、一平が大阪の様子をいろいろ書いてきたことがわかるが、かりに一平の作品「大阪で見た夜の歓楽境」の時点とすれば、堂島ビルヂングの階上、中山文化研究所の婦人談話室で、愛読者茶話会があって、一平は「大阪の女性」について話をしたこと、晩めしは道頓堀の魚肉すきやき屋丸万で、大阪式の民衆的なお客を観察したこと、千日前楽天地のルナパーク、メリーゴーランドの大円盤に丸髷の婦人が乗っていたこと、そして「関西の町を歩くには他国人は是非磁石を持つべし。住所一つ訊いても、すぐ東へ行って南へ曲って北へどうとかしてと方角を教えるから」。こういった大阪見聞記を、かの子への手紙にも書いたかもしれない。

かもしれない？　私はいま一平の大阪便りを想像したが、かの子のこの手紙も、あるいは虚実まじった創作かも知れない。そういう気もするが、彼女のフィクションに騙された振りをして、ここに収めたい。

昭和四年十二月三日の朝日新聞は、「賑かに出発した漫画全権、おけさ節に送られて、きのう岡本一平さんの首途」と大きく報じた。漫画全権とはロンドン軍縮会議のスケッチ特派員である。印税の大金がある一平は、かの子と太郎と、そしてかの子の二人の愛人も同行させた。パリに太郎を残して、西欧遊学旅行から七年に帰国、一平は第一線から退き、かの子の文学の大成のためのクロコに徹し、新田と恒松もそれを支えた。一平はかの子を意味不明の「カチボッチャン」と呼び、人前では「女史」と言ったという。

川端康成が綴る

川端康成　かわばた・やすなり　一八九九（明治三十二）年、大阪市北区此花町の医家に生れ、両親の早世で大阪府三島郡豊川村（茨木市）の祖父のもとで育つ。小説家。東大国文科卒。一高時代、はじめて伊豆を旅する。第六次「新思潮」に載せた「招魂祭一景」が注目され、菊池寛の知遇を得て、「文藝春秋」同人となり「会葬の名人」などを発表。大正十三年、横光利一らと「文芸時代」を創刊、新進作家となる。終戦前、特攻隊基地に行き、鎌倉文士と貸本屋鎌倉文庫を開く。戦後は国際ペン大会の開催などに尽力した。『伊豆の踊子』、『感情装飾』、『浅草紅団』、『雪国』（文芸懇話会賞）、『名人』・『故園』（菊池寛賞）、『千羽鶴』（芸術院賞）、『山の音』（野間文芸賞）、『眠れる美女』（毎日出版文化賞）など。芸術院会員、文化勲章、ノーベル文学賞。一九七二（昭和四十七）年四月十六日、逗子マリーナの仕事部屋で自殺、七十二歳だった。

川端秀子　かわばた・ひでこ　一九〇七（明治四十）年、青森県八戸の生れ。本名ヒテ、旧姓は松林。大正十四年、川端康成と出会い、翌年結婚した（婚姻届は昭和六年）。著書に『川端康成とともに』がある。二〇〇二（平成十四）年九月七日、九十五歳で他界した。

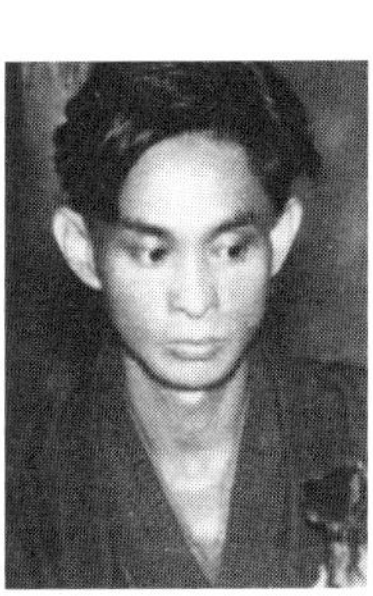

川端秀子への想い

一九二七（昭和二）年五月六日　東京駅前丸の内ホテル ▼▼▼▼ 伊豆湯ヶ島温泉、湯本館

病気せず、元気なり。

家は阿佐ヶ谷[*1]にある由にて、明日見に行く。大抵明日きまるべし。きまったら直ぐ上京待つ。

学校の方は大丈夫なり。安心せよ。

昨夜は池谷君[*2]とここに泊ったが、今夜は一人。今朝五時まで寝られなかった故、今夜は早く寝る。上京の時、夏のトンビ[*3]持ち来るべし。もう皆夏のを着ている。僕の本と、新聞切抜も持ち来るべし。

セル[*4]はなかなか、いい新柄がある。

今日午后、池谷君の兄さんとこへ碁を打ちに行った。汽車は必ず二等で来るべし。三等では座れないことあり。座れないと例の腹ゆえ困る。

宿へは、君と入かわりくらいに僕が行くと申し置くべし。

上京の途中、体大切にすべし。

いずれ家きまり次第。

六日

康成

秀子様

肥ったと云う、芥川龍之介先生その他の折紙がついた。

＊1 阿佐ヶ谷＝夫妻が転居したのは杉並町馬橋。現在の杉並区阿佐ヶ谷南にあたる。
＊2 池谷君＝川端の友人で小説家、劇作家の池谷信三郎。昭和八年、三十三歳で病死、菊池寛は池谷信三郎賞をもうけた。
＊3 トンビ＝インバネス、男子の着物用コート、二重まわし。
＊4 セル＝薄手の毛織りに絹、人絹を交織りした合着用和服地。

秀子は大正十三年五月の青森県八戸市の大火で、消防の小頭をしていた父が殉職したために東京へ奉公に出た。学校へ通わせてもらう約束の上京だったが、だめらしいとわかったとき、広告で文藝春秋の社員募集を見た。住むところのない若い娘の受験にびっくりした文春の人に、菅忠雄のお手伝いの口を紹介された。菅は夏目漱石の旧友の菅虎雄教授の息子で、文藝春秋社の社員であり、新進作家川端康成らの「文芸時代」の同人でもあった。ふたりの出会いは、大正十四年五月、市ヶ谷左内町の菅家へ川端が訪ねてきたときだった。寡黙な川端が目を生き生きさせて彼女を見、ある時は、逗子の海へ秀子を誘ったりした。

一年ののち、病気で鎌倉に移る菅が、留守をあずかる秀子に、川端君をここに来させるからよろしくと言い、川端は祖母の形見竜胆車の女紋入り蒲団、仏像と先祖の舎利に、机などをもって、一年の大半を過ごす伊豆から秀子のいる家へ引越してきた。式や届のない自然な結婚である。

この新婚の家は、文学仲間が毎日のようにやってきて、賑やかにスタートした。菊池寛から新婚旅行の費用にしたまえと二百円もらったが、買物好きな川端は十九円もする白麻の蚊帳や秀子の衣類を買って、ハネムーンはお流れとなった。また伊豆湯ヶ島の宿にもどり、そこでも千客万来のときをすごし、東京に家を構えたのは、昭和二年四月の横光の結婚披露が機縁であった。

この手紙で、ひと足先に上京した川端が家を見に行くという「阿佐ヶ谷」は、いまは賑やかな街だが、当時はふくろうがオッホオッホと啼く淋しいところだった。隣りに茨木中学校の同窓で評論家の大宅壮一が引越してきて、川端の貧乏話を面白おかしく書くので閉口したという。手紙にある池谷信三郎は、のちに川端が大森馬込に移ったときに、交通事故で流産した秀子の入院費として、内緒で妻の帯や指輪をはこんできては、川端を「質入れの名人」にしたエピソードがある。そういえば池谷の生家は京橋の質屋だった。


「夏のトンビ」がほしい？　暑がりでない川端だ、二年前の出会いのときも、あの人ったら、五月にセルの羽織を着ていたと、妻は思い出しただろう。

淡々とした命令口調の書きぶりながら、妻へのいたわりが見える。「例の腹ゆえ」とは、妊娠中ということで、七月二十四日に芥川龍之介が自殺する少し前に、秀子は慶応病院で出産した。夫は妻の通院に付き添い、病室に泊ることもあった。しかし母になった秀子の見ぬ前に子は亡くなり、川端は「可愛い女の子だよ」と妻に知らせた。後年、国内のあちこちや台湾まで巡業した近代文学館の川端康成展のとき、あるいは鎌倉の川端邸での夫人の話中に、「お父さま」という言葉を私は聞いたような気がする。養女の父母であるとともに、生れてきて死んだ子が、夫人の心の内奥にいたのかもしれない。

全集に収録されている往復書信によると、この手紙が最初で、つぎに妻から同月二十七日に京都の衣笠貞之助様気付で夫にあてたものがある。「御無事ですか」にはじまり、「八ツ橋と豆平糖お忘れなく」でおわり、追記に「お熱出さぬ様ねがいます　出たら豆腐とメリケン粉同量を皿の上で混ぜて、酢を少し加えてよく練って、布か紙にのして、眉間かこびんに貼ると、二三時間でお熱がなくなるそうです」とある。これを読んだ夫は苦笑したか、それとも愉快な若妻に、まんざらでもない顔をしただろうか。なにしろ卓袱台《ちゃぶだい》の上でおはじきで遊んだ彼女の、女意識より子どもらしさが気に入って結婚した川端だった。

　衣笠貞之助の呼びかけで新感覚派映画連盟をつくり、横光とともに京都下賀茂の旅館にこもって、川端が「狂った一頁」のシナリオを書いたのは前年のことで、その前衛映画の製作監督は衣笠だった。この年五月の彼の衣笠家滞在は、何の企みがあったのだろうか。

伊藤整が綴る

伊藤整　いとう・せい　一九〇五（明治三十八）年、北海道松前郡炭焼沢村に生れ、忍路郡塩谷村で育つ。詩人、小説家、評論家。本名は整《ひとし》。小樽高商卒、東京商大（一橋大）を中退。小樽市立中学校の教師のとき、処女詩集『雪明りの路』を刊行、詩人として出発したが、「ユリシーズ」を訳し、新心理主義を唱える。戦後はチャタレイ裁判の被告になったが、『火の鳥』、『女性に関する十二章』などで伊藤整ブームが起きた。昭和三十三年、東工大教授、四十年、日本近代文学館理事長に就任。『鳴海仙吉』、『若い詩人の肖像』、『氾濫』、『日本文壇史』（菊池寛賞）、『変容』（日本文学大賞）など。芸術院賞、芸術院会員。一九六九（昭和四十四）年十一月十五日、癌性腹膜炎のため癌研付属病院で他界した、六十四歳。前日、繰り返し「死にたくないなあ」と言う、仕事なかばの死である。

小川貞子　おがわ・さだこ　一九一〇（明治四十三）年、北海道八雲町野田生の生れ。北海道庁立函館高女卒、札幌の北星女学校専攻科（英文科、家政科）で学ぶ。昭和五年、伊藤整と結婚、二男二女の母となる。

小川貞子への想い

一九二八（昭和三）年六月八日　北海道塩谷村▸▸▸▸札幌

貞様のこのお手紙ほど真剣な手紙は生れてから僕は読んだことがありません。あの手紙全体に貞様が生きています。

僕等二人の気持が生きています。

僕は手紙であれ程打たれた事はありません。

貞様こそ本当にわかってくれると思います。

僕は幸福です。

どんな事があっても、どんな日が来ても僕が貞様を失うことはないと思います。

僕の方からも貞様の方からも。

二人の内にあるお互が死ぬ日はないことがわかります。……

僕等は幸福であるべき権利を持っています。

僕はいつ何処にいても、僕のものとして、あなたの心臓の鼓動を持っています。またはっきり言いますが、あなたも、在り得べきあらゆる疑の底を潜り抜けて、あなたへの僕の真情を信じていて下すって間違はありません。最も深い僕の本心を貞様が信じていて下さるのを、僕は欺く瞬間はありません。あらゆるものから、僕は故郷としてもあなたへ常に帰るのです。僕にとっての大きな悲しみは、何故もっと早くあなたにめぐり逢わなかったかと言う事です。それはもうどう仕様もない事ですけれども、今あなたと言う絶対のものに向って、それは全部消えてしまう事です。このこともわかって下さい。

愛情がいま僕の全身を浸しています。僕の全部があなたの全部を求めています。故郷を求めているのです。


鰊場のにぎわう忍路《おしょろ》郡塩谷《しおや》村から北海道庁立小樽中学校への汽車通学の伊藤整少年にとって、列車のなかが詩と恋の舞台であった。

大正十四年、小樽高商を卒業して、新設の小樽市中学教諭になり、当直室にこもって詩作にふけった。木は落葉松《からまつ》、草は虎杖《いたどり》の多い故郷の雪と緑、北海道の自然をうたい、愛する少女のおもかげも見せて、抒情の世界が構築されていった。

翌年、東京商科大学を受験して失敗したが、東京の「抒情詩」新人号に更科源蔵らと入選し、詩誌「椎の木」の同人に加わるなど、詩壇が意識されていった。年末、『雪明りの路』を刊行。宿直室で一冊ずつ梱包して、中央の新旧の詩人たちに郵送することに自己嫌悪をいだく伊藤整に、高村光太郎から二、三度読み返したが、「名状しがたいパテチックな感情に満たされました。チェホフの感がありますね」というハガキがきた。思いがけなかったのは、アナーキスト詩人の小野十三郎が、竹久夢二の表紙絵の女性向き文芸雑誌「若草」で「未知の友、伊藤整君に満腔のブラボーをおくる」と賞讃し、文末に塩谷村の住所まで記したためらしいが、新潟や大阪の少女から本の注文やファンレターが舞いこみ出した。戸惑いながらも返事を書きつづけた。

この年、再度の挑戦で商大に合格したが、高給の中学校教師を辞めることができず、一年間の休学とした。父は病床にあり、十二人きょうだいの第二子で、彼は長男であったから。

昭和三年三月三日、伊藤整の友人が小樽新聞に書いた紹介文を偶然みた小川貞子は、詩集を読みたい、詩歌の指導をしてほしいというような手紙を書いた。噴火湾に面した小さな村の娘貞子は、伊藤整がこれまで文通した文学少女より字がうまく、頭もよさそうで、感じがよかったので、もう誰にもやるまいと思っていた詩集を贈った。そして、五年八月までに百八十余通の手紙がふたりの間で往復することになる。

彼はいよいよ四月には大学生として上京する、その前に札幌の兄の家にいる貞子と逢うことになった。約束の市電の停留所を通りすぎる彼のうしろから、ワッと言っておどかす、そんな少女だった。貞子のよく微笑を浮かべる卵形の顔を見て、「ひょっとすると、この少女と一緒に暮らすことになるのではないかな」と、初対面で予感した。塩谷へ帰る汽車のなかで、思わず笑みがこぼれて、きまり悪いほどであった。

伊藤整の麻布飯倉片町の下宿は、窓の下に島崎藤村の家の屋根が見えるような場所であるとともに、同宿の梶井基次郎や三好達治が「青空」を編集していた。梶井との会話の影響をうけて、伊藤整は「若い詩人」からぬけ出るかにみえた。しかし、すぐに父の危篤と死が、帰省を余儀なくした。これは、そのころの手紙である。

貞子は親に内緒で札幌のプロテスタントの北星女学校を受験し、寄宿舎にいた。五月三十日、二度目の逢引きで愛を確かめあったあとの手紙には、彼女のことを「さあちゃん」と書いた。ふたりが会うことで尚《とうと》いもの、うつくしいものを見たという貞子の「真剣な手紙」に対するこの返信では、彼も真剣に「貞様」と呼んでいる。そして全身で「幸福」「愛情」の思いのたけを示した。

その後も手紙は交わされたが、「椎の木」と批評誌

「文芸レビュー」という二つの月刊誌の編集発行に没頭し、大学の予習と通学、目白商業講師の日夜のアルバイトと、彼は多忙を極めた。愛の手紙を待つ身の貞子は、「有島さんは毎日かいて、牧水だって二三日おきでした。でも貴方は」と、書いたりした。有島武郎の病妻慰問の絵ハガキ、若山牧水の妻への旅便りのことか。

　両方の親の理解をもとめて苦労し、大学卒業まで待つつもりでも、彼はいらだち、彼女は恋やつれに身体をこわすこともあった。が、ついに伊藤整は野田生《のだおい》まで行き貞子をつれて、夜汽車に乗った。彼女はおさげ髪に結い、赤い帯をしめていた。五年九月、中野の借家で新婚生活をむかえた。長男滋が生れ、商大は中退していた。出版社金星堂に勤め、日大講師をしながら、新文学に踏み出していく。

　次男の伊藤礼さんが『伊藤整氏　恋文おうらい』を上梓したあと、貞子夫人から私がもらった年賀状に、「お恥かしいことです。ものかきというのは仕方のないものですね」と書いてあった。この「ものかき」は亡夫のことか、両親の恋文を本にした息子のことか、いや両方だと思って、私はすこし笑った。伊藤整が商大時代からの友人瀬沼茂樹氏に、「家のものには自分の小説を読ませない」と言っているのを傍で聞いたことがあったが、賢い貞子夫人は愛夫の作品を読み、知らぬ顔をしていたに違いない。

　それにしても谷川俊太郎の『母の恋文』もそうだが、なんて親孝行な息子たちだろう。二人とも、とくに母親孝行の最たるものではないだろうか。

中原中也が綴る

中原中也　なかはら・ちゅうや　一九〇七（明治四〇）年、山口県吉敷郡下宇野令村（山口市湯田温泉）に軍医の長男として生れる。詩人。東京外語専修科修了。京都の立命館中学時代に長谷川泰子を知り同棲する。大正十四年、ともに上京した泰子が小林秀雄のもとに去る。昭和四年、河上徹太郎、大岡昇平らと「白痴群」を創刊し、毎号作品を発表。八年、結婚、翌年長男と第一詩集『山羊の歌』の誕生をみた。「文学界」「四季」などに拠ったが、詩壇的には傍流にいた。十一年、長男の死により神経衰弱が昂じ、千葉の精神病院に入院。一九三七（昭和十二）年十月二十二日、編集をすませて小林に託した『在りし日の歌』の上梓を見ずに、結核性脳膜炎のため鎌倉寿福寺境内の寓居から移った養生院で没した、三十歳。

長谷川泰子　はせがわ・やすこ　一九〇四（明治三十七）年、広島市の生れ。女優。ペンネーム小林佐規子、芸名は陸礼子。広島女学校卒。中原中也との同居中、小林秀雄の伴侶となったが、離別した。松竹映画に入社。昭和五年、左翼演劇青年との子を産み、中原が名づけ親になる。銀座の酒場勤めののち、中原中也賞（第一回受賞は死の床の立原道造）のスポンサーとなる中垣竹之助と結婚。『ゆきてかへらぬ　中原中也との愛』など。一九九三（平成五）年没、八十九歳。

長谷川泰子への想い

一九二八（昭和三）年八月二十二日　東京市外中野町西町（?）▼▼▼▼中野町谷戸（?）


手紙みた。

貴殿は小生をバカにしている。

バカにしてないというのは妄想《つもり》だ。小生をチットモ面白くない人が、小生にたとえ小さいことをでも頼むなら、それは小生をバカにしているからなのだ。

僕は貴殿に会うことが不愉快なのだから会うことをお断りするのだ。

この上バカにされるのも癪だから、染《ママ》めはしない。セキネ*にあずけてあるからとりに来るべし。

中也

サキ殿

* セキネ＝中原中也の下宿先、関根。

一九三一（昭和六）年七月二十九日　千駄ヶ谷、高橋方 ▼▼▼▼ 市外東中野小滝

差出がましいことながら、
茂樹の種痘《ホーソー》はすみましたか。
まだなら、早く医者に連れて行きなさい。ホーソーを患うと、顔がキタナクなるのみならず、智育体育共に大変遅れることになるのです。
右御注意迄。

一九三二（昭和七）年二月十九日　千駄ヶ谷、高橋方 ▼▼▼▼ 市外東中野小滝

茂樹の耳のうしろのキズには『アエンカオレーフ油』を直ぐに買ってつけて、おやりなさい。五銭も買えば沢山でしょう。
お湯に這入った時、キズを洗わないよう。

大正十二年、県立山口中学を落第して、京都の立命館中学に転入学した十六歳の中原中也と、十九歳の女優長谷川泰子は、表現座の有島武郎作「死とその前後」の稽古場で出会った。彼女から見れば彼はたまたま練習風景を見にきた小さな中学生であった。しかし彼はすでに遊女を知っており、ダダイズムの詩に傾倒して

ダダさんというニックネームを持つ文学少年だ。二人で街中や加茂川べりを歩きまわりながら、泰子は弟のような中原から聞く詩のはなしに感化されていった。

翌年、劇団解散のあと、「ぼくの部屋に来てもいい」と言うので、北野の椿寺の隣りの下宿で奇妙な共同生活がはじまった。泰子はマキノ・プロの映画女優になるが、大した役はつかなかった。その頃、詩人の富永太郎のいる出町へ住まいも移し、ふたりは泰子の前で一日中話しこみ、散歩しながらまた話す。赤毛の長髪に白いパイプをくわえたダンディな富永と、ピエロズボンに裾のひきずる長い釣鐘マントの中原は、京の町を歩くヴェルレーヌとランボーであった。

十四年三月、泰子とともに上京した中原は、早稲田高等学院や日大予科を受験するつもりが、文学青年とのつきあいに心が奪われていく。富永の紹介で知った東大の学生小林秀雄がひんぱんに中原を訪ねてきた。

中原の妻という気持の少ない泰子は、十一月、富永の病死の月に、気の合う小林のもとに奔った。文学青年としての友情はつづいたが、二十三歳の小林と二十一歳の泰子と十八歳の中原のトライアングルは、愛と憎しみの坩堝《るつぼ》に堕ちた。泰子は神経的潔癖症を病み、中原は酒に荒れた。昭和十二年、最後の『在りし日の歌』の原稿を小林に託して永眠した中原に、「あゝ、死んだ中原／例へばあの赤茶けた雲に乗つて行け／何んの不思議な事があるものか／僕達が見て来たあの悪夢に比べれば」と、小林は追悼詩を結んだ。

昭和三年八月、この手紙の宛名の小林佐規子は、凄絶な生活を見かねた小林の母のすすめで泰子が改名したものだが、すでにその五月には小林と泰子の破局があった。この手紙では中原が何か怒りをぶつけている。まもなく泰子が陸礼子の芸名で松竹蒲田の女優になるが、どうやら中原に相談しないで決めたことを怒ったようだ。

昭和六、七年の手紙の「茂樹」は、泰子と左翼劇場の青年との子で、出産後に去った男に代り、中原が命名し、父親役となって可愛がった。子の疱瘡のことや、耳のうしろのキズを心配している。昭和三年からこの間に、中原はある時は泰子の保護者のように、ある時は大暴れの立ち回りをし、泰子と京都旅行もし、河上徹太郎や大岡昇平らと創刊した「白痴群」に泰子の詩も載せた。泰子は時事新報が募集した「グレタ・ガルボに似た女」コンクールの一等になった。

　泰子の子への面倒見のよさが出ている手紙から、中原の子ども好きな一面がわかる。まして、その後郷里で結婚、長男の出生と死に直面した彼の喜びと悲嘆が、どれほど激しかったことか。幸か不幸か、この頃ようやく文学的活躍の場が得られたときでもあったが、愛するわが子の死が精神の変調へ、自身の死へと繋がっていった。

宮沢賢治が綴る

宮沢賢治　みやざわ・けんじ　一八九六（明治二十九）年、岩手県花巻に生れる。詩人、童話作家。盛岡高等農林学校（岩手大）卒。東京での日蓮宗布教活動を経て、稗貫農学校教諭になる。『春と修羅』、『注文の多い料理店』を出版。大正十五年、羅須地人協会を設立し、農民指導に奔走、肉体の酷使から発熱、急性肺炎に。昭和六年、東北砕石工場技師となり、東北各県、東京へと炭酸石灰の販売に尽力し、ふたたび病臥。草野心平のすすめで雑誌「銅鑼」、「月曜」などへの作品掲載もあったが、「銀河鉄道の夜」、「風の又三郎」など多くの作品が陽の目を見るのは没後であった。一九三三（昭和八）年九月二十一日、自宅で急逝した、三十七歳。

高瀬露　たかせ・つゆ　一九〇一（明治三十四）年、岩手県稗貫郡根子村松原（花巻市）の生れ。花巻高女卒。湯口村宝閑小学校教諭。宮沢賢治の羅須地人協会に出入りする。昭和七年結婚、小笠原露となる。上郷小学校に転任。十五年、賢治をしのぶ短歌を「イーハトーヴォ」に発表した。一九七〇（昭和四十五）年二月二十三日、六十九歳で没した。

高瀬露への想い

一九二九（昭和四）年末　日付不明　岩手県花巻▾▾▾▾向小路

重ねてのお手紙拝見いたしました。独身主義をおやめになったとのお詞《ことば》は勿論のことです。主義などというから悪いですな。あの節とても教会の犠牲になっていろいろ話の違うところへ出かけなければならんという時でしたからそれよりは独身でも明るくという次第で事実非常に特別な条件（私の場合では環境即ち肺病、中風、質屋など、及び弱さ、）がなければばとてもいけないようです。一つ充分にご選択になって、それから前の婚約のお方に完全な諒解をお求めになってご結婚なさいまし。どんな事があっても信仰は断じてお棄てにならぬように。いまに〔数字分空白〕科学がわれわれの信仰に届いて来ます。もひとつはより低い段階の信仰に陥らないことです。いま欧羅巴が印度仕込みのそれで苦しんでいるようです。さて音楽のすきなものがそれのできる人と　詩をつくるものがそれを好む人と遊んでいたいことは万々なのですが　あなたにしろわたくしにしろいまはそんなこととしていられません。あ、いう手紙は（よくお読みなさい）私の勝手でだけ書いたものではありません。前の手紙はあなたが外へお出でになるとき悪口のあった私との潔白をお示しになれる為に書いたもので、あとのは正直に申しあげれば（この手紙を破ってください）あなたがまだどこかに私みたいなやくざな者をあてにして前途を誤ると思ったからです。あなたが根子へ二度目においでになったとき私が「もし私が今の条件で一身を投げ出しているのでなかったらあなたと結婚したかも知れないけれども、」と申しあげたのが重々私の無考でした。あれはあなたが続けて三日手紙を（清澄な内容ながら）およこしになったので、これはこのまゝではだんだん間違いになるからいまのうちはっきり私の立場を申し上げて置こうと思って　しかも私の女々しい遠慮からあゝいう修飾したことを云ってしまったのです。その前後に申しあげた話をお考えください。今度あの手紙を差しあげた一番の理由はあなたが夏から三べんも写真をおよこしになったことです。あゝいうことは絶対なすってはいけません。もっとついでですからどんどん申しあげましょう。あなたは私を遠くからひどく買い被っておいでに（中断）

大正十年十二月に稗貫農学校（翌々年から岩手県立花巻農学校となる）の教諭に就任してから、十五年三月退職するまでの宮沢賢治は、十一年十一月に最愛の妹トシとの永訣に慟哭し、十二年正月には大トランクを持って上京、弟に雑誌社へ原稿をもって行かせてさっさと帰郷、「風の又三郎」「ビヂテリアン大祭」などトランクのなかの原稿はボツとなり、十三年四月の心象スケッチ『春と修羅』、十二月のイーハトヴ童話『注文の多い料理店』の刊行、十四年九月から草野心平の「銅鑼」に詩を、十五年一月からは尾形亀之助の「月曜」

に童話作品をつぎつぎに発表。と、農学校の宮沢教諭は、こういう先生でもあった。

生徒には立派な農民になれと教えていながら、自分は安閑として月給を取っていることの心苦しさから、賢治は農学校を退職し、家から二キロほどの下根子桜の別宅に独居した。北上川と早池峰山の見える高台で、荒地を開墾しトマトや白菜や草花を植えた。羅須地人協会を設立したのは、大正十五年八月旧盆の日であった。そこで賢治が講義をし、楽器を持ち寄って演奏し、レコードを聴き、物資の交換をする、そんな農民塾のような集まりである。

また花巻の町や村に相談所を設けて、肥料設計に力をいれたのも理想の現実化であったが、東北地方は冷害干害の時期であった。賢治は死後発見された「雨ニモマケズ手帳」に書いたように、「西ニツカレタ母アレバ……南ニ死ニサウナ人アレバ……」と東奔西走し、まさに「ヒデリノトキハナミダヲナガシ」「サムサノナツハオロオロアルキ」して、過労と粗食から心身を消耗してしまった。それでも昭和三年六月には上京したが、夏には稲の不作から不眠不休となり、ついに病床の人となった。

この手紙の相手高瀬露は教師で、学校へ講演に来た賢治先生を知った。その後、家が近所なので羅須地人協会に出入りするようになった。はじめ賢治も露がしっかりしている、劇をやるのに女の人がいた方がいいと言っていた。彼女を紹介した青年への、昭和二年六月の露のハガキでは、先生のところで賛美歌を歌い、クリームパンと真赤なリンゴをごちそうになり、ベートーベンのレコードを聞く前に暗くなったので、送ってもらって帰った。「女一人で来てはいけません」と言われたので、がっかりしたという。一見すると楽しげな、しかし苦渋のまじるような男女の、こういうシーンもあったのだろうか。

しかし彼女の積極的な情熱と、周囲のうわさに、賢治は露を避けるようになった。彼女が現れると、顔に灰を塗って病気をよそおったり、押入れに隠れたり、「本日不在」の札をかけたり。いろいろな伝説が彼女をすっかり「悪女」役にしてしまった。

だからこの手紙（途中で切れている下書き）は、ラブレターとはいえないかもしれない。「続けて三日手紙」

や「三べんも写真」をよこす彼女を振りきり、クリスチャンの彼女に、彼は結婚をすすめている。しかし、別の断片にある「手紙も書かず話もしない、それでも一緒に進んでいるのだという強さ」の一行に、私は別れることこその愛を想い、ふと心にしみる。

手紙では彼女の独身主義をたしなめているが、賢治自身は独身への念いがあったと思われる。しかし、賢治も木石にあらず、異性の影があったのだ。盛岡中学校を卒業した十七歳の春、鼻炎の手術で入院した病院の看護婦への初恋。昭和三年、岩手県水沢出身の伊藤兄妹がいる伊豆大島へ行ったのは、兄が大島で農芸学校を開校するための相談だけでなく、妹のチヱとの見合いがかくれた目的だった。お互いの病気のせいで、縁談はみのらなかったが。

また露宛の別の手紙（断片）では、一人一人について特別の愛を持てば、じぶんの子どもだけが大切になる、そんな愛は持たないという意味のことばがあり、独身主義というより、賢治に独特の博愛精神のあらわれが見える。女性の独占欲をおそれたのかもしれない。

中野重治が綴る

中野重治　なかの・しげはる　一九〇二（明治三十五）年、福井県坂井郡高椋《たかぼこ》村一本田《いっぽんでん》（丸岡町）の生れ。詩人、小説家、評論家。別名は日下部鉄。東大独文科卒。在学中に堀辰雄らと「驢馬」を創刊、「夜明け前のさよなら」などの革命詩を発表。日本プロレタリア芸術連盟、雑誌「戦旗」で中心的活動をした。文化運動弾圧により逮捕され、出獄後、苦渋の転向小説を書く。執筆禁止のなか「空想家とシナリオ」などを発表。昭和二十年末、新日本文学会をおこし、評論活動をしたが、小説の戦後最初は「五勺の酒」。ほかに『むらぎも』（毎日出版文化賞）、『梨の花』（読売文学賞）、『甲乙丙丁』（野間文芸賞）など。朝日賞受賞。一九七九（昭和五十四）年八月二十四日、東京女子医大病院で胆嚢癌のため死没、七十七歳。

原泉子　はら・せんこ　一九〇五（明治三十八）年、松江市の生れ。女優。本名は中野政野、のちの芸名は原泉。左翼劇場、新協劇団などに参加。昭和五年、中野重治と結婚、自らも逮捕されながら獄中の夫にかわりプロレタリア芸術運動を支えた。戦後はラジオ、映画、テレビに性格俳優として活躍、「米」、「マルサの女2」など。一九八九（平成元）年五月二十一日、急性心不全のため死去、八十四歳。

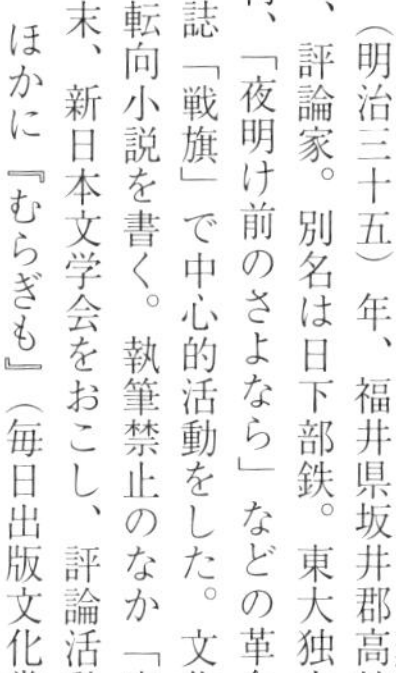

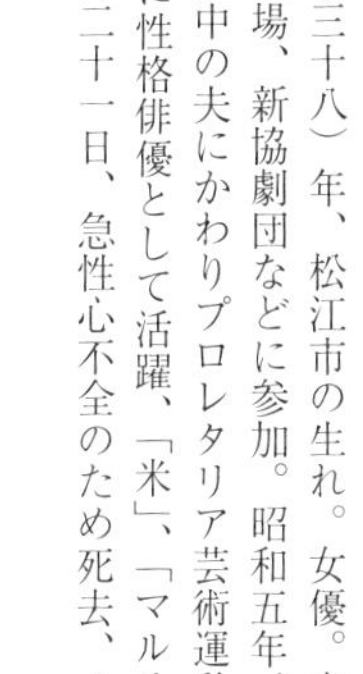

原泉子への想い

一九三〇（昭和五）年八月五日　豊多摩刑務所▼▼▼▼市外滝野川町田端

八月五日（火曜日午前）〔第一信〕

とうとうこの手紙をかくことになった。裁判所から電話の代りに出した速達も届いたろうし、この手紙の着く前に面会にも来てくれるだろうし、また元より気の利いたお前さん故、この手紙で注文する事の大半はこの手紙の着く前にやってくれるでもあろうと思う。

なお、ワシ等が一緒にいた期間は僅か一ヵ月であったが、私にはお前さんが十年もつれ添うた古女房のようにしか思えぬので（また叱られることであろ。）アレヤコレヤと胸に溜ってることはこの次にして（一週三回手紙が書ける。）、今日は事務的な注文だけを並べることにする。

一、差入れについて

イ、衣類　例の黒い単衣《ひとえ》一枚の着たきり雀で来たものだからちょっと（ホンのちょっと）困った。とにかくシャツ、キモノ等が二枚ずつ位いつもあればいい。ただしここで洗濯が出来る（自分でするのではない）のだから一ヵ月に一度位入れてくれれば十分。留置場にいた時のように三日にあげず持って来る勿れ。フトンは入れるとしても急ぐに及ばず。出来たら腹巻を入れて下さい。

〔欄外〕鏡を一面差入れて下され。

ロ、食物　ここの食物は中々上等だから飯の差入れは不用と思う。ここでオカシ、トマト等買えるが、外は物価暴落だがここは恐しくたかい。それで時々「板チョコレート」「ドロップス」、何かクダモノ等を入れてくれれば有難い。カンヅメもはいる由。（時々とは一ヵ月一回ナイシ二回の意。一度にたくさん入れるべからず。）

ハ、書物　菜根譚[*1]なるものをよんだ。又幸田露伴「五重塔」、「新選長与善郎集」「千家元麿詩集」を注文した。

それで次のものを順序かまわず、お前さんの方の都合次第で入れてくれ。手元には四冊しか置けぬのだからそのつもりで（ただし、字引、経典は別）。

片山正雄「独和辞典」、ハイネ「ハルツライゼ」（郁文堂か南江堂出版日独対訳のもの）、「左千夫歌論集第3巻」、犀星「生立の記」（名ヲカイタ紙ヲ取ッテ）、「新選武者〔小路実篤〕集」、藤村「破戒」、トルストイの何でもかでも。バルザック「ウージェニ・グランデ」、スタンダール「赤と黒」、ホイットマン「草の葉」（これはこの頃出た訳本と有島のとも一人今名を忘れたがある詩人の訳と三つあるがどれでもいい）、ベルハーレン「明るい時」（名は確かならず、高村光太郎訳)、徳富蘇峯「日本歴史[*2]」—新聞にのせている—(徳川末期から維新の分が本になったら入れてくれ)、文芸家協会の小説年鑑、その他歴史物がいい(挿画や写真のあるのをカンゲイ)。

なお北畠親房の神皇正統記、大鏡、水鏡、保元物語等注釈本があったら後でもいいから入れよ。どんなブル的のものでもかまわぬ。そこはシッカリしたものだて。

もう余白なし。「旧約全書」も。

コレとイッショにスズ子ニモ出シタ。

重治

まさのどの

*1　菜根譚=明末万暦のころの人洪自誠の著、大正十五年の釈宗演『菜根譚講和』がある。

*2　「日本歴史」=「東京日日新聞」に連載中の「近世日本国民史」。全百巻の完成は昭和二十七年。

雑誌「驢馬」の仲間が中野重治の結婚を考えたとき、左翼劇場の女優原泉子《せんこ》の名を出したのは窪川(佐多)稲子で、当時の夫窪川鶴次郎と西沢隆二が、二人に交際を勧めた。結婚の通知状は昭和五年四月十六日であったが、その前に中野は寝巻と洗面道具の風呂敷包みをさげて、泉子の部屋へやってきた。活動に追われ、すれ違い、夫婦二人きりの甘い蜜月はなかった。この獄中書簡には「一緒にいた期間は僅か一ヵ月」と書いているが、実質的な新婚生活は二十日あまりであった。しかも新居には中野の妹で詩人の中野鈴子もいた。

松江市生れの原政野は十歳のとき母が急死し、跡取り娘の自覚により小学校卒業式の翌日から奉公に出た。大正九年、政野は十五歳で上京、書道家の書生となる。関東大震災後は裸婦モデルになり、ハイカラな断髪のスタイルで、上野の美校の学生たちと展覧会や映画、芝居を観る青春の日々を送った。中野秀人と同棲中の女優花柳はるみがはじめた脚本朗読会の手伝いをすることになり、花柳により原泉子という芸名がつけられた（この名前は昭和十七年、当局により抹消され、戦後、原泉《いずみ》と改名して、俳優として復活した）。

昭和三年、左翼劇場が設立され、原泉子は劇団員になったが、中野と結婚するまで昼間はモデルもつづけた。のちの埴谷雄高夫人もモデル仲間だったという。

五年五月から六月にかけて、泉子は舞台がたてこみ大忙し、中野は関西での日本プロレタリア作家同盟の講演会に身を挺していた。五月二十一日、治安維持法違反の容疑で、中野を逮捕にきた特高は、不在の身代りに泉子と鈴子を留置場に入れた。三日後東京にもどってきた中野は田端の駅前でつかまり、妻と妹が解放された。空財布を工面しては、日用品などの差し入れのために、泉子は滝野川署へ通った。同時に小林多喜二らへの差し入れ、救援活動も重なっていた。

手紙の往復が許可されるのは、七月末、起訴されて豊多摩刑務所へ送られてからであった。それがこの第一信である。「とうとう」に万感の想いをこめた書き出し、「気の利いたお前さん」「十年もつれ添うた古女房」と、泉子への信頼をにじませて、差し入れの衣類、食べ物、本をいろいろ希望している。

十月、多喜二の「不在地主」の公演で、原泉子の演じた母役が満場を泣かせるとの好評が伝わり、獄中の多喜二も喜びの手紙を書いた。その年末、中野が保釈されて、文無しだが七ヶ月ぶりの新婚の正月を迎えた。十二年、入籍、十四年、長女卯女《うめ》が生れる。その前もあとも、一斉検挙、逮捕、執筆禁止、上演禁止など、時代の嵐は中野にも泉子にも吹き荒れていた。

林芙美子が綴る

林芙美子　はやし・ふみこ　一九〇三（明治三十六）年、福岡県門司の生れ。詩人、小説家。本名フミ。広島県立尾道高女卒。文学を志して男性、職業、住まいを転々とし、詩集『蒼馬を見たり』が生れ、『放浪記』がベストセラーとなる。昭和六年、「風琴と魚の町」「清貧の書」を発表後、シベリア経由でフランスへ。十二年、新聞社の特派員として「南京陥落一番乗り」で（翌年は漢口攻略戦にも）、マスコミの寵児になる。十七年、報道班員として南方へ派遣され、仏印、ボルネオなどに滞在。戦後は「うづ潮」、「晩菊」（女流文学者賞）、「骨」、「水仙」、「下町」、「浮雲」などを矢継ぎばやに書く流行作家になったが、「めし」ほか数本の連載中の一九五一（昭和二十六）年六月二十八日、新宿区下落合の自宅で心臓麻痺のため急逝した。四十七歳。

手塚緑敏　てづか・まさはる　一九〇二（明治三十五）年、長野県下高井郡平岡村の生れ。画家。大正十五年、林芙美子と結婚。昭和八年、春陽会展に初入選。十九年、入籍、林姓となる。めざした画業を放棄して芙美子の文学のために生涯を尽した。一九八九（平成元）年七月死去、八十七歳。

手塚緑敏への想い

一九三一（昭和六）年十一月十一日　朝鮮慶尚北道安東、八木元八方▼▼▼▼淀橋区上落合三輪

八木さんのところへ来てます。

小春日向〔和〕で、大変い丶ところ、やっぱり一緒に来ればよかったと思いました。これから、明朝六時（十一日）奉天から長春です。マンヂウリ〔満州里〕まであぶないので一等に乗ります。

遠く離れていると、ひどく貴方に接近した気持ちだ。夢に見る。

誰にも手紙をか丶ないが、会う人によろしく云って下さい。少し無理したのと、汽車ばかりで綿のようです。

元気でいて下さい。フランスへ行ってからの事も心配しないで下さい。私は一番貴方を愛している。い丶小説が書けそうです。うんとい丶ものを書いて、アッと云わせてやります。

これから、お嬢さんたちと、支那街へ行って支那料理たべます。ペット《ママ》　元気ですか。

十一日　芙美

緑《りょく》さん

一九三一（昭和六）年十二月十八日　パリ▼▼▼▼淀橋区上落合三輪

手紙がまだ君から一度も来ない。門司でうけとった手紙をよんでたら泣いちゃったよ。かえりたくて仕用《ママ》がない。十六日汽車へ乗ればかえれるんじゃないか、春にはかえるよ、文士は長い事いたって仕様がない。これが着いたらありったけの注文かいた手紙よこしなさい。明日スマイル用の写真沢山おくる。まだ返事もらわないが、なるべく片づけてほしい。コーローの画集ですてきなのがある。買って送る　何しろ、円がさがってひさんだ　馬力をかけて早々かえる仕度をする。楽しみに待っていてほしい。もうあと二、三ケ月でかえる　風邪ひいていやなせきが出る　でもシンパイない

巴里にて　芙美子

一九三一（昭和六）年十二月二十九日　パリ▼▼▼▼淀橋区上落合三輪

おめでとう。二人とも淋しい正月だ。火事があったそうですが、大事でなくてよかった。早く君からの第一信を得たい。私は五月までには日本へかえる。早くかえった方がよろしい。君に会いたい。ペツに会いたい。風呂をわかしながらあそびたい。夏は涼しい地へ二人でゆ

こう。今日ポロネエの女と二人でルーブルを見に行って、少々ゆううつだ。とても〱かないっこはない。レオナルドダビンチのいだいさ。これだけはみせたい。絵かきがみなもしゃをやっていた。これはコローだ。美しいでしょう。沢山おくる。元気でいて下さいよ。リョクさんや！

―一九三一・一二・二九―

巴里にて　芙美子

林芙美子が男を放浪し職業を放浪し、どん底の生活のなかで、のちに作品『放浪記』に昇華させたノートを書いていた大正も終りのころ、鍋やインクやユーゴーの『レ・ミゼラブル』を入れた新聞紙を張ったみかん箱の机の前で、せっけんの匂いをかいだら、フランスへ行ってみたいなと思う情景があった。「夢にみるほど恋いこがれてみたところで仕方がない。猫が汽車に乗りたいと思うようなものだ。……まず、朝鮮まで渡って、それから、一日に三里ずつ歩けば、何日目には巴里に着くだろう」などと空想に浸るばかりだった。当時の芙美子にとっては、まったく現実ばなれのした夢想にすぎなかった、あこがれのパリ行きが、早くも昭和六年には実現したのである。

大正十五年十二月に芙美子が結婚した手塚緑敏は、信州出身の温厚で誠実な画学生であった。彼は画家としての大成を放棄し、あくまでも芙美子の女房役に徹して、わがままな女流作家のために生涯をかけた。昭和十八年十二月、芙美子は生後四日の男児を産院からもらってきて養子としたが、その子の出生届を十九年三月三十日に出すために、ようやく夫を入籍した。芙美子の死亡通知ハガキには、嗣子・林泰《たい》、友人総代・川端康成、平林たい子と印刷されていて、夫の名はない。

昭和五年、『放浪記』がベストセラーになり、フランス行きの夢が現実になった。六年十一月四日、旅立ち。下関、釜山を経て慶尚北道の安東に着いた日の、夫を想う手紙（第四信）である。このあとシベリア鉄道に乗って、十一月二十三日、パリ北停車場に着いた。

十二月の絵ハガキには、もう帰りたい気持が出ている。そのあと書いたらしい封書にも、「年が明けたら早くかえるか、貴方を呼ぶ。……巴里は絵かきにいゝ。……文士にはあまり面白くない」と言っている。つぎの絵ハガキの、「早く君からの第一信を得たい」は、昭和七年の第一信ということらしい。ルーブル美術館に行って、夫と絵の話がしたい想いから、「君に会いたい」と書いた。

芙美子のパリは、チェホフや寒山詩などたくさんの本を読み、カフェーで原稿を書き、日記と小遣い帖に記録し、ミモザやすみれの花々を買い、料理を作り、時にはサランボという煙草を「まるで飯のように四箱は噛む」し、「コニャックの安い大瓶を二日で空にしてしまい」、苦しくて母のよこしたセンブリを煎じて呑む。一月から二月にかけてはロンドンに滞在、オクスフォードでポータブルの蓄音機とベートーベンのレコードを買った。またパリで過労と栄養不足から鳥目を患い、しかしアリアンセ（夜学）にも通ったか。そして、彼女は恋愛にも没頭した。

七年五月、「カエリタキコトセツナリリョヒタノム」という電報を、改造社の社長に打った。『放浪記』と同じときに『ブルジョア』でデビューした芹沢光治良にも、旅費の救援をたのむ切ない手紙を書いたので、篤実な彼が改造社へ頭を下げに行くと、すでに送金したと言われて、憮然とする。そんな場面が芹沢の長編『人間の運命』に見える。ともあれマルセイユを出帆、芙美子は上海で魯迅に会い、六月、帰国した。

パリでの恋愛のあと、いや最中か、夫への手紙をさぼってはいたが、たすきがけで厨の片隅に炭火をおこし、白い葱を刻み、味噌汁をこしらえ、庭の草の芽の伸び具合をほめながら夫とする朝食のシーン。パリの空の下で、ふっとこんなことを思い描くこともあったが、帰国して、忙しくなった彼女に、静かで温かい夫との日常がもどっただろうか。八月には、家賃十四円の窪地の家から、合歓《ねむ》の花咲く落合川をへだてた高みの、まるで領事館のような、家賃五十円の西洋風の家に移った。

倶知安、樺太、釧路へ、昭和九年の北海道ひとり旅が、作家林芙美子のターニング・ポイントではないかと思う。それまでの抒情的な甘さを超えて、リアリズムの小説が出来上がった。翌年、その代表作『牡蠣』の出版記念会を盛大に自費で催して、自らを文壇に押し出していった。

壺井栄が綴る

壺井栄　つぼい・さかえ　一八九九（明治三十二）年、香川県小豆郡坂手村に生れる。小説家。旧姓は岩井。内海高等小学校卒。小豆島の郵便局に勤め、過労から脊椎カリエスに罹り、読書遍歴、村役場に転職中、文通のあった同郷の詩人壺井繁治の誘いで上京、結婚する。夫の入獄出獄のかげで、佐多稲子らと支援活動に献身。昭和十年、宮本百合子の推薦で小説の処女作「月給日」を発表、十三年、稲子のすすめで書いた「大根の葉」が好評を得る。『暦』（新潮社文芸賞）、『柿の木のある家』（児童文学賞）、『母のない子と子のない母と』（芸術選奨）、『二十四の瞳』、『風』（女流文学賞）など。肝炎、喘息、心臓病など六つの持病をかかえ、入院転地を繰り返して執筆していたが、一九六七（昭和四十二）年六月二十三日、中野区鷺ノ宮で逝った、六十六歳。最期に「みんな仲良く」と言ったという。

壺井繁治　つぼい・しげじ　一八九七（明治三十）年、香川県小豆郡苗羽村の生れ。詩人。早大英文科を中退。雑誌「赤と黒」「ダムダム」などでアナーキストとして出発したが、昭和二年、「文芸解放」を創刊し、左翼芸術同盟を結成してマルキシズム文学に転換。「戦旗」の発行に没頭したが、獄中にプロレタリア文学の壊滅を知った。戦後は民主主義文学運動の推進役となる。『壺井繁治詩集』、『抵抗の精神』、『激流の魚』、『奇妙な洪水』など。一九七五（昭和五十）年九月四日、マクログロブリン血症のため死去した、七十七歳。

壺井繁治への想い

一九三二（昭和七）年九月六日　香川県小豆郡坂手村▼▼▼▼豊多摩刑務所

一筆申上まいらせ候

とかき出さねば一寸うつりの悪いまき紙の手紙を、あなたは近ごろ手にした事がありますか？

ずっと昔、私が一とう初めに貰ったあなたの手紙はまき紙に筆で、いばり散らしたように書きなぐったものでした。そして切手が二枚だった事を私はハッキリ覚えて居ます

今、わたしは、小さい時かじりついて、勉強していた小さな机に向って、幾年ぶりだか見当もつかない程久しぶりに、紙と筆をもちました。

十年の月日は、その昔、夢にさえも考えた事のない一人の女をつくり上げています。この机は、父がまだ初めて子の父となった時に、庄屋であった「壺井」から有りがたく頂戴したものと聞いて居ます。そして、なくなった兄から貞枝にいたるまでの私たち十人のはらからは、一ようにこの机に向って実に熱心に「先生のおっしゃる事」を勉強してきました。私は今、学校で教わったかず〲の事を特殊な気もちをもって省みて見ました。

十年前までは考えても見なかった事実を、私は新らしく考える事が出来ます。この古机に魂でもあったならば、彼氏おそらく老の日〔目〕に涙をうかべて私に意見をするだろうと思います。だがしかし、何と私の回りには古机のような涙をうかべる人の多いことよ。そして私は、もう一度考えます。そして、あらためてあなたに敬意を表します。

なあんて、思わせぶりな事はよしてと、あなたは、去年の今夜、何処で何をしていたか覚えてますか。山本通三丁目で、泥棒のように三階によじ上り、今、あなたのあこがれの的である小豆しまの黒ブドーを食べながら夜をあかしたでしょう。その話をケイチャンから聞いて、感慨無量です。そう〳〵、あの時、私はとても腹を立て、折角帰ってきたあなたにプン〳〵していなかったか知ら。

早一年になるのですね。この前の時には、もう今頃保釈になってかえって来ていたけれど、そして、はや、あれから半年になります。以前は月をもって数えたが、今度はおそらく年をもって数えなければならないだろうと、同志中野は云って居ます。これは私たちにも当てはまる言葉だろうと私は考えます。年をもってかぞえるその長い月日、だが、それはおたがいに古机の思出にはならないでしょう。

同志繁治！　元気でいて下さい。こんな言葉はどうもマキ紙向でないようです。妻から夫へ、然も半年もの間別離を余儀なくされた夫婦の手紙と云えば恋文でなければならないでしょうが、うすゞみの筆のあとににじむ涙のあとを、あなたは何処からさがし出しますか。若し見つからなかったらおそろしく時代は進んだものと思いなさい。全く昔の女は夫思いであったらしい。夫の事を思うと、命をすてる事をもいとわぬようなかんしんな女房があるのに、私と云う女房は夫を思えば思う程命がおしくなって、まだ小豆しまにぐずぐずして居るのです。今日あたり、恐らく夫は小豆しまの黒ブドーを恋うが故に妻を恋っているでしょうに、可哀そうにブドーはまだ畑にブラ下がっているし、妻は仰向けになって背骨をのばしている有様です。そして二度目の最後の手紙を（小豆しまよりの）今こうしてかいているのです。もう直ぐかえります。お母さんにも会って、繁の分まで可愛がられて来たし、おりゑさんに会って、繁の分まで叱られて来たし、伊八様に会って、繁の分まで云訳して、そして繁の分まで分ってもらって来たし、そして坂手では、無論、繁の分まで慰められて、ウントコサとお土産をもってかえります。ひっくるめて、今度の小豆島がえりは、成績良でした。たゞ、私の健康が、小豆しまの新鮮な空気や、私たちの心づくしを以てしても猶御機嫌なゝめなものがある事は残念のいたりです。

多少どころでなく、多くの不安をもちながらもこれ以上島にとゞまる事を私の良心が許しそうもないし、それ以上に繁の孤独がそれを許さないでしょう。とにかく、会って相談した上で、冬には二ケ月位の予定で遊びに帰ろうと思っています。無事で相会わねばならない私たちは、その故に健康をとり戻さねばと命のおしさを何よりも深く大きく考えたいと思います。そして、再び机をしてかんがいむりょたらしめる故にこそ、私の健康は何をおいてもとりかえしたいのです。

小豆しま便り、ながい〳〵手紙をとの御注文さだめしこれで御満ぞくの事と存じ候　おそらくこの手紙、御もと様の御部屋を一まわりして尚あまりあると思いたる時、そゞろほゝえみを相覚え申候これにて長い手紙のお約束はたせし喜びに安心の胸なでおろし申候

何を云ってやがる！　と仰せられながらも、御もと様必ずこの手紙をもって、ものさしの代用を遊ばさるゝ有様を思い浮べチイ公と二人で破顔大笑いたせし事相違無之候

冗談じゃない！

さようなら繁治！

笑談でなく元気でいらっしゃい。

九月六日夜　　　　　　　　　　　　小豆しまにて　栄

繁治様

別紙ますみの手紙を入れます

ご無沙汰ですみません。

小豆島に帰島中の壺井栄が、獄中の、同郷の夫へ想いをぶちまけた手紙である。

栄は繁治の拘引をたびたび経験するが、最初の検挙にショックをうけたのは、昭和三年であった。栄が小説家になるのはずっと先のことで、当時は自宅におおぜい出入りする左翼学生たちの賄いをする詩人の妻である。三年七月、無産者新聞三周年記念の左翼劇場の公演が報知講堂であったとき、繁治はビラを持っていたので捕まったのであった。市ヶ谷刑務所に拘留された夫の不在中の貧窮に堪えて、賞金のためにりつ子というペンネームで「プロ文士の妻の日記」を「婦女界」に投稿した。五年、夫が治安維持法違反容疑で起訴され、豊多摩刑務所に入獄した時期には、雑誌「戦旗」の印刷製本の秘かな手配、アジトでの宛名書き、荷造り発送に献身した。

この手紙の獄中というのは、七年三月、佐多稲子の夫であった窪川鶴次郎らと検挙され、再び豊多摩刑務所（今の中野区野方）に九年四月まで入獄していた。このときは編集長の宮本百合子が検挙されたので佐多稲子が後任をつとめた「働く婦人」の、編集実務者として栄は走りまわった。銘仙の着物姿が洋装に変り、赤いセーターに手編みの毛糸の黒のベレー帽をはすにかぶり、豊かな腰を紺のコートのベルトできゅっとしめていた。颯爽としているように見えるが、編み物の内職をしても米びつは空っぽの日が多かった。

栄は「十年の月日」を思いながら、「十人のはらから」が順番に使った小さな勉強机にむかって、この長い巻紙の小豆島だよりを書いた。「同志繁治！　元気でいて下さい」という呼びかけが、愛の想いをこめた叫びに聞える。また、全体にユーモアの衣を着せてはいるが、終りの方の「冗談じゃない！」のひと言が、「同志中野こと中野重治が言う、何年間も夫と妻を引きさくものへの怒りの叫びに聞える。なお、「十人のはらから」はプラス二人だった。乞食の子二人をもらい子にしていたので、十二人きょうだいとなった。「二十四の瞳」のタイトルを連想させる子沢山な家だった。

追伸の「ますみ」は、栄が村の郵便局に勤めて、さかんに読書をしていた大正十一年、平和記念東京博覧会を見物に上京、宿泊先の妹が産褥熱で急逝したので、生れたての赤ん坊を抱いて島へ帰り、以後母親役をした姪の真澄である。繁治との文通もその頃からだろうか。

十四年、村役場にいた栄は繁治の誘いにしたがって上京し、結婚した。が、花嫁はたちまち疾風怒涛のなかに巻きこまれてしまう。無名の女流作家林芙美子、平林たい子、壺井栄が、極貧のアナーキスト詩人との三カップルとして、世田谷太子堂に隣りあって住み、恋愛に生活に葛藤しながら文学を夢みる嵐のときであった。そんな昔日への想いも、手紙の行間の感慨を深めている。

刑務所への面会や差し入れの活動を通じて、百合子や稲子と親しくなり、その機縁から稲子にすすめられて書き、百合子に発表をゆだねた作品で栄が文壇にデビューするのは、昭和十三年になってからで、それは小豆島を舞台にした名作「大根の葉」であった。

谷崎潤一郎が綴る

谷崎潤一郎　たにざき・じゅんいちろう　一八八六（明治十九）年、東京日本橋蠣殻町の生れ。小説家。東大国文科を中退。在学中、第二次「新思潮」に「刺青」などを発表、永井荷風に激賞され、耽美派の新進作家としてデビュー。大正四年、石川千代と結婚。八年末から小田原に住み、横浜で映画制作、妻の関わりから佐藤春夫と絶交。十二年、関西移住。春夫と和解し、昭和五年、千代と離婚、翌年古川丁未子との結婚、離婚を経て、十年、森田松子と結婚。『痴人の愛』、『蓼喰ふ虫』、『春琴抄』、『細雪』（毎日出版文化賞、朝日賞）などのほか源氏物語の現代語訳がある。戦後は『鍵』、『瘋癲老人日記』（毎日芸術賞）など。芸術院会員、文化勲章、文化功労者。一九六五（昭和四十）年七月三十日、腎不全、心不全のため、神奈川県湯河原の新居「湘碧山房」で永眠、七十九歳。

根津松子　ねづ・まつこ　一九〇三（明治三十六）年、大阪市の生れ。随筆家。旧姓は森田。大阪府立清水谷高女中退。豪商根津清太郎と結婚。昭和二年、谷崎潤一郎と出会う。九年、谷崎と同棲、根津姓から旧姓に復帰し、翌年結婚した。「細雪」の幸子のモデル。著書『倚松庵の夢』、『湘竹居追想』など。一九九一（平成三）年二月一日、心不全のため他界、八十七歳。

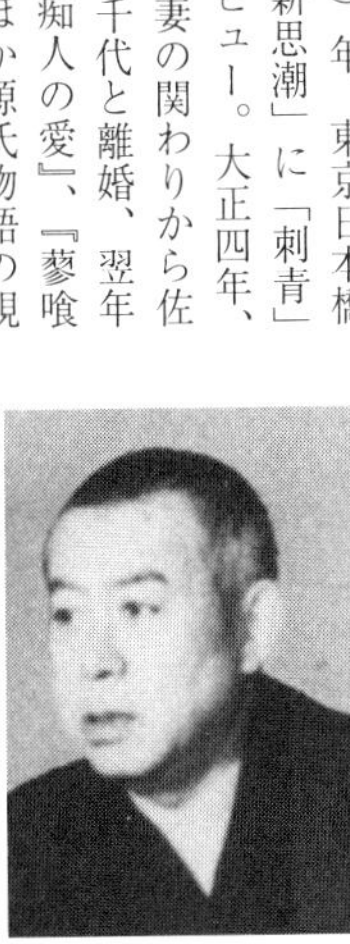

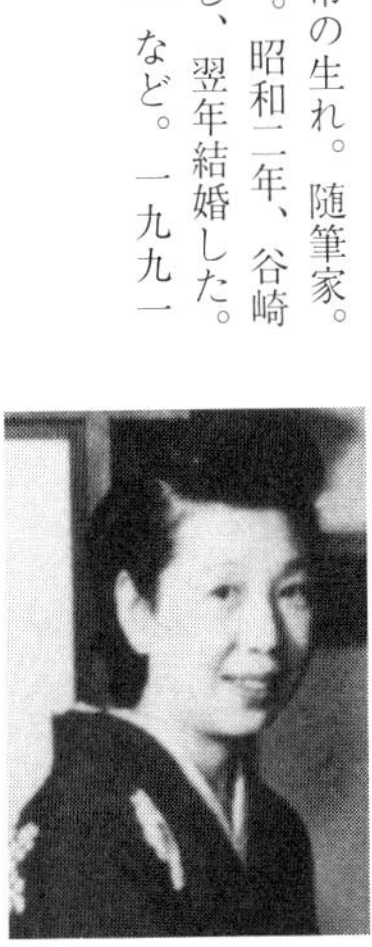

根津松子への想い

一九三二（昭和七）年十一月八日　兵庫県武庫郡魚崎町横屋西田 ▾▾▾▾ 同郡本庄村西青木、木津ツネ方

いっぺんに御寒くなりましたが

御寮人様には如何御くらし遊ばしていらっしゃいますか、先夜丁未子《とみこ》が御目にかゝりました由をきゝましたので

御寮人様もこいさまも御元気で御いで遊ばすこと、存じ少からず安心いたしました御家庭内にあまり御苦労がたえませぬ故外で愉快に遊んでいらっしゃる御様子をきゝますとまあよかったと思うのでございます

目下私は先月号よりのつゞきの改造の小説「蘆刈」というものを書いておりますがこれは筋は全くちがいますけれども女主人公の人柄は勿体のうございますが御寮人様のような御方を頭に入れて書いているのでございます、全部で百枚程のものでございまして十二月号で完結いたしますので、そのうえで私自筆の原稿を雁皮へオフセット版にて印刷いたし桐の箱へ入れまして非常なる贅沢本として正月に出版いたしますつもりでおります、さしえは樋口さん*に頼みまして女主人公の顔をそれとなく

御寮人さまの御顔にかたどり描いてもらいたいのでございますが私からはそうはっきりと申しにくゝ困っております
御寮人様が御許し下さいますならば一と言おっしゃって下さいましたら有り難う存じます、尚々印刷にしました原画と原本は別に保存して
御寮人様の御筆にて箱書きして頂き御めしもの、一部か何かにて表紙を作ておきたいと存じます、私は今後少しにても　御寮人様にちなんだことより外何も書けなくなってしまいそうでございます、しかし　御寮人様の御ことならば一生書いても書きゝれないほどでござりまして今迄とはちがった力が加わって参り不思議にも筆が進むのでございます、全く此の頃のように仕事が出来ますのも　御寮人様の御蔭とぞんじ伏し拝んでおります、いずれ時機がまいりましたらば自分の何年以後の作品には悉く御寮人様のいきがかゝっているのだということを世間に発表してやろうと存じます
あゝこんなことを書いておりますと限りがございませぬ、御目にかゝりたくてなりませぬがそれでも　御寮人様を思って書いておりますのでいくらか慰められて居ります、
今夜はこれだけにいたしましまして又後便にて申上ます
十一月八日夜　潤一郎
御寮人様

侍女

（追記略）

＊樋口さん＝樋口富麿。この画家の挿絵は昭和十二年の『吉野葛』であり、この昭和八年の自筆本『蘆刈』の挿絵、口絵は、北野恒富となった。刷棄ての紙を何万枚も出すほど、谷崎自ら厳しい刷り立会いの、肝いり本となる。題字のすべてを松子が染筆した前著『盲目物語』では、松子の容貌に似せた北野の絵「茶々」を口絵に使用した。

昭和三年、谷崎潤一郎は「卍」執筆のための大阪弁の助手をした女性と、その友だちを谷崎家に招宴した。武庫郡岡本の家は谷崎の妹弟、妻千代と養母と娘鮎子、三人の女中に爺やと、十人家族であった。千代の歯ぎれのいい話しぶり、しかも差し出がましくはなく、佐藤春夫との恋も二年後の離婚も、彼女たちには信じられない素敵な谷崎夫人だった。大阪女専英文科の華やかな学生たちの前には、中華の出張料理が賑々しくならべられた。その中の一人が知的で可愛い、「チョマ子」とよばれる古川丁未子であった。

卒業後、関西中央新聞社にいた丁未子の上京希望をきいて、谷崎は菊池寛に依頼状を書き、文藝春秋社に入れた。その頃、谷崎はキャナデアン・グラスの石版刷機を買ってきて、千代、佐藤と三人連名の離婚結婚の、知友へのあいさつ状を刷った。それが「夫人譲渡事件」としてマスコミをにぎわしたが、同じ年の暮れに、谷崎は求婚条件を新聞に発表した。「二十五歳以下で、なるべく初婚であること（丙午《ひのえうま》も可）」、「美人でなくとも手足が奇麗であること」、「財産地位をのぞまない人」など、ずいぶん身勝手な七項目であった。そのあげく、年明けに丁未子にプロポーズし、彼女の鳥取の親も周囲も危ぶんだが、昭和六年四月に結婚したのである。いかにも愉しげなチョマ子の新婚生活記録が「婦人サロン」に載った。

ところが谷崎は新妻を連れて行った高野山で、「盲目物語」を執筆したが、信長の妹お市ご寮人のイメージは、あこがれの女人である根津夫人のおもかげそのものであった。可哀想に、これでは新妻の立つ瀬がない。たしかに翌年九月二日の松子宛書簡にも、「去年の『盲目物語』なども始終あなた様の事を念頭に置き自分は盲目の按摩のつもりで書きました」と告げている。しかも丁未子にとってのスイートホームのはずの家が、税金滞納で差し押さえとか、買い手を探すとかの状態であり、高野山では彼女の料理下手に、不快な顔つきの谷崎であった。

もともと松子との出会いは昭和二年三月、芥川龍之介が大阪へ講演にきたとき、芥川に関心のあった松子が、北の料亭にいるふたりに同席した。お目当ての芥川は船場の御寮人《ごりょん》はんには無関心で、もっぱら谷崎との饒舌を楽しみ、皮肉にも谷崎が彼女にひとめ惚れしてしまった。翌日、松子の誘いでダンスホールにいった。タキシード姿でめかしこんだ谷崎と松子がダンスをするのを芥川は見ていた。芥川の死はその四ヶ月後だった。このときから谷崎家と根津家は家族ぐるみのつきあいになった。

七年二月、高嶺の花であった松子との恋がはじまった。関東大震災のあと関西に移住した谷崎は、終生の引越しマニアであったが、そのとき谷崎が転居した武庫郡魚崎の家の隣りに、夫と別居した松子がいたのである。庭つづきの垣根越しにゆききが出来た。

彼女は三百年つづいた豪商、綿布問屋根津清太郎の夫人で、二児の母であった。まもなく松子が阪神電車の青木《おおぎ》にある海辺の店員寮に住み替えると、谷崎の恋文の攻勢が、矢継ぎばやとなった。毎日のように手紙を書き、四、五日に一度は住まいにつづくゴルフ場の芝生にすわり、仄かな月明かりの下で、夜露に濡れて、ふたりは話し込んだ。手紙はいつも、雁皮に梔子《くちなし》色の升目の自家製原稿用紙に、墨痕あざやかに書かれていた。

そういう一連のこの手紙であるが、こんどは「蘆刈」の女主人公に松子をイメージしたと言っている。「源氏でも読ませておいたらば似つかわしい」蘭《ろう》たけた顔の上臈《じょうろう》型の人「お遊さま」である。これからも「御寮人様にちなんだこと」を書いていくという通り、翌年の

「春琴抄」がまさに女主人と仕える者との愛を昇華させたものであり、「谷崎訳源氏物語」も「細雪」も、松子夫人の存在が大きい。

それにしても松子は戸惑った。作家の恋文だから創作的に誇張するのかと思ったが、文面でへりくだるだけでなく、日常も大真面目で傅《かしず》かれてしまう。着物の着がえには彼が侍女のようで、旅では谷崎が三等車に乗り、松子は二等車に乗せられて困ったこともあった。

この手紙で注目したいのは、「御寮人様」が文中にある場合、改行してアタマにのせる礼儀深さだ。このことから連想することがある。高見順が異腹の従兄である永井荷風から一度だけもらった手紙は、全部の「御」の字が行の下にくる書き方だった。近代文学館の草創期に、川端康成らとの政財界や新聞社まわりに私もお供をしたが、喫茶店で、意地悪な荷風の手紙をポケットから出して見せた高見順の苦笑いの表情を思い出す。

それはともかく、谷崎は七年八月、丁未子に恋愛を打ち明けたことを、松子に知らせた。妻は「芸術家たるあなたのためにむしろ喜ぶべきことであったなどと申して居ります」と。チヨマ子は泣く泣くながら身をひいたのだ。さすがの谷崎も、妻を可哀想におもったが、どうしようもない。翌年、離婚した。

昭和十年一月、松子と結婚。この夫妻の仲は終生変ることがなかった。

高村光太郎が綴る

高村光太郎　たかむら・こうたろう　一八八三（明治十六）年、東京下谷区に木彫師高村光雲の長男として生れる。彫刻家、詩人。初期の筆名は篁《たかむら》砕雨。東京美術学校（芸大）彫刻科卒。在学中の明治三十三年、「明星」同人となる。渡米を決意し、洋画科に再入学。ニューヨーク、ロンドン、パリで学び、帰国後「パンの会」、フュウザン会に参加。四十四年、長沼智恵子を知る。大正三年、智恵子と結婚し、詩集『道程』刊行。訳編『ロダンの言葉』、塑像「手」など。昭和八年、婚姻届を出すが、智恵子の分裂症状は悪化、転地、入院を経て死没。『智恵子抄』刊行。戦後、花巻郊外の山小屋に農耕自炊の独居七年。肺結核が進行する。智恵子をイメージした「十和田湖畔裸婦像」を制作のため帰京。一九五六（昭和三十一）年四月二日、中野区桃園のアトリエで死去、七十三歳。

高村智恵子　たかむら・ちえこ　一八八六（明治十九）年、福島県安達郡の酒造業長沼家に生れる。洋画家。日本女子大家政科卒。太平洋画会研究所で学ぶ。平塚らいてうらの雑誌「青鞜」の表紙画を描く。大正三年、高村光太郎と結婚。昭和四年、実家破産。六年、精神異常の兆候が現れる。九十九里浜で転地療養、南品川のゼームス坂病院に入院。病院で作った千数百点にのぼる紙絵作品をのこして、一九三八（昭和十三）年十月五日、粟粒性肺結核のため永眠、五十二歳。

高村智恵子への想い

一九三四（昭和九）年五月九日　駒込林町 ▶▶▶▶ 千葉県山武郡豊海村真亀、田村別荘内斎藤方

節子さんによんでもらって下さい。

真亀というところが大変よいところなので安心しました。何という美しい松林でしょう、あの松の間から来るきれいな空気を吸うとどんな病気でもなおってしまいましょう。そしておいしい新らしい食物。よくたべてよく休んでください。智恵さん、智恵さん。

一九三四（昭和九）年十二月九日　駒込林町 ▶▶▶▶ 千葉県山武郡豊海村真亀、田村別荘内斎藤方

さっきはいそいだので無断で帰りました、無事に帰宅しました。今度参上の時は多分東京から自動車を持ってゆけるでしょう。それまで機嫌よくしてみんなに親切にして下さい。心のやさしいのは実に美しいものですね。お天気がよいので暖かです。

明治四十二年、ヨーロッパから帰国した高村光太郎は、北原白秋らの芸術運動「パンの会」の狂乱怒涛の渦中で、彫刻、絵画、詩にのめりこんだ。

長沼智恵子は日本女子大を卒業後も郷里に帰らず、太平洋画会研究所で新進洋画家たちと交わっていた。四十四年には同窓の平塚らいてうの新しい女の運動に参加、雑誌「青鞜」創刊号の表紙画を、智恵子が描いた。ふたりの運命的な出会いは、この年であった。

光太郎のアトリエ新築のお祝いに、智恵子がグロキニシヤの大鉢を持ってきたのは翌年六月、彼女はたびたびアトリエを訪ねたが、ほとんど喋らない。光太郎の絵を見たり、彼のフランス絵画の話を聞いていた。うけこたえしても語尾が消えるようだった。智恵子のために「ウウロン茶」を淹れる彼の手の大きさを、黙って見つめていただろう。

その夏、光太郎が写生に行った犬吠崎に、智恵子も妹たちときていて、光太郎の宿に合流した。ともに散歩したり食事をして、色の白い丸顔の彼女の素朴さに惹かれ、ある日は入浴中に均整のとれた彼女の容姿を、彫刻家の視線が偶然とらえて、二人のつながりを予感した。「わがこころはいま大風の如く君にむかへり／愛人よ」と彼はうたい始める（「郊外の人に」の冒頭）。

そして次の夏、光太郎は展覧会の油絵を描くために上高地に滞在していた。当時の上高地へのアクセスは、島々から岩魚止を経て、徳本峠を越える。九月になって、この難路を智恵子が絵の道具をかついで登ってきた。写生に歩きまわり、大自然に溶けいる二人だったが、「山上の恋」という見出しの心無い新聞のゴシップ記事に悩み、両親も心配した。

三年十二月、結婚披露、共棲生活がはじまった。この年光太郎の詩集『道程』が刊行されたが、定収入のない貧しい生活を、裕福な育ちゆえの金銭に淡泊な彼女は、驚かなかった。光太郎が「あなたはだんだんきれいになる」という詩で、「をんなが付属品をだんだん棄てると／どうしてこんなにきれいになるのか……」とうたったのは、彼女の着物が当時では珍しいセーターとズボンにかわっていたから。

愛の響きあう夫婦でも、二人の芸術家が同じ屋根の下に暮らす難しさは、苦行の面があるにちがいない。光太郎は大工道具をつかって彼女ひとりの画室を別に作ることもしてみたが、曖昧や妥協をゆるさぬ性格の彼女は、やがて制作と家事のバランスがくずれて、光太郎の仕事への愛に生きるようになった。

たえず心にあった故郷が、じわじわと喪失していたとき、彼女の健康も傾いていった。それは二本松町の大火、父の死、相続した弟の放蕩、実家の破産、離散であった。智恵子に精神変調の兆しがあらわれ、昭和七年、自殺未遂をおこしたが、更年期の現象と診断されていた。が、分裂症状が悪化していたのだ。八年八月、二人で無視していた婚姻届を智恵子のために出した。

翌年五月、智恵子は母と妹節子のいる千葉県九十九里浜の真亀納屋という淋しい漁村に転地療養、光太郎は毎週一度ずつ通った。両国から汽車で大網駅へ、そこから二つのバスを乗り継ぐ、遠い道のりを、オバホルモンなどの薬、菓子、果物を詰めたリュックサックを背負って行った。

砂丘の松の下かげで、光太郎の手が智恵子の肩を抱く。潮の香、微風、清新な空気、松の花粉の飛ぶ芳香、二人は恍惚となった。一通目のハガキに見える「智恵さん、智恵さん」という呼びかけに、光太郎の愛の哀しみがほとばしる。その次のハガキには「無断で帰りました」とある。はじめは光太郎の来訪を待ちわび、嬉々として迎えたが、ある時は汀の千鳥の群れと遊んでいて、別れを惜しむ彼を無視し、またある時はだまって帰った彼を、松原まで追い騒ぎ、「智恵子光太郎智恵子光太郎」と呟きつづけていたという。

十月、父高村光雲が死去、その後始末をおえて、智恵子をアトリエに連れて帰る意向で、「自動車を持ってゆけるでしょう」と書いている。ていねいな言葉遣いは、まるで妻がちゃんと読めるようで、優しくむなしい。

年末に帰宅、智恵子は連日連夜の狂暴状態になり、看病の光太郎は徹夜つづきであった。翌年二月、南品川のゼームス坂病院に入院、光太郎の見舞いを待つ日々をすごし、奇跡的な千数百点の切り絵の芸術品を遺して、智恵子は静かに世を去った。

堀辰雄が綴る

堀辰雄　ほり・たつお　一九〇四（明治三十七）年、東京麹町区平河町に広島藩士の子に生れ、母と向島の彫金師のもとで育つ。小説家。一高理科を経て東大国文科卒。在学中から室生犀星、芥川龍之介を師とし、大正十五年、中野重治らと「驢馬」を創刊。堀辰雄と信州と病気との終生の関わりは、関東大震災で母を喪った年からで、そこで愛と死とまた愛、が体験され、「ルウベンスの戯画」、「聖家族」、「美しい村」、「風立ちぬ」、「菜穂子」（中央公論社文芸賞）などが生れた。十六年、大和への旅。「曠野」、「大和路・信濃路」。戦後、季刊「高原」を創刊、「四季」を再刊、自選の『堀辰雄作品集』（毎日出版文化賞）などを得たが、一九五三（昭和二十八）年五月二十八日、肺結核のため追分の新居で、多恵夫人にみとられて永眠、四十八歳。

矢野綾子　やの・あやこ　一九一一（明治四十四）年、愛媛県今治に生れたが、亡父の弟夫妻の養女となり広島に育つ。女子美術学校卒。昭和八年夏、軽井沢で堀辰雄と出会い、翌年九月婚約。一九三五（昭和十）年六月、重症の肺結核のため堀とともに富士見高原療養所に入院し、十二月六日に死去、二十四歳。

加藤多恵子　かとう・たえこ　一九一三（大正二）年、静岡県相良町に生れ、香港、広東で育つ。随筆家。本名は多恵。女子聖学院を経て東京女子大英語専攻部卒。昭和十二年夏、信濃追分で堀辰雄を知り、翌年結婚。著書に『葉鶏頭』、『来し方の記・辰雄の思い出』、『山麓の四季』、『堀辰雄の周辺』などがある。現在、立原道造記念館の館長。

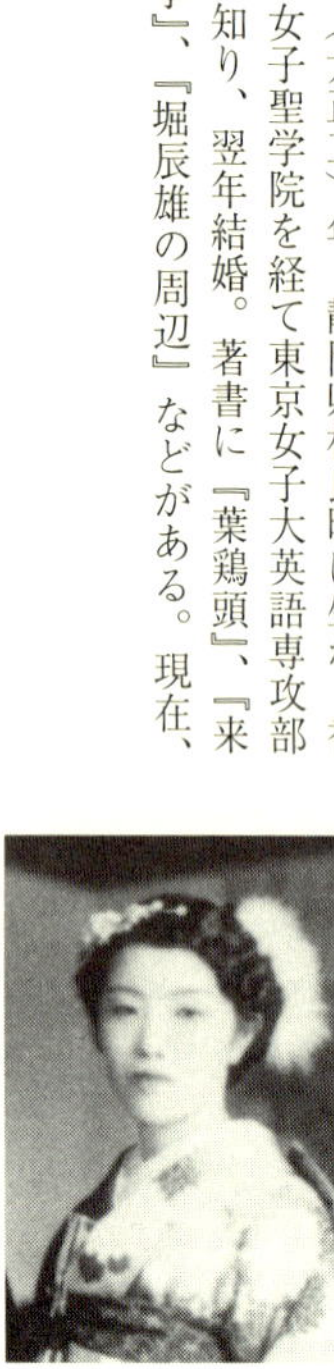

矢野綾子への想い

一九三四（昭和九）年七月二十七日　信濃追分、油屋▼▼▼▼軽井沢

昔、大名の泊った部屋にはじめて寝ました。三度、夜なかに目をさましました。しかし、お化はまだ出ません。すこし草臥《くたび》れているので今日は一日寝ます。明日から勉強します。淋しいから、お手紙を下さい。

一九三四（昭和九）年八月十四日　信濃追分、油屋▼▼▼▼軽井沢

だいぶ気分がよくなりました　今日からぽつぽつ仕事をはじめています　ちょっと軽井沢に

も行きたいけれど、まあ我慢します　ゆうべ君の夢を続けさまに二遍見ました　一つは銀座のオリンピックみたいな店に君が一人ではいっていったきり、いくら待っても、出てこない夢でした

加藤多恵子への想い

一九三七（昭和十二）年十月二十五日　信濃追分、油屋▼▼▼▼杉並成宗

お手紙とお菓子を難有う。僕は君とちがうのですぐこういう風にお礼を出すから、覚えて置きなさい。恩地三保子嬢[*1]、おおぜい、お友達と一しょに二三日やって来ました、僕のところにも遊びに来てくれるかと思って大いに期待していたら、ちょっとお顔を見せにきたきりで（あれじゃまるで僕にちょっと拝ませたようなものだ）又お友達と一しょに帰ってしまいました、大いにうらんでいるとおことづけ下さい。僕目下大童《おおわらわ》になって小説製造中です。トンボ日記はよかったな。僕の奴も蜻蛉《かげろう》日記の焼直しみたいなものだが、こいつこそせいぜいうまくいってそのトンボ日記というところでしょう。来月五、六日頃仕上がる予定、それを雑誌社に届けかたがた十日頃まで上京します。野村君[*2]も僕と同道します。一つ都合がついたら

追分の会を何処かでしましょうか。君にお貸しした本はもっとお手許に置いて御愛読なさい。人が読めといって貸した本は少くとも一年位は返さない方が礼儀だ。それ位熱心に読んで貰わなくちゃ貸し甲斐がないからなあ。川端さんはこれから今度買った別荘に入って十一月一杯軽井沢に頑張る由、クリスマス頃その別荘を僕と野村君とで一週間ばかり借りて冬を楽しむ相談をしています。自炊が困るのだが君でも本当にもっと元気で御飯焚きにきてくれるといいんだがなあ。(十月二十五日)

＊1　恩地三保子嬢＝版画家、装幀家の恩地孝四郎の娘。東京女子大で多恵子の親しい後輩。
＊2　野村君＝詩人・野村英夫。当時は早稲田第二高等学院の生徒だが、胸を病み油屋にいた。立原道造、堀辰雄ら詩人たちから「野村少年」と呼ばれた。

一九三八(昭和十三)年三月六日　鎌倉、額田病院 ▼▼▼▼ 杉並成宗

又二三日うちに来て貰いたいな　なるべく面会時間の三時きっかりに来てくれるといい　あ、
、、、、、、、
とで考えて見たんだが矢張り林檎よりかおいしいビスケットの方がいい　しかしじき倦きる
からほんの少しでいいよ

昭和八年六月、軽井沢に滞在して「美しい村」の執筆に没頭していた堀辰雄の前に、突然現れたのが矢野綾子であった。黄色い麦わら帽子をかぶった、背の高い、向日葵のような少女の眼がきらきらと光っていた。綾子の父が帰京したあとも、堀がとじこもる部屋の背中合わせに彼女はいて、カンバスを持って絵を描きに出かける綾子とともに、季節はずれの村の道を歩く堀の姿があった。

「美しい村」は、芥川龍之介が思慕した歌人で翻訳家片山広子の娘総子（小説家宗瑛《そうえい》）への、堀の愛と別離を書く意図だったが、綾子の登場により、「美しい村」の「夏」の章を書いて、彼の傷心は癒された。堀辰雄はこの年、立原道造を知った。

この手紙は翌年夏、毎日のように綾子に書いたもので、絵ハガキの短文に想いをこめたラブレターである。九月、綾子と婚約した彼は、十月、月刊「四季」を創刊し、「物語の女」を発表した。

十年四月、堀は綾子とともに、「あたかも蜜月の旅へでも出かけるように」、八ヶ岳山麓のサナトリウム富士見高原療養所に入院。胸を患って絶対安静の綾子の枕辺に寄り添い、高原の風、雲、草木に季節の移ろいをみる、風変りな愛の生活であった。十二月六日、綾子は永眠した。翌年、「婚約」という仮題で、「二人のものが互にどれだけ幸福にさせ合えるか」、綾子との愛をテーマに起筆した。それが代表作「風立ちぬ」であった。

昭和十二年の夏休み、加藤多恵子は弟といっしょに信濃追分の油屋で過ごした。そこで出会ったのが堀辰雄で、はじめは九歳上の無精ひげをはやした、うつむきかげんに何か考えながら歩いている人に、親しめなかった。それでも仲良しの恩地三保子には、いいおじさんがいるから、追分へ遊びにいらっしゃい、と誘ったらしい。三保子が来ると、堀は彼女たちと山歩きをしたり、軽井沢の室生犀星の家へ連れて行ったりした。

その夏の終りころ、矢野綾子の父が油屋にあらわれた。父は多恵子を気に入り、堀が好意を持っていることを見抜いて、気の早いまとめ役として、東京の犀星宅へ行き、あわてて堀が多恵子の母に結婚の申し込みをするという事態であった。のちに犀星は多恵子をからかって、君が堀君といっしょになったのは矢野のオッサンのおかげだと言ったという。

手紙は、堀が「大童になって小説製造中」のもので、トンボ日記として笑っているが、「かげろふの日記」であった。

この手紙のあと、完成稿をポストに入れかたがた軽井沢の川端康成の別荘に一泊した日、油屋が火事で焼失した。三百年の歴史をもつ宿場の脇本陣、その暗い建物のなかを、堀はちょっと得意げに多恵子を案内し、これは殿様の泊った上段の間、ここはお小姓の間だよ、この壁の落書は遊女の名前、と言っていた油屋。堀にとっては自分の家のようにして、持ちこんでいた本や資料、とくにたくさんのリルケ関連を失ったのはショックだった。立原道造が同宿していたが、いのちからがら逃げるのが精一杯だったのだろう。

火事のおかげで、幸福の谷にあった川端の山小屋に留守番として滞在、「死のかげの谷」が完成したことを報告する十二月三十日の多恵子への手紙がある。これが書きあぐねていた「風立ちぬ」のエピローグであり、これで綾子へのレクイエムから卒業することができたのだった。


翌年二月の手紙で、「君だったら死んだ綾子も満足していられるだろうと思います」と、改めて告白し、新しい結婚の道が近づいた。そんな時、結婚式の間近に堀は、鎌倉で喀血して、その地で入院。その時の手紙である。立原道造が多恵子の家へ堀の急病を知らせにきたのが二人の初対面であった。鎌倉へ見舞いにきてほしいという堀からの使者だった。いっしょに鎌倉へ行ったとき、病室では神妙にしていた立原が、帰りの電車ではジョークをいう茶目っ気の詩人だと多恵子は思った。

その年四月、犀星夫妻が媒酌人、立原が堀の介添え役になり、目黒の雅叙園で結婚式をあげた。すぐに軽井沢の室生別荘を借りて、家探しの結果、落葉松の芽ぶく五月、愛宕山の奥、スイスの山小屋のような、屋根裏部屋のある家が、ひと気のない静かな二人の新居となった。からまつの道へ、また水車の道へと、小径を歩きながら、小鳥の名や野の花の名を、夫が妻に教えるすがたを見かけた人がいただろう。作品の舞台であり、病臥、終焉の地となった浅間高原は、堀辰雄の「ふるさと」であった。

坂口安吾が綴る

坂口安吾　さかぐち・あんご　一九〇六（明治三十九）年、衆議院議員、漢詩人坂口仁一郎の五男として新潟市に生まれる。小説家。本名は炳《へい》五。東洋大印度哲学倫理学科卒。昭和六年、「青い馬」を創刊、牧野信一が激賞した「風博士」、「黒谷村」により文壇デビュー。翌年、矢田津世子と出会い、ともに同人誌「桜」に加わる。蒲田の酒場のマダムとの同棲をはさんで、十一年、津世子とも別れ、「吹雪物語」を執筆。戦後、「堕落論」、「白痴」により脚光を浴びる。二十二年、梶三千代と結婚、「桜の森の満開の下」、「青鬼の褌を洗ふ女」。ヒロポンを常用しての猛烈な執筆と、太宰治の自殺の衝撃から睡眠薬中毒が昂じて、入院、伊東へ転居。桐生に移った翌二十八年、長男誕生。取材旅行がつづいたが、一九五五（昭和三十）年二月十七日、自宅で脳出血のため急逝、四十八歳。

矢田津世子　やだ・つせこ　一九〇七（明治四十）年、秋田県五城目町の生まれ。小説家。本名ツセ。東京麹町高女卒。日本興業銀行に勤め、東京タイピスト学院を卒業。兄の赴任地名古屋に住み、「女人芸術」名古屋支部、同人誌「第一文学」に参加。昭和五年、「罠を跳び越える女」で「文学時代」の懸賞に当選し、翌年上京。左翼作家からモダン派に転身。七年、坂口安吾を知り、交際する。共産党に資金カンパのかどで留置され、健康を損なう。武田麟太郎に師事し、「日暦」

同人となりスランプから脱し、安吾と再会するが絶縁。「神楽坂」（芥川賞候補、人民文庫賞）により流行作家となる。『花蔭』、『家庭教師』、『茶粥の記』、『鴻ノ巣女房』など。一九四四（昭和十九）年三月十四日、肺結核のため自宅で永眠、三十六歳。

矢田津世子への想い

一九三六（昭和十一）年六月十七日　本郷区菊坂町、菊富士ホテル ▼▼▼▼ 淀橋区下落合

御手紙ありがたく存じました。御身体御大切に。身体が弱ると、思想が弱くなるのでいけません。

小生、今月始めから漸く仕事にかかりました。この仕事を書きあげるために命をちぢめてもいいと思っています。今の仕事は、存在そのものの虚無性（存在そのものの、と言うよりほかに今のところは仕方がないのですが）を知性によって極北へおしつめてみようとしているのです。この小説が終ったら、僕の生活に飛躍がくるかも知れません。この小説のあとは、もう行動があるばかりかも知れません。社会的な実際運動へ走るほかに仕方がないのではないかと、時々思うのですが、然しすべては、ただこの小説の書かれた後に、自分の真実を見

定めるほかに仕方がないのです。

僕の虚無は深まるところまで深まったようです。おしつまるか、ぬけでるか、もう仕方がないのです。ロレンスはのっぴきならぬその虚無を肉体によって解決したと思っていますが、あれは解決ではありませんね。あの小説の中でチャタレィ夫人は救われていますが、メロオズは明らかに救われていないのです。僕はあくまで知性にたよるほかありません。そして知性が、虚無を割りきった後に尚、文学の形に於て何物か建設しうるかどうか、もはや文学をすてて行動に走る以外に道がないか、僕のとる道はその結果へおしすすむほかに仕方がなくなりました。

仕事は秋の終るまでに出来るでしょう。僕はもうただ生きなければならないのです。真実を知ることだけ。そして今必要なのは書斎だけです。世間に魅力がありません。色々の病気のために身体がいくらか衰弱していますが、精神は生れて以来はじめて健康だと思っています。そして、いわゆる世間的な悲哀が感じられなくなりました。

僕の存在を、今僕の書いている仕事の中にだけ見て下さい。僕の肉体は貴方の前ではもう殺そうと思っています。昔の仕事も全て抹殺。

安吾

津世子様

「風博士」や「黒谷村」でファルス（笑劇）作家として認められ、転機を模索する坂口安吾は、牧野信一が親分格の雑誌「文科」の同人行きつけの酒場ウヰンザアで呑んでいた。昭和七年、青山二郎が店内装飾をしたその酒場で中原中也とも親しくなったが、女流左翼作家としてデビューし、モダン派の作品を意図していた美貌の矢田津世子との出会いもその店だった。数日後、安吾の家へ行った津世子が、本を忘れて帰ったので、それを届けるために遊びに来いという謎ではないかと彼は思い、「その日から、恋の虫につかれ」、「一日会わずにいると息絶えるような幼稚な情熱」にはまってしまった。これは、津世子が死んだのち、昭和二十二年に発表した「二十七歳」での発言である。

津世子の家では母も彼を歓待し、寛いで酔っ払う安吾に、際限もなく話しかけ、その秋田弁を彼女が通訳した。彼女の母も、安吾の母も、ふたりの結婚をのぞんでいた。

三日にあげず手紙をやりとりしたが、ラブレター的な内容はまったくなかった。八年五月創刊の雑誌「桜」への加入をすすめるのに、「あなたと会うことができるから」と彼女は言い、安吾も「会っているときだけが幸福」なので、同人に加わった。それでも手紙にはドストエフスキー研究会のことなど、もっぱら連絡や報告と、文学観が綴られ、愛のことばは皆無だった。

その頃、津世子が時事新報社の社会部長と恋仲だという噂が、マスコミで囁かれていることを知った安吾はショックを受けた。ちなみに噂の愛人は、女優木暮実千代と結ばれた。

九年には、友人のあいつぐ急死に遭い、心身ともに乱れた安吾は、同棲した蒲田の酒場のマダムと、海へ山へ温泉へ、さすらいの旅をかさねた。津世子が行きたいと言っていた山の宿で女を抱きながら、彼女の幻影をみていたのか。

安吾にとって二つの事件があったのは十一年三月だった。本郷菊坂の菊富士ホテルの屋根裏、時計塔の部屋で、津世子に「どうぞ遊びにいらして下さい」と知らせて、再会し、互いの愛を確かめた。が、この月、彼女は代表作となる「神楽坂」を「人民文庫」に発表し、文壇人の仲間入りを果たしていた。またさらなる衝撃は、彼の文学の恩師牧野信一が小田原の自宅で縊死したことだった。

　津世子とはプラトニック・ラブだった。出会いから五年目、ただ一度の接吻をして、そのあとで速達で出したのが、この訣別の意味をこめた手紙である。「僕の存在を、今僕の書いている仕事の中にだけ見て下さい」と書いた。文中の「存在そのものの虚無性……を知性によって極北へおしつめてみよう」という安吾の仕事は、遠大な長編小説の原型となり、その十一月から三年がかりで書きつづけた「吹雪物語」であった。翌年二月、生れ変ろうとの決意から、書きかけの原稿をもって、彼は京都へと向かった。

　昭和十九年三月、絶交の手紙のあと会うことのなかった津世子が、三十六歳で病没した。彼女の母から死亡通知が届いた。安吾は印刷されたハガキを握って、二、三分間、一筋二筋の涙を流した。涙のなかで、二年前に亡くなった彼の母を、あの世で津世子が大事にしてくれる風景を、せつなく考えたという。

斎藤茂吉が綴る

斎藤茂吉　さいとう・もきち　一八八二（明治十五）年、山形県南村山郡金瓶村（上山市）の守谷家に生れる。歌人、医師。東大医学部卒。浅草医院の院長斎藤紀一が、茂吉の上京、開成中学、一高、東大への進学、入籍までの道を開いた。在学中に作歌を志し、伊藤左千夫に入門、「アララギ」創刊に関わり、養父創設の青山脳病院に移る。大正二年、処女歌集『赤光』が注目され、翌年、紀一の次女輝子と結婚。六年、長崎医専教授として赴任。十年、三年間のドイツ留学。帰国後、「アララギ」の中心となり、養父を継いで病院長に。歌集『白桃』、『暁紅』、『寒雲』、評伝『柿本人麿』（帝国学士院賞）がある。郷里への疎開を経て、『白き山』、『ともしび』（読売文学賞）など。文化勲章。一九五三（昭和二十八）年二月二十五日、心臓喘息のため新宿区大京町の自宅で死去、七十歳。

永井ふさ子　ながい・ふさこ　一九〇九（明治四十二）年、松山市の生れ。歌人。本名フサ。松山高女卒、東京女子高等学園中退。昭和八年、「アララギ」に入会、師の斎藤茂吉と恋愛。著書に『斎藤茂吉　愛の手紙によせて』、遺歌集『あんずの花』がある。一九九三（平成五）年六月八日、伊東市の国立温泉病院で脳梗塞のため他界した、八十三歳。

永井ふさ子への想い

一九三六（昭和十一）年十一月二十六日　青山▼▼▼▼渋谷区桜ヶ丘、香雲荘内

○御手紙いま頂きました。実に一日千秋の思いですから、三日間の忍耐は三千秋ではありませんか。何度カギで明けてみるか分かりません。その苦しさは何ともいわれません。全くまいってしまいます。ふさ子さんどうか、御願だから、ハガキでいいから、下さい、そして、今日は外出とか（叔母と）。たゞそれだけで結構です。

○きのうも今日も電話して、御留守だったので、非常にガッカリしました。特に今日のは診察前からかけて、荘の人が、どなた？　どなた？　などと幾遍もきかれて、恥かいたようにおもってこまりました。○兎に角、一行ずつでいいから、きょう御手紙のようにかいて下さいませんか、能率万倍ですから

○このあいだ、お部屋でふだん著のふさ子さんを見たとき、粉飾なき玉の如きものを見、他《よ》所《そ》行《ゆき》を全く脱却して、誠にうれしくて、こいしくてたまりませんでした。そわそわしていたのは、そのためでありました。○ほかの人のいるのは邪魔ですけれども、そんな勿体ないことといってはなりません。一しょに食事を安心して出来るのもほかの人がいてくれるためです

から。○お部屋でたゞ二人で、ふさ子さんの笑ごえでもすると、ひとはキスでも強いているのではないかと取られはしないだろうかと思って、胸がどきどきして落付いていられないのです。しかし、そのときのうれしい気持は全身に満み〔ち〕わたっていました。いくらか御わかりになったでしょう。伝達するものですから。
○春あたりまで〔破損〕で、気が引けて、醜老の身を歎じていましたが、このごろは全く、とりこになっています。きのうも渋谷郵便局で電話かけてしおしおと立去り、ウナギで辛うじて元気出し恋愛を断念しようとおもって、文藝春秋の文章を一気にかいたのです。ゆうべは一晩よくねむれませんでした。
○そしてきょう御手紙を見るまでは、鬱々として、不平などばかり出て困ったのが、一読后は、丸で人物が変ってしまいます。先に会った、柴生田、佐藤二君[*1]には不愛想で、あとであった鹿児島、山口二君[*2]には友情あふるるばかりです。これは何のためだと思いですか。一体何が私をこんなに機嫌よくしたのだとおもいますか。（廿四日夜しるす）
○ふさ子さん！　ふさ子さんはなぜこんなにいい女体なのですか。何ともいえない、いい女体なのですか。どうか、大切にして、無理してはいけないとおもいます。玉を大切にするようにしたいのです。ふさ子さん。なぜそんなにいいのですか。
○写真も、昨夕とって来ました。とりどりに美しくてたゞうれしくてそわそわしています。

併し、脣は今度からは結んで下さい。又お笑なるならば思いきって笑って下さい。丁度私のまえでお笑になるように笑って下さい。そうでないなら、すましてください。◯私が欲しいのですから、電通で、もう一つとって下さい。代は私が出します。写真は幾通あってもいい、ものです。ふさ子さんの写真は誠に少い。ほかのお嬢さん方は年に十はとりますよ。今度の御写真見て、光がさすようで勿体ないようにもおもいます。近よりがたいような美しさです。

（後略）

＊1　柴生田、佐藤二君＝昭和初年「アララギ」に入会し茂吉に師事した新進歌人の柴生田稔と佐藤佐太郎。
＊2　鹿児島、山口二君＝大正九年「アララギ」に入会した紙塑人形作家で歌人の鹿児島寿蔵と、大正十三年入会し斎藤茂吉の書簡代筆、校正などをした歌人の山口茂吉。

「アララギ」歌壇のリーダーであり、青山脳病院の院長である斎藤茂吉に、大作となる柿本人麿研究への没入と、若い女弟子との恋愛の歳月があった。

　昭和八年、お嬢さん妻の輝子がダンスホール事件に巻きこまれた。有閑マダムとダンス教師とのスキャンダルとしてマスコミが騒ぎ、激怒した茂吉は、妻と別居した。

　翌年九月、正岡子規の三十三回忌の歌会が向島百花園でおこなわれた日のこと、萩の花、すすきの穂の繁みで、主宰の茂吉に挨拶したのが、永井ふさ子であった。茂吉が心にとどめたのは、彼女が正岡子規の縁戚という話だけでなく、女人の慎ましい感じと、伸びやかな容姿もあった。十一月、茂吉の誘いの手紙で、ふさ子は初めて斎藤家を訪ねた。ごちそうは婆やの作るとろろ汁だった。

　十年二月には松山高校を受験する長男茂太が、ふさ子の家へ行った。また、ふさ子宛の手紙は、上京中は世田谷の姉や渋谷の妹のアパート宛であり、最初はいわば家族ぐるみのつきあいであった。しかし恋はひそかに進行するものだ。十一年二月から五月の三十通ばかりの手紙は、茂吉のたっての希みで焼却したが、ふさ子は暗記するほど読んでいた。

　二人には「観音以前」というキーワードがあった。それは十一年のはじめ、浅草へ遊びに行ったときのこと、浅草寺で茂吉は観音経をふさ子に買い、エノケンの劇を観、うなぎ屋に上がり、瓢箪池の藤棚のしたで、はじめての接吻をした。茂吉は挙動不審で巡査につかまる落ちまでついた。この日から恋人の関係になったのを、茂吉の煩悶から師弟の間柄にもどろうと約束したことがあったので、それを「観音以前」と言った。五十四歳の茂吉の、老境を意識する恋のかたちであった。しかし、こんな申し合わせなんか、恋心にはかなわない。夏には箱根強羅の山荘からの手紙に、寂寞と妬みとの葛藤があり、「恋しい憎い悲しいめちゃくちゃです」と、「諦念です」と相反する気持を同時に書く始末であった。

　封筒の表に「恋《こいし》き人に」とあるこの三日がかりの手紙は、愛のクライマックスの時期らしい。「なぜこんなにいい女体なのですか」といい、ふさ子の手紙を一日千秋の思いで待ち、診察の前も後も留守のアパートに電話をかける。次便では、ふさ子の「小さい写真を出してはしまい、又出しては見て、為事《しごと》をして」いる。恋焦がれと嫉妬が交叉する茂吉であった。

　翌年四月、ふさ子は茂吉を諦めるために、岡山の外科病院長と見合いをした結果、婚約を承諾してしまった。結納の式も終えた。ところが、十一月、結婚の仕度のためにフィアンセと上京したふさ子は、茂吉との再会で抑圧していたものが反動となって、二人の愛情は激しく再燃した。しげしげと逢い、旅にも出た。彼女の愛の歌を「アララギ」誌上から隠すために、清子というペンネームを茂吉は指示した。とはいえ、茂吉も二年前から人知れず相聞歌は発表していた。「清らなるをとめと居れば悲しかり青年《おとこ》のごとくわれは息づく」など。

フィアンセも両親も、東京での彼女に何かあると疑ったのは当然だ。年末、彼女はきっぱりと婚約解消を決め、それとともに茂吉との恋愛を断念して、結婚祝いの品や東京のデパートで注文した嫁入り道具が空しく届く松山の家へ帰った。

茂吉の燃えあがった情念の炎は、戦争によって消えた。東京大空襲により、長い年月別居していた妻の帰宅があり、郷里山形県への疎開、敗戦後の肉体の衰弱もあったが、二十八年に他界するまで、もうあのときの炎は心の奥底にも、オキになってでも、まったく残ってはいなかったのだろうか。

田宮虎彦が綴る

田宮虎彦　たみや・とらひこ　一九一一（明治四十四）年、東京に生れたが、船員の父に従い高知、下関などで育つ。小説家。東大国文科卒。在学中、雑誌「日暦」、ついで「人民文庫」に参加。都新聞社（東京新聞）に入社したが、無届け集会の理由で検挙されたため辞職。国際映画協会、京華高女、拓務省ほか各種の職につく。戦後、出版社をおこし、「文明」を創刊する。「霧の中」が出世作となり、「落城」、「足摺岬」、「絵本」（毎日出版文化賞）、「銀心中」など。昭和三十一年、妻の死を悲しみ、翌年夫婦の書簡集『愛のかたみ』を上梓した。一九八八（昭和六十三）年四月九日、マンションの自宅ベランダから投身自殺した、七十六歳。

平林千代　ひらばやし・ちよ　一九一三（大正二）年生れ。東京女子大英文科卒。昭和十二年一月、国際映画協会に書記として就職、同僚田宮虎彦と出会う。翌年、田宮と結婚。二男子を出産。一九五六（昭和三十一）年十一月五日、胃癌による急性尿毒症のため、国立東京第一病院で死去、四十三歳。

平林千代への想い

一九三八（昭和十三）年五月二十七日　本郷区本郷、阿出川理宝方▼▼▼▼杉並町阿佐ヶ谷

千代
淋しくて仕方がないので手紙を書く。二日会わないのだね。明日は会えるのだ。もう暫くすれば、こんないらだたしさはなくなって了う。だがどんなに待遠しいか。とてもじっとしておれない気持、わかるだろう。七、八日頃、阿佐ヶ谷に移る。そうしたいと思っている。今朝、千代の手紙みた。昨日一日、手紙こないかと待っていたので、今朝とても嬉しかった。こんな言い方、千代はメチャクチャというだろう。でもいい。千代は結婚するのがおかしいといったけれど、僕はメチャクチャな今の気持の方が、ずっとおかしい。だけど、今日、ひとりでぼんやりしていて、ふっと考えて、あの蔦の戸をあけると、そして僕がいばってはいって行くと、千代がお帰りなさいと言う。（言うかしら。）そんなこと考えて笑って了った。（中略）今日、婚姻届を調べたら同意書というのがあって、母の印がいるのだそうだ。お母さんが押してくれたらと思った。たった一と月、それも四回しか会わないで、ほんとに悪いことだったと思っている。これは言っても仕方がない。元気で二人でやりましょう。先だっ

ての夜、御めんなさい。少し考えすぎるようだ。千代の幸福には責任持ちたい僕の気持わかってくれるだろう。ほんとに千代の幸福に指一本でも触れるものがあったら——僕の身体で千代一人大丈夫まもる。会わないと、会いたい気持がいっぱいになるので、手紙までこんなこと書いて了う。千代。今、僕の頭の中、いっぱいの千代の顔で埋っている。最初の日の千代の顔、李王殿下の来た時の千代の顔、ポパイの顔、凸坊の顔、かげのある顔。いろんな顔。眼をつむっていると僕の心は愉しい幸福でふくらんでくる。抱きしめたい気持。

虎彦

千代

（中略）式の日は十九日。式をするところは湯島二丁目の市電の停留所を降りて、渡辺女学校の前。今度もっとくわしく申します。こんな結婚式、千代は悲しくないか。それから、式へ出る親戚五人までにしてほしい。学士会館の方は幾人になりますか。二、三人増すでしょうね。こんなこと近々兄さんに会って話します。

便利のいい所に家があってよかったね。空巣にすぐはいられそうだ。今晩は少し暑すぎる様だ。ほんとなら、もう一緒にいる筈だった。この頃、皆、陽気のせいで疲れているのに、千代だけ元気そうなので嬉しい。子供など出来なくっていいんだよ。子供の分も千代を可愛がる。少し乱暴だろうか。この頃、会っても、別れる時、淋しくて駄目。先だっての夜など、じっとしていられない様だった。

昭和十一年、東大を卒業した田宮虎彦は、都新聞（現・東京新聞）に就職するとともに、「人民文庫」の創刊同人となった。新宿の喫茶店で「人民文庫」の「秋声研究会」に参加していて、無届け集会の理由で検挙され、そのため新聞社をクビになり、外務省の外郭団体である国際映画協会の臨時嘱託となった。

田宮にとっては運命の人、平林千代がその職場に現れたのは、正月休みあけであった。水色のウール地に白いかすり模様の暖かそうなワンピースを着た、スキーの雪やけの顔が明るかった。ふたりの職場は数寄屋橋にあるマツダビルの一室で（立原道造が勤めた建築事務所と同じビルだ）、小人数の暢気な雰囲気のなか、千代の存在は、蝶のごとく快活であった。彼は彼女をデコ坊と呼んだ。夕方には田宮と千代はコロンバンの二階でコーヒーを飲んでから別れるという友だちづきあいをしていた。銀座の恋はまもなく芽ばえる。

その秋、子爵というあだ名の同僚がお膳立てをして、プロポーズのために箱根まで同行したが、田宮は何も切り出せなくて、無駄な一泊となったので、子爵が二人だけにすると、日比谷公園に入っていった。しかし、男「結婚したいと思っているんだけど」、女「月給五十円じゃ、お嫁さんが可哀想」と、まるで他人事のような会話で終ってしまった。翌年三月十日、ようやく結婚を「考えてみてくれないか」、「考えなくてもいいわ」で、求婚は成功した。

この手紙は、三週間ほどあとの結婚への待ち遠しい想いにみちているが、内実は二人とも結核とのたたかいがあり、千代は結婚にドクターストップがかかっていた。それが「子供など出来なくていいんだよ。子供の分も千代を可愛がる」といわせている。

田宮は職業をいくつも変り、住まいも転々として生活不安定であったが、男児二人の親となり、戦後は、名作の生れるそばには、いつも妻がいた。昭和二十五年、「絵本」が芥川賞候補になったが、「もはや新人ではない」ので対象外となった。毎日出版文化賞を受賞したあと、友人の杉浦明平が「女房の方が亭主より上だ」と言い、花森安治は「田宮は女房でもっている」と言ったという。

その千代が、三十一年二月、胃癌を宣告された。十八年間の家庭生活があっても、入院中の妻との手紙のやりとりは、充分ラブレターだった。「ヤセテもヤセテも大好きな千代ちゃん、千代　千代　千代！」と。作品は妻との合作だと思っていた彼は、彼女へのプレゼントのつもりで、全六巻の作品集の刊行に全力をつくしていた。その途中で妻は逝った。彼は墓碑銘を考えた。「愛しあって二人は一人の人となった……」。二人の名の下にガーベラの花二輪を彫ろうと。

翌年、往復書簡をいれた共著『愛のかたみ』が刊行され、ベストセラーとなったとき、平野謙が「誰かが言わねばならぬ　『愛のかたみ』批判」を発表した。

平野は香典返しのような本を公刊した著者と何十万かの読者に対決する思いにかられたのだ。高村光太郎は亡き妻の半生を何年間かは書かなかったが、田宮はセキを切ったようにナマナマしすぎる亡妻記を方々に書きちらしたこと、世の亭主が細君を亡くしたとき、愛していても一種の解放感にかられるが、彼の場合妻の発病の衝撃と告知しない苦痛の演技から、その死が妻からの解放の第一歩だとは意識していないこと、その他しつこくやっつけているが、執筆のときいつもそばにいた妻だから「完璧な田宮虎彦論」ができるという田宮の文章に、理解と愛情とは別物だという評論家平野の立腹があったようだ。加えて代表作「絵本」や「足摺岬」まで辛辣に切って捨てた。田宮は反論をせず、厭人癖に陥り、少しずつ文壇から離れていった。

六十三年一月、脳梗塞で倒れ、執筆が思い通りに出来なくなった。四月、自宅の北青山のマンション十一階から冷暖房屋外機を踏み台にして、身を翻した。告別式でガーベラの花にうずもれた千代の思い出が、死の刹那の心をかざったに違いない。

立原道造が綴る

立原道造　たちはら・みちぞう　一九一四（大正三）年、東京日本橋の商家の生れ。詩人。東大工学部建築学科卒。府立三中、一高理科に在学中から短歌や小説を発表。東大時代は「偽画」、「未成年」を創刊、室生犀星と堀辰雄に傾倒し、堀が復刊した「四季」と信濃追分と少女たちとの恋愛と別れのなかから、詩が生れていった。昭和十二年、三年連続して辰野金吾賞を得て卒業、石本建築事務所に就職し、限定私家版の詩集『萱草に寄す』、『暁と夕の詩』を刊行した。翌年、事務所の同僚水戸部アサイとつきあったが、東北への旅に出て盛岡に滞在し、つづいて関西、山陰、九州をめぐる。長崎で発熱、喀血して帰京。東京市立療養所に入る。入院中に第一回中原中也賞を受けたが、一九三九（昭和十四）年三月二十九日、二十四歳で死去した。

水戸部アサイ　みとべ・あさい　一九一九（大正八）年、栃木県下都賀郡赤麻村（藤岡町）の生れ。栃木県立高女卒。石本建築事務所のタイピストとして勤務し、立原道造と出会う。一九九五（平成七）年三月二十日、七十六歳で他界した。

水戸部アサイへの想い

一九三八（昭和十三）年十一月中旬　日本橋▼▼▼▼麻布区我善坊、春和荘内

お手紙ありがとう。きょうは出てゆかれない。僕がこの言葉をこの紙の上に書いていること、おまえはきっとひょっとしたら会えるだろうとねがいながら、いやなところではたらいているのだろう。それをおもうといたいたしくなって、この言葉を書く勇気がにぶってしまう。しかし、やはりきょうは出てゆかれない。また咳が出てかぜをひいてしまった。早くなおさなくては長崎にいつまでしても行かれないので、だいじにしてこのかぜをなおしてしまわなければならない。長崎に行くのがおくれればおくれる程いいのかも知れないけれど、早く僕は南のあたたかい方へ行って安心してかぜをひかないようにしたいとおもう。東京のこのごろは寒すぎて何か心配で心ぼそくなる。ちっともかぜもひかない、じょうぶな身体になりたい。こちらへかえってずうっと僕はどこかわるい所があってそれに邪魔されてばかりいた。こんな身体と早くさよならして、もっといい身体が欲しい。もう夕陽はすっかり沈んでしまって空には夕映が明るい。おまえはきっと窓の外を見ながら夜の来るのを待っているだろう。それをかんがえると、いらいらして来る。そして心がいたんで来る。だがきょうはど

うしても出てゆかれない。……僕たちは、あまり会うことがやさしかったりして、その恵みに気がついていなかったのではないかしらん。会わないでこうしていること——それに耐えねばならないのは僕たちがこんな近くいるときにでも、ときどきは必要ではないのかしら。そんな必要かどうかはどうだっていい。だけれど、こうしていると、僕にはかえっておまえがはっきりわかってくる。そしておまえがずっとすきになる。

いままだおまえははたらいているのだろう。すっかりくらくなるまでは、あの高い窓のあたりにおまえはいなければならないのだ。だから、もし、いまからだって……僕はそんなことを言ってはいけない。どうせだめだとわかっていたり、出来そうにもないことは、口に出して言ってはいけない。いまからだって、どうにもならないのだ。……おまえのところへきょうはもう出てゆかれない……だが僕だって、おまえがひょっとしたらこの部屋へ今夜たずねて来てはくれないだろうかと夢みてはいけないかしら。その夢は僕を慰めてくれる。しかし、おまえのことを慰さ《ママ》めもしない。だから僕はそんな夢を捨てて、やはりおまえのところへ出てゆかれない僕を意気地なしと言って、かなしむばかりだ。僕のかなしみは僕を苦しめる。しかし、こんな意気地なしの僕はその苦しみに価いする。

あかりをつけなくては、これは書きつづけられない。

あかりをつけたら夜が来てしまう。それよりも、このくらがりのなかで、おまえが歩みはじめる、僕もよく知ったあの道のことをかんがえつづけていよう。そしておまえが失望するところまで、僕もついてゆこう。おまえといっしょに、こんな仕方で、僕は歩くのだ。

＊

あかりをつけた。じれたり、おこったりしてはいけないと、自分に言いきかせながら夜を迎える。おまえはとうに失望しただろう。しかしもうあたらしい希望が来ていてくれるように！

明日のおひるに僕は鶯谷の駅のプラットフォームに行っている。明日も多分いいお天気だろうとおもう。そしてひるまの上野の谷中の墓地のあたりを歩こう。〈風が吹かないように！〉

夜のなかで、僕はその明るい明日への希望がおまえにもつたわってくれたらいいとねがう。おまえも、じれたりおこったり、あまりかなしんだりしないようになるために。歩みすぎたいろいろな町や野の景色が、こんなにしずかに僕のなかで燃えている。明るく、あたたかく——僕はくらがりのなかでたたかいつづけた。そして、いまようやくかなしみが洋燈のようにともる。おまえをとおくから、慰めたり、力づけたりすることの出来るように、自分をかんがえはじめる。おまえはわかってくれるだろうか。僕がどんなことをたたかったか。そのたたかいはどんなだったか。しかし、おまえがわかってくれなくとも、そのたどりついたところにおまえも僕も一しょによくなる力が湧いて来ることを信じてくれるように！

僕はまたあの石段の上で、おまえの部屋を蔽っている屋根を見ている自分をおもい出している。窓々にはあかりが果物屋の店先よりも明るくなつかしくともっていたといったってそれはうそでない。そしてそのひとつの窓で、おまえは、いま、かえり着いて、さびしい夕御飯を食べている。僕もひとりぼっちで夕御飯を食べよう。おまえはまた、十番[*1]のにぎやかな町をとおって、先生[*2]のところへゆくだろう。それがおまえのよろこびであればいいのに――どうか、きょうのことはかなしまないでおくれ。

僕は明日はきっと出かけられるだろうから。では明日のおひる十二時五分すぎくらいに鶯谷のプラットフォームで待っている。おべんとうを持って――

道造

アサイ様

＊1　十番＝アサイの住まいに近い麻布十番。
＊2　先生＝洋裁の先生。アサイは洋服、コサージュ、レースの手袋などを作った。

立原道造の卒業設計は「浅間山麓に位する芸術家コロニイの建築群」であった。就職先は、東京朝日新聞社屋や白木屋の設計で有名な石本喜久治の建築事務所で、そこに最後の愛人となるタイピストの水戸部アサイがいた。事務所は数寄屋橋のマツダビル内にあったから、すらりとして端麗な顔の立原が銀座を歩いていたのだ。七丁目の資生堂パーラーでシャーベットを食べるデートの姿を見た人もあるだろう。立原の顔は、はじめての訪問をうけた萩原朔太郎が「芥川の子が来た」と思ったという話があるが、府立三中（現・両国高校）の先輩の芥川龍之介の若き日に似ていたらしい。立原は酒も煙草もやらない甘党なので、サラリーは本と旅行と観劇と、おしゃれにつかった。

甘党といえば、東大時代に信濃追分の油屋にいた私の従姉の夫・土井治が、追分での少女たちとの恋と別れに苦悶する立原を見かねて、故郷の三重県尾鷲の家へ彼を連れて行くとき、東京駅へ見送った同人雑誌仲間の猪野謙二に笑われたエピソードがある。コップ一杯のビールを二人で半分ずつに分けて、それでも飲みきれないのを見れば、酒好きの猪野が可笑しがったわけだ。

立原は有望な設計技師として担当をこなしながら、卒業の年、昭和十二年五月に『萱草に寄す』を、十二月に『暁と夕の詩』を刊行した。ソネット（十四行詩）の、自らデザインした楽譜のような詩集である。

十三年四月、堀辰雄と加藤多恵子の結婚式に出たころから、立原は目鼻立ちのはっきりした、しかも楚々とした水戸部アサイを愛するようになった。軽井沢の堀夫妻の新居へもいっしょに行った。しかしまた、立原は肺尖カタルにおかされ、事務所を休職し、室生犀星宅で静養ののち、八月、信濃追分に転地療養、そのときから、アサイへの愛が手紙になる。白い雲の下、ニッコウキスゲ、ワレモコウを目にし、やぶうぐいすの啼き声を耳にしながらの追分だよりであった。

九月の北国への旅、十一月の南方への旅に出発したが、この手紙は、その間のものである。旅の手紙以外は、日本橋の母と弟のいる家の、彼がバー・コペンハーゲンと名づけた屋根裏部屋の、琥珀色に光るランプの下で書いた。二日前の手紙では上野駅の待合室で会い、浦和の田舎かどこかへ行こうと誘い、おべんとうをたのんで、「かぜをひいたらしいが　明日までになおる」と書いたが、はたして行けたのだろうか。そして、この日も逢いたくて逢えず、また「明日」の約束をしている。「いま　まだ　おまえははたらいている」とあるが、アサイが建築事務所を退職するのは、この時期だった。

　北の旅は山形、仙台を経て、盛岡で画家深沢紅子《こうこ》の両親の別荘に一ヶ月滞在。南方は奈良、京都、松江をまわって、福岡で、「不意に　身体のなかに力が湧いて来て何かいい仕事をしたくてたまらなくなった」と書いたが、これがアサイ宛の最後の手紙となった。長崎で喀血し、帰京したのだ。

　可憐な愛人がせっかくできたのに、彼女を残して旅をつづける立原の心情を、堀辰雄は「恋しつつ、しかも恋人から別離して、それに身を震わせつつ堪える」リルケイアンの真面目だと理解した。

　十二月二十六日、江古田の東京市立療養所に入った。アサイは二週間ばかりを泊りこんで一所懸命に看護した。読書を禁じられ、話もなるべくしてはいけなかった。彼は「暖かくなれば元気になるから」と、アサイに言った。が、病状は絶望的だった。そんな二月、第一回中原中也賞の受賞が決まった。賞金百円を回復祝いに当てよう、「一人一円なら百人呼べるね」と、母に言った。

　お菓子好きな彼は、「五月のそよ風をゼリーにして持ってきて」と、粋な注文をしたり、アサイが病室へ入ってくるときの「おそくなってごめんなさい」という彼女の口真似をしていたというが、三月二十九日、誰も病床にいない夜中に、二十四歳の詩人は静かに瞑目した。

宇野千代が綴る

宇野千代　うの・ちよ　一八九七（明治三十）年、山口県玖珂郡横山村（岩国市）の生れ。小説家。岩国高女卒。大正八年、従兄の藤村忠と結婚し札幌に住むが、翌年、「脂粉の顔」が「時事新報」の懸賞で一等になり、離婚して作家生活にはいり、二等の尾崎士郎と同棲。昭和四年、尾崎と別れ、画家東郷青児と同棲、「色ざんげ」、「別れも愉し」を発表し、十年、別離。十四年、新進作家北原武夫と結婚、雑誌「スタイル」、「文体」を発刊。三十九年、北原と離婚。『人形師天狗屋久吉』、『おはん』（女流文学者賞、野間文芸賞）、『刺す』、『雨の音』、『幸福』（女流文学賞）など。芸術院賞、菊池寛賞。芸術院会員、文化功労者。一九九六（平成八）年六月十日、九十八歳で没するまで現役作家をまっとうした。

北原武夫　きたはら・たけお　一九〇七（明治四十）年、神奈川県小田原の生れ。小説家。慶応義塾国文科卒。都新聞（東京新聞）に入社。坂口安吾らと同人誌「桜」に拠る。「妻」が芥川賞候補になる。宇野千代と結婚。昭和十六年、陸軍報道班員としてジャワに行く。戦後、宇野千代と再興したスタイル社の隆盛、三十四年の破産を体験。『告白的女性論』、『情人』、『文学論集』など。一九七三（昭和四十八）年九月二十九日、腎不全のため六十六歳で死去。

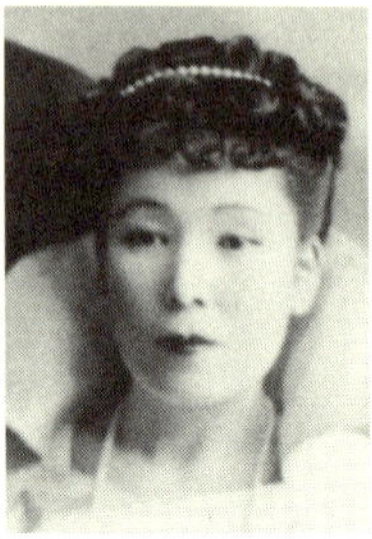

北原武夫への想い

一九四二（昭和十七）年六月二十二日　徳島市中通町、鶴亀旅館内 ▸▸▸▸ 南方派遣　治一六〇二部隊　町田部隊

昨日こちらに参りました。十日ほどいて、例の天狗久という八十五になるお爺さんの話をまとめるつもりでおります。阿波というところは、とても暑いんですよ。阿波の夕なぎとかいうんですって。いつだったか、あなたが岡山へいらしたときの夏のことを思い出します。こちらへ来る途中岡山の姉上にお目にかかりました。十八日夜の放送、とてもおやさしく、「内地のみなさま」とおっしゃったところなぞ、みんな感動していました。お大切に。

六月廿二日朝

昭和六十年、宇野千代は米寿の会を帝国ホテルで華々しく行なったとき、彼女に選ばれた俳優の西岡徳馬、中山仁、大出俊が、それぞれ昔の夫尾崎士郎、東郷青児、北原武夫に扮して、彼女のデザインの桜の花びらが一面に散る大振袖を着た千代をエスコートした。

最後の夫となる北原武夫が都新聞（いまの東京新聞）の記者時代、千代は取材にきた北原の紅顔の美少年ぶりに、ひと目で心を奪われた。夕方の新聞社の受付に、

毎日のように満艦飾の千代が北原を呼び出しにくる話が有名になった。新聞社を辞めて文学に専念する北原とは、堂々と散歩や映画を見に行く仲になったが、映画館での千代は、スクリーンでなく彼の美しい横顔ばかり見ていたという。むろん美貌に惚れただけでなく、彼の文学にも傾倒した。十一年、ふたりでスタイル社を創立し、ファッション雑誌「スタイル」を創刊、十三年、スタイル社から「文体」を創刊して、多くの作家、詩人の発表舞台を作った。

翌年、四十一歳の千代と三十一歳の北原は、帝国ホテルで結婚式を挙げた。媒酌人は二人ともおカッパのヘアスタイルの、画家藤田嗣治と女流作家吉屋信子だった。

これは陸軍報道班員としてジャワ（インドネシア）に派遣された夫にあてた徳島の旅館にいる妻の手紙である。千代と文楽人形との出会いは、たまたま遊びにいった中央公論社の社長、嶋中雄作の自宅で見た阿波の鳴門のお弓のかしらに惹かれたこと、それが徳島の在に住む天狗久の作だと聞き、彼女は「すっ飛んで行った」。「七十年のながい間、同じ埃にまみれ、ぺっちゃんこの小さな座布団に坐ったままで、終日、同じ人形を刻んでいる」お爺さんの姿に、千代は「これだ」と、悟るものがあった。これこそ小説の方法の核心ではないか。この思いが、九十八歳で亡くなるまで実行した、毎日坐るという宇野千代の執筆の姿勢につながっていった。戦時下の世情のきびしいなか、千代は天狗久の仕事場に通っては話を聞き、『人形師天狗屋久吉』を仕上げた。戦後の傑作「おはん」の最初のところも徳島体験により書き始められた。

手紙の「内地のみなさま」という北原の放送は、ジャカルタのニロム放送局からのものだろうか。帰還した北原が、どの手紙も天狗久の一点張りでうんざりした、とぼやいたというが、千代の手もとに残していたのはこのハガキ一枚だけだ。もっとも、千代が十七年に発表した作品「妻の手紙」では、見送りに行った品川駅で、夫の列車が出発したあとだった辛さや、戦地の夫に蔭膳を供え、夫の洋服に顔をうずめる銃後の妻の想いを描いている。

戦後再建したスタイル社の隆盛と倒産、「おはん」の完成をみて、千代は北原と離婚した。

一九八八年秋、近代文学館が池袋の東武百貨店で「女流作家十三人展」を開催したとき、宇野千代コーナーへの展示品のことで、私は青山のお宅へ通った。いつもご機嫌に、すこし高い、はりのある声で話をしてもらっていた。いざ搬出の日、たくさんの原稿や絵や机、削り揃えられた鉛筆の山などの梱包のあと、昭和十八年に逝った天狗久の晩年作の「お弓」を、大きなガラスケースから出して横たえるとき、宇野さんは寡黙になった。美術輸送のベテランが扱ってはいたが、宇野さんがはらはらする様が伝わり、私も緊張した。そして、愛するものが柩に入れられたような表情を見てしまい、辛かった。

島尾敏雄が綴る

島尾敏雄　しまお・としお　一九一七（大正六）年、横浜市戸部の生れ、本籍地は福島県相馬郡小高町。小説家。長崎高商を経て、九大東洋史学科卒。同人雑誌「こをろ」などに参加。昭和十九年、魚雷艇「震洋」による特攻指揮官となり、奄美群島加計呂麻島・呑之浦の基地で出撃を待機する。敗戦、神戸に復員、翌年大平ミホと結婚し、「VIKING」、「近代文学」に参加。『出孤島記』（戦後文学賞）、『硝子障子のシルエット』（毎日出版文化賞）、『日の移ろい』（谷崎潤一郎賞）、『死の棘』（芸術選奨、読売文学賞、日本文学大賞）、『湾内の入江で』（川端康成文学賞）、『魚雷艇学生』（野間文芸賞）など。南日本文化賞、西日本文化賞、南海文化賞、芸術院賞、芸術院会員。一九八六（昭和六十一）年、鹿児島市に新築の自宅書庫で整理中に入院、十一月十二日、出血性脳梗塞のため死去、六十九歳。

大平ミホ　おおひら・みほ　一九一九（大正八）年、琉球南山王の第十六代、加計呂麻島の旧家の娘として、鹿児島市ザビエル教会で生れる。小説家、歌人。東京の日出高女卒。郷里の島で国民学校の教師になる。特攻基地に駐屯した島尾敏雄と知り合い、二十一年、神戸で結婚する。二十九年、心因性反応発病、翌年、東京都江戸川区から千葉県佐倉市を経て、郷里名瀬市に一家で移住、五十二年、茅ヶ崎市に移るが、五十八年、再び鹿児島に戻る。「海辺の生と死」（田村俊子賞、南日本文学賞）、「潮の満ち干」、「祭り裏」、「海嘯」など。南海文化賞。

大平ミホへの想い

一九四五（昭和二十）年七月三十一日　加計呂麻《かけろま》島、呑之浦基地▼▼▼▼同島、押角

コノ前ノ晩ニ行ッタトキニハ庭ハ甘ズッパイ花ノ香リト収穫シタバカリノ稲束ノ古里ノ香リデ一パイデシタ　ソノオ庭ノ中ニソットハイッテ行クトオ縁側ニ　トテモ可愛ラシイイキモノガ眠ッテイマシタ　犬コロカ知ラント思ッタラ　ミホチャンチャンデシタ　ボクハトテモウレシクナッテニッコリ笑イマシタ　ソノ晩ハナンダカ太ッテ顔モオ目目モマンマルク見エマシタ

今日ノ夜中ハボクノオ月様デソット寝顔ヲ照ラストオ手手デ顔ヲカクシマシタ　ミホチャンチャンハワンピースガトテモ似合イマス　カザリモナンニモナイ簡単ナノガヨク似合イマス

ミホチャンハヨク　ナンデスノ　ト言イマス　少シ甘ッタレテイヤーント言イマス
花花ノ甘イ匂イトオ月様ノケムルヨウナ青イ光　打寄セル潮騒　ミドリノ木蔭　tik - hoヤソノ他ノイロンナ鳥ヤ虫ノナキ声ノ中ニミホチャンハヒトリデ眠ッテイマス　ソシテオ月様ガ一枚アケテアルオ縁ノ戸ノスキマカラサシノゾクト　ソット笑ッテオ目目ヲヒラキマス

イツモイツモ浅イ眠リデミホチャンハ身体ヲコワシテシマワナイデショウカ心配デ心配デタマリマセン　今度巡回学校*ニナルト　キット　可愛イ子供達トアエルヨウニナルカラ気バラシニナッテトテモ健康ニイイト思ッテ胸ヲナデオロシマス
峠ヲノボルト水ウミノ底ノヨウナ部落ノ中カラ嫋嫋トキコエテ来ル歌声ハ一体何ダロウソレガ耳ニツイテウシロ髪ヲヒキマス　モシカシタラミホガ苦シンデイルノジャナイカミホガケガヲシタノデハナイカ　ソンナ風ニ思ウノデス　ケレドモ思イキッテ耳ヲフサイデ帰リマス　オデッセイヲヒキツケタサイレンノ女神ノヨウニモシ振向キデモシタラトキボクハ石ニサレテシマウカモシレナイ（之ハウソ——ボクノ身ノ廻リニ起ル不思議ナコトハミンナミンナ miho - chan - chan ノヤサシイヤサシイ心ヅカイガソンナ風ニ不思ギナ現象ニナッテボクニ見エルノデス）

昭和二十年七月卅一日八時五十五分

コノ日ヅケノカキカタハミホノマネ

ミホへ

フロク……マッチ一ハコ

＊　巡回学校＝「これから呑之浦へも授業をしにゆきます」と、七月二十九日のミホから島尾への手紙にある。

卒論「元代回鶻《ウイグル》人の研究一節」を書いて、繰りあげ卒業した島尾敏雄は、同時に、身近な死を思い、それまでの作品を記録する『幼年記』を自費出版した。海軍予備学生として旅順の教育部に入り、横須賀と大浦湾での特攻訓練を経て、人間魚雷と呼ばれた特攻任務の震洋隊の隊長として、奄美群島加計呂麻島の呑之浦に赴任した。百八十三名の隊員を指揮する青年隊長である。

島の人々にとって、カトリック教徒を迫害する軍人はむごい存在でしかなかった。こんどは特攻隊が来たというので怯えた。ところが島尾隊長は部下にも民間人に話すように丁重で、峠の道で重い荷を背負った老婆を見れば代ってかつぎ、子どもたちとは手をつないで唱歌を歌いながら歩く、そんな二十七歳の隊長を人々は「ワーキャジュウ（我々の慈父）」と呼んで敬愛した。

隊長が兵隊のために教科書を借りに行った国民学校で、島尾と女先生であるミホは出会った。校庭で笑い声をあげる女の子たちと追いかけっこをする島尾少尉の、ネイビーブルーの士官服に似合う色白の肌、濃い眉、大きな目を見たミホは、明るい大学生のようだと感じた。しかし年内に中尉に任官した島尾が、元日の式に参列したときには、ミホの目には西郷隆盛のような威厳があったという。

彼がミホの家を訪ねるのは、父の中国関係の蔵書にひかれてでもあったが、特攻隊長と南の島の旧家の娘の純愛は、やがて切実なものとなる。沖縄の攻防戦とともにこの島への敵機の爆撃も激しくなったが、島尾部隊に近いこの集落だけは大丈夫だと確信している村人のように、ミホも彼を信じた。ふたりは愛し合い、この手紙は「ミホチャンチャン」の月下の縁側の寝顔とか、ワンピースが似合うとか、まるで戦争末期ではないような、一見暢気そうで楽しい、メルヘンだ。

昭和二十年八月十三日、旧暦の七夕祭の前夜、上等兵曹が駆けつけ、「隊長が征かれます」とミホに告げて慟哭した。いつも手紙の往復の使いをした島尾よりかなり年長の部下であった。いよいよ死の出撃のときがきたのだ。ミホは最期の手紙「北門の側まで来ております……なんとかしてお目にかからせて下さい　決して取り乱したり致しません」を、部下に託した。

ミホは裏庭の井戸で水ごりをし、白粉を刷き、口紅を差し、死出の装束をつけ、島尾から形見にもらった短剣を用意した。その時、集落の全員自決をふれ歩く叫び声を聞いた。夜は山の疎開小屋に避難している父の死の装束も、急いでととのえ、白檀の香を焚いて、ミホは家を出た。

星の瞬く浜辺を、足早に過ぎ、ガジマルの老木の覆いかぶさる暗闇の磯を、彼女はひたすら北門を目ざした。まもなく艇と人声を感じ、出撃を待機する兵士なら不審者を発見すれば発砲すると思い、腹這いになった。牡蠣の貝殻や珊瑚礁で頬から血が流れ、耳にも鼻にも砂と水がはいった。つぎには毒蛇のハブを避けて海の中を歩き、うしみつどき、北門の近くの砂浜に正座したミホのもとへ、飛行帽、飛行服、白いマフラー、半長靴《ちょうか》の搭乗姿の島尾が大股に歩いてきた。嗚咽するミホに、演習なのだから、心配ないと言う顔に微笑があり、「あしたのあさのぼくのたよりを待っておいで」と、あやすように言ってミホを引き寄せ、ひたいに軽いくちづけをして、去っていった。

彼の発進のあとに入水する覚悟で、ミホはそこに坐っていた。やがて星は消え、太陽が昇り、海は金色に耀いた。島尾部隊の特攻出撃の決行がなければ、集落の人々の集団自決も待機のままだ。

約束どおり翌朝の手紙が届いた。ゆうべはいじらしくてかわいそうだったが、しごとの都合ですから堪忍してくださいと、カタカナで書き、「コンヤモオイデ」「一寸ダケオマエノ顔ヲミレバヨイノデス」と、彼はミホに呼びかけていた。

ついに八月十五日となった。その夜の手紙は「元気デス　敏雄　ミホニ」のみ。たったこの一言に、千万語にひとしい複雑な想いがこめられていただろう。

死を免れた島尾は、九月、神戸市六甲の自宅に復員した。敗戦の混乱のさなか、「特攻崩れ」の虚無を漂わせてもいたが、島尾は島をぬけでてくるミホを待ちわびながら、愛のあふれる「島の果て」を書いた。同人雑誌の短篇小説にまで特高警察の監視に追われた戦時中の思想言論の統制から解放され、自由に羽ばたくかのように、つぎつぎに作品を執筆、発表していった。

二十一年三月、二人は神戸で結婚した。

太宰治が

が綴る

太宰治　だざい・おさむ　一九〇九（明治四十二）年、青森県北津軽郡金木村に生れる。父は大地主で貴族院議員。小説家。本名は津島修治、初期の筆名は辻島衆二、小菅銀吉、大藤熊太など、俳号は朱麟堂。東大仏文科中退。青森中学、弘前高校時代「蜃気楼」、「細胞文芸」などを発刊。左翼活動に加わり、のち脱落。小山初代と結婚。第一創作集『晩年』を刊行した昭和十一年、パビナール中毒で入院、翌年、初代と心中未遂後、離別。十四年、石原美知子と再婚、甲府から府下三鷹村に移転、安定して『富嶽百景』、『女生徒』（北村透谷記念賞牌）、『右大臣実朝』、『津軽』などを発表。二十年、太田静子を訪問、甲府を経て郷里津軽へ疎開、『惜別』、『お伽草紙』など刊行。二十二年、『ヴィヨンの妻』、『斜陽』。一九四八（昭和二十三）年、「人間失格」を完成し、連載中の「グッド・バイ」は未完のまま、六月十三日、山崎富栄と玉川上水に入水自殺した、三十八歳。

太田静子　おおた・しずこ　一九一三（大正二）年、滋賀県愛知《えち》川町の医家に生れる。随筆家。実践女学校卒。昭和十三年、結婚、十五年、離婚。翌年、文学塾で太宰治を識る。神奈川県下曽我の大雄山荘に疎開。戦後、日記を太宰に貸し、「斜陽」の女主人公のモデルとなる。二十二年、太宰の子を生む。著書『斜陽日記』など。倉庫会社の炊事婦と独身社員寮の寮母を勤めた。一九八二（昭和五十七）年十一月二十四日、昭和大学病院で肝不全のため他界、六十九歳。

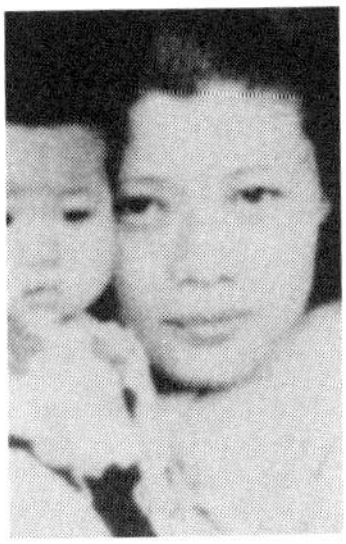

津島美知子　つしま・みちこ　一九一二（明治四十五）年、理学者石原初太郎の四女として甲府市に生れる。東京女高師文科卒。県立都留高女の教諭（地理歴史）のとき、太宰治と見合いし、昭和十四年一月、井伏鱒二宅で結婚式を挙げた。著書『回想の太宰治』がある。一九九九（平成十一）年二月一日、心不全のため文京区本駒込の自宅で他界した、八十五歳。

太田静子への想い

一九四六（昭和二十一）年一月十一日　青森県金木町、津島文治方▼▼▼▼神奈川県下曽我村、大雄山荘

拝復　いつも思っています。ナンテ、へんだけど、でも、いつも思っていました。正直に言おうと思います。

おかあさんが無くなったそうで、お苦しい事と存じます。

いま日本で、仕合せな人は、誰もありませんが、でも、もう少し、何かなつかしい事が無いものかしら。私は二度罹災というものを体験しました。三鷹はバクダンで、私は首までうまりました。それから甲府へ行ったら、こんどは焼けました。

青森は寒くて、それに、何だかイヤに窮屈で、困っています。恋愛でも仕様かと思って、或る人を、ひそかに思っていたら、十日ばかり経つうちに、ちっとも恋いしくなくなって困りました。

旅行の出来ないのは、いちばん困ります。

僕はタバコを一万円ちかく買って、一文無しになりました。一ばんおいしいタバコを十個だけ、きょう、押入れの棚にかくしました。

一ばんいいひととして、ひっそり命がけで生きていて下さい。

コイシイ

太田静子は愛のない結婚によって生れたばかりの女の子を亡くし、その告白の小説を書く目的で、新橋のビルの文学塾に通った。同時に太宰治の「虚構の彷徨」に、罪の意識を読みとり、師に仰ぎたいと思って手紙を出した。太宰からの返事に、遊びにくるようにとあったので、友だちを誘って、三鷹の家へ行ったのが昭和十六年で、以後プラトニック・ラブの師弟関係が続いた。透きとおるように色の白い柔肌の静子を、太宰は電報で呼びだし、時には新宿で待ち合わせた。映画館で「次郎物語」を見たときは、ふたりとも声をあげて泣いたりしたらしい。

太宰は十四年に結婚し、甲府の新居から、終の棲家となる三鷹村下連雀の家へ移転し、長女園子が誕生し、作風は明るく、文学的にも充実期にはいっており、執筆や取材のための小旅行がつづいた。十九年一月、神奈川県下曽我村の雄山荘に、母と疎開した静子を訪ねたのも、熱海行きの途中であった。

その後の静子の消息は、太宰の戦後のこの第一信まで見られない。貴族的な彼女の母が、二十年暮れに亡くなった。それを知らせた静子の手紙への、はげましの返信だが、近況の表現は太宰的でオーヴァー気味だ。おわりのひと言か、署名か、「コイシイ」がにくい。

「私は二度罹災」というのは、二十年、米軍の空襲が烈しくなり、三月、妻と長女と前年生れた長男を甲府の妻の実家の石原家に疎開させたあと、四月の空襲で防空壕と家屋の一部が損壊したため、太宰も妻子のもとに合流した。七月、甲府に空襲があり、石原家も全焼。同月二十八日、津軽への疎開のために出発、金木町の生家に着くまで四昼夜かかるような、ひどく難儀な子連れの旅であった。

八月十五日以後は、生家の畑の草取りなどをしながら、本を読み、執筆の日々であった。『惜別』と『お伽草紙』が刊行され、初めての新聞小説「パンドラの匣」の連載も開始した。生家は農地改革により地主の解体の波をかぶっていたが、静子に手紙を書いた年、太宰は、大忙しとなった。座談会に出たり、地元の文学青年や東京からの訪問者も多い。軍隊からの復員姿の芥川比呂志もあらわれた。太宰の小説『新ハムレット』の脚色を見せて、上演許可をもらうためだった。そのほか戦後初の衆議院議員の選挙に立候補した長兄への応援もあった。二つの戯曲「冬の花火」と「春の枯葉」を発表した。そんななかで、九月ごろの静子への手紙では匿名を提案している。静子は小田静夫、自分は中村貞子にすること、「愚かしくて、いやなんだけれども、ゆだんたいてき」と、恋の苦労を愉しむ気配もあった。

十一月上京、家族と三鷹の旧居に帰るとともに、太宰は死にいたるまでの戦後の疾風怒涛の渦中にのみ込まれていった。二十二年二月、静子の家に五日間滞在して、静子の日記にヒントを得て、「斜陽」を起筆、沼津の三津浜の旅館と三鷹の家近くの仕事場で書き継ぎ、七月連載開始、十二月に刊行されると、ベストセラーとなった。その前月、静子は女児を産んだ。太宰は治子と命名し、認知証を書いたが、もう母子と会う機会はなかった。「斜陽の子」といわれた子の、初節句の写真くらいは目にしたかもしれない。その三ヶ月後には、太宰はこの世にいない。

津島美知子への想い

一九四八（昭和二十三）年三月十日　熱海市咲見町林ケ久保、起雲閣別館▼▼▼▼都下三鷹町下連雀

前略　表記にいて仕事しています。十九日夜にいったん帰り、二十一日にまたここで仕事をつづけます。ここは山のテッペンでカンヅメには好適のようです。留守お大事に、急用あったらチクマへ。　不一。

一九四八（昭和二十三）年五月四日　大宮市大門町、藤縄方▼▼▼▼都下三鷹町下連雀

無事、大いに食すすみ、仕事も順調なり。
だいたい十日頃かえる予定。留守中は、うまくすべてやって置いて下さい。
この住所、誰にも教えぬよう、「筑摩に聞け」と言いなさい。

一九四八（昭和二十三）年五月七日　大宮市大門町、藤縄方▼▼▼▼都下三鷹町下連雀

無事の由、安心。万事よろしくたのむ。荷物、石井君から受取る。リンゴは、もう要らない。ここの環境なかなかよろしく、仕事は快調、からだ具合い甚だよく、一日一日ふとる感じ。それで、古田さんにたのんで、もう五日、つまり十五日帰京という事にしました。十五日までに「人間失格」全部書き上げる予定。十五日の夕方に、新潮野平が仕事部屋（チグサ）で待っていて、泊り込みで口述筆記、それゆえ、帰宅は十六日の夕方になる。それから、いよいよ朝日新聞という事になる。からだ具合いがいいので、甚だ気をよくしている。何か用事があったら、チクマへ電話しなさい。

昭和二十三年三月と五月、熱海と大宮の仕事部屋からの妻美知子へのハガキは、短いなかに仕事は「順調」「快調」、「食すすみ」「ふとる感じ」と、思いきり安心させ、妻に留守宅をたのむ良き夫ぶりが仄見えるが、実はこの時、太宰治の心身は最悪の状態だった。

前年三月には、「ヴィヨンの妻」を発表し、「斜陽」の執筆に取り組んでいるさなかに、太田静子から懐妊したことを打ち明けられて衝撃を受け、戦争未亡人で美容師の山崎富栄と三鷹駅前の屋台で知り合い、妻は次女里子（作家津島佑子）を出産した。

夏、太宰は健康を害して自宅に引きこもったが、そのあと仕事部屋を富栄の部屋に移している。無頼派の流行作家太宰治としてもてはやされて、マスコミにも、寄ってくる文学青年にも、たえずサービス精神を発揮しなければならなかった。

二十三年一月の喀血は、四月、五月にもつづいた。しかし不眠症と胸部疾患に苦しむ太宰の、別人のようなすてきな笑顔の、同時期の写真がある。その不思議な写真は自宅の縁側で、子どもたちと庭の鶏を見ているやさしい父の図である。

極度の疲労のなかで、大宮で「人間失格」を脱稿して帰京、朝日新聞に連載の「グッド・バイ」に取りかかった。六月、「人間失格」が連載開始された月の十三日、突発的に富栄と死に場所へよろめき歩いて行った。降りつづく雨で、玉川上水は増水していた。三十九歳の誕生日にあたる六月十九日、遺体が発見された。

妻への遺書がのこされていた。子供たちのことを「陽気に育ててやって下さい」とたのみ、「ずいぶん御世話になりました」と感謝し、「小説をかくのがいやになったから死ぬのです」と弱音を吐いた。そして、美知様と宛名をしたためたあとに、「お前を誰よりも愛していました」のひと言をつけ加えた。この万感の想いをこめた一行に、太宰の涙のあとが見えるようだ。書きながら実は妻を深く信頼していたのだと、あらためて想ったとしても、もうおそかった。

没後二十年から、何度も太宰治展が行なわれた。美知子夫人は担当の私を「シレトコさん」と呼んではいつも笑うのだった。夫人の話と低い笑い声が聞きたくて、応接間へ通い、私もお喋りの花を咲かせたが、「風紋」でのことだけは、絶対に口にしなかった。舞台は新宿のバー風紋、カウンターには奥野健男氏と両脇に若い女性。奥野氏が私を手招きして、自慢めいた笑顔で二人を紹介した。二十歳くらいの津島佑子さんと太田治子さん。太宰を父として奇しくも同じ年に生れ、別の道を歩んでいる二人。後にも先にもあり得ないシーンだった。風紋のママ林聖子さんは、その母とともにイメージモデルとして太宰の作品に描かれ、昭和二十三年ころは新潮社にいて、雨の中の玉川捜索にもかかわった人であり、評論家奥野健男のデビュー作は『太宰治論』であり、役者のそろった一夜であった。

三浦綾子が綴る

三浦綾子　みうら・あやこ　一九二二（大正十一）年、旭川市に生れる。小説家。旧姓は堀田。旭川市立高女卒。七年間の小学校教員。昭和二十一年、退職、肺結核を発病、以後十三年間闘病生活。恋人前川正の死後知り合った三浦光世と結婚。雑貨店を開業。三十七年、筆名林田律子の「太陽は再び没せず」が、「主婦の友」の実話募集に入選。三十九年、「氷点」が朝日新聞社一千万円懸賞小説に一位入選、「氷点」ブームとなる。以後、心臓発作、帯状疱疹、直腸癌、パーキンソン病に罹りながら旺盛な作家活動。『塩狩峠』、『道ありき』、『天北原野』、『泥流地帯』、『海嶺』、『愛の鬼才』、『母』、『銃口』（井原西鶴賞）など。北海道文化賞、アジア・キリスト教文学賞、北海道開発功労賞など。一九九九（平成十一）年十月十二日逝去、七十七歳。

前川正　まえかわ・ただし　一九二〇（大正九）年、旭川市に生れる。北大予科医類を卒業、医学部進学、胸部疾患により休学したが、昭和二十一年、復学、同年再発。二十三年、堀田綾子とめぐり合う。短歌で雑誌「羊蹄」に参加し、「旭川アララギ月報」を編集、刊行した。『前川正歌集』がある。一九五四（昭和二十九）年五月二日、永眠、三十三歳。

前川正への想い

一九四九（昭和二十四）年十二月二十七日　旭川市九条十二丁目▼▼▼▼同市九条十七丁目

正さん、一年前の今日、私達は大人になって初めてお話をしたのでしたね。病室のドアをコツコツとノックして入って来られ、「前川です」とスキー帽を脱ぎ、大きなマスクをはずして私の方をごらんになった時、私は十五、六年前の小学生姿の正さんを思い出したのでした。

旭中へ一番で入学され、ずっと級長をつづけ、北大医学部に入られた事など知ってはおりましたが、「大人になったのねえ、お互いに」、私はそんな心持ちで正さんを眺めましたっけ。お隣同士のチイサナ男の子と女の子だった二人は、あの日から大人としてのおつきあいをはじめたのでしたね。そう、そうして二人は肺病でした。

正さん、私は今日、こんなのんびりとした思い出を書くために、ペンを持ったのではないのです。この間の夜、正さんが教会の女子青年の方に、「綾子さんって凄腕《すごうで》だから……」と忠告を受けたとおっしゃって、「綾ちゃんなかなか凄いんですってね」とおっしゃったことに対して、ちょっと書きたくなったんです。

ヴァンプてふ吾が風評をニヤニヤと
聞きて居りたり肯定もせず

という歌、おみせしたでしょう？　歌は「肯定もせず」ですが、私は自分の娼婦性は肯定します。天性の娼婦だと自認します。

でもね、意識的に男性を誘惑しようとか、だまくらかして金をまきあげてやれという事はしませんでした。だって私の欲しいものは、そんなものではないのですもの。

私は、男性の、私への愛の言葉を、幼子がおとぎ話を聞くような、熱心さと、まじめさと、興味とあこがれをもって聞いたのです。なぜなら、男が女を愛すること、女が男を愛することは、私にとって大切な問題であったからです。

私のあこがれと熱心さが、何に向かっていたかご存じでしょうか。それは生きるについての最も大切な「何か」を示されるであろうことへの期待だったのです。私の期待する「何か」と愛とは、つながっていなければならぬと、私は思っていたのです。

「ぼくはあなたを愛している。命をかける」

という、どんな女にもあてはまり、またどんな女にもあてはまらぬこの言葉。

「愛するってどんなこと？」

と尋ねたら、もうだめなんです。なぜって、愛するということは、ある人にとっては「好き」ということであり、ある人にとっては「肉体を求めること」であり、ある人は「結婚すること」なんです。しかもその結婚の内容はあいまいなのです。ねえ、愛するとは何かわからないのに、なぜ愛すると言えるんでしょう。

私の生に対する不安が、結婚によって、男の胸に抱かれることによって、解決できるように考えている人は、それは私という人間を愛していることにはならないのです。「女」を愛することと「綾子」を愛すること、または「○○子」を愛することとは違います。私の生への不安、何ものへともわからぬあこがれを少しでもわかってくれる人があったなら、その人は「私」をみつめて「私」を愛していたといえるかもしれません。でも、そんな人は現れませんでした。一緒の世界で、力強く私を励ましながら、共に歩みつづける人を、私は求めていたのですのに。

女に「魂」の生活があるってことを知らない男性達が、何と多いことでしょう。きれいなブローチの贈り物、映画や喫茶への誘い、そしてたいくつな会話。ああ男性は女性が自分に興味を持ってくれるかどうかだけが最も重要なことなんだと、私は思うようになったんです。私は一人一人の胸をのぞきこみ、そして逃げ出した女です。

私はヴァンプという私へのレッテルを、別に否定はいたしません。かくべつ美しくもなく、賢くもない、何の取り得もない女が、いつも何人かの男性と交際していれば、そう言われても仕方がないんです。

でも、私の血の中に、ただ一滴の男の血も流れていないことを、ふしぎな哀しさで思います。誰かに、肉体のすべてを捧げていたとしたら、

「私は聖女よ、ヴァンプではないわ」

と言ったかもしれません。わかって？　正さん。

私は、男性が女性に対する愛情の、色々なサンプルを眺めて廻ったんです。色も形も違うけれど、どうやら味だけは一様にまずそうでした。

読み返して何だかいやな手紙。私は自分の娼婦性を、男性のつまらなさに起因するもののように、思っているんでしょうか。いいえ、私は悪い悪い女なんです。

うわさなんて悪意と興味で語られるから、私のうわさもきっとひどいことでしょう。でも私の本質的に持っている醜さは、語られていることより、もっと醜いんです。誰もそれは知らないんです。お気をつけあそばせ、正さん。

「君子危うきに近寄らず」

とやら、後をみずに一目散にお逃げなさい。それが正さんに忠告してくださった女の方への、ご好意に報いることになるのです。

ここで私は、ほんのぽっちり涙をこぼしました。でも、ほんのぽっちりよ、しかもヴァン

プの涙なんて、どれほどの価値があって？
ごきげんよう。よいお年をお迎えください。私はこれから、この手紙を出しにポストへ行きます。そして牛朱別《うしゅべつ》川のゴミ捨て場にカラスが群れている様を見に行きます。私は、雪景色の中で、このゴミ捨て場を漁る黒いカラスの群れが好きなのです。

恐るべきヴァンプの綾子さんより

善良なるクリスチャンのお坊っちゃんへ

小学校教師堀田綾子は、軍国主義教育のまっただ中、忠実に、熱心に生徒たちに立ち向かう先生だった。しかし敗戦後、たとえば進駐軍の命令で国定教科書に墨を塗って消さねばならない、そんな百八十度の転換に、虚しさと反省の念から、教職を辞めた。同じ年、肺結核と診断されて旭川市内の療養所に入った。以後十三年間におよぶ綾子の闘病時代の端緒である。二十三年、挫折感から虚無的になった綾子と、結核で休学中の北大医学部学生、前川正とが再会した。

結核療養者の会の書記をしていた綾子の病室は、会員のたまり場となった。多くの男友だちと酒とたばこに馴れあった心の荒廃から、前川はわが身を打って、彼女を救った。しかし教会に通いはじめても、まだ敬虔にはなれなかった。戦争中の天皇を神と信じた綾子にとって、信ずることの恐ろしさは身に徹していたから、クリスチャンへの侮蔑的な感情も捨てきれない。

再会から一年目のこの手紙は、幼馴染みの思い出をすなおに書き出しながら、教会でよからぬ噂を耳にしたことによる、かなり自棄ぎみな書きっぷりである。

けれども前川と綾子の愛の往復書簡は辛抱づよく続

けられた。二十五年五月、はじめての口づけを交わしたのは、旭川の春光台と呼ばれる丘でのこと、雪のとけた春の街が紫色に美しくけぶっていた。綾子は生れて初めて、恋の歌を作るようになった。

この年、前川とともに北大付属病院で受診した綾子は、翌年、市内の病院に入院。二十七年二月、脊椎カリエスの疑いあり、札幌医大付属病院に入院すると、西村久蔵の見舞いを受けた。前川正が仲介した一通のハガキによる西村と綾子の出会いの意義は大きかった。西村は日本基督教団北一条教会の会員で、教育者でもあり、洋菓子のニシムラを作った多忙な人だ。彼女は西村の人格にふれ、病床で受洗した。のちに、この人をモデルに小説「愛の鬼才」を書くことになる。

綾子にとって慈父であった西村久蔵の急逝についで、前川正も死んだ。二十七、八年、二度の手術のあとは順調で、全快の希望があった。しかし、二十九年四月、綾子の誕生祝いの手紙に「一月六日初メテ本当ニヘモリ（喀血し）」「週一回ハヘモル」「マタ半年ハゴブサタスル」とあり、死の一週間前のその手紙の、最後のひと言「元気ニ」に、綾子は多くのことばを聞き、几帳面な彼が全力を注いだ乱れた文字に感動した。

死のひと月後に、遺書、日記、歌稿、きちんと日付順に番号をつけられた綾子の六百余通の手紙が彼の母から届けられた。二月に書かれた遺書には、「綾ちゃんは、真の意味で私の最初の人であり、最後の人でした」とあるが、しかし、「私は綾ちゃんの最後の人」であることを願わないと、それが彼女の将来の「自由」という贈り物としたのである。

ギプスベッドに縛られていて、身もだえして泣くことができない彼女は、天井に向けたままの顔に涙がながれ、耳のうしろの髪もぬれた。

その一年ののち、前川正と容貌も雰囲気もそっくりなクリスチャン三浦光世が彼女の前に現れたのは、まったく偶然だった。そして、綾子は奇跡がおきたかのように完治し、五年後に光世と結婚した。「氷点」以後旺盛な創作活動をする作家三浦綾子の前史であった。

吉行淳之介が綴る

吉行淳之介　よしゆき・じゅんのすけ　一九二四（大正十三）年、作家吉行エイスケの長男として岡山市桶屋町に生れる。小説家。静岡高校を経て東大英文科中退。雑誌社の新太陽社に入社。肺結核を病み、入院中に「驟雨」で芥川賞受賞、第三の新人と呼ばれる。『娼婦の部屋』、『闇の中の祝祭』、『砂の上の植物群』、『不意の出来事』（新潮社文学賞）、『星と月は天の穴』（芸術選奨）、『暗室』（谷崎潤一郎賞）、『鞄の中身』（読売文学賞）、『夕暮まで』（野間文芸賞）、『人工水晶体』（講談社エッセイ賞）など。芸術院賞、パチンコ文化賞、芸術院会員。一九九四（平成六）年七月二十六日、聖路加国際病院で肝臓癌のため死去、七十歳。

宮城まり子　みやぎ・まりこ　一九二七（昭和二）年、東京に生れる。歌手、女優、ねむの木学園園長。本名は本目眞理子。ボードビル「十二月のあいつ」で芸術祭賞。昭和三十二年、パートナーとなる吉行淳之介と出会う。四十三年、私財を投じて静岡県に肢体不自由児のための養護施設「ねむの木学園」を設立。著書『ねむの木の詩がきこえる』、『虹をかける子どもたち』など。ヘレン・ケラー教育賞、ペスタロッチー教育賞、東京都文化賞など受賞多数。

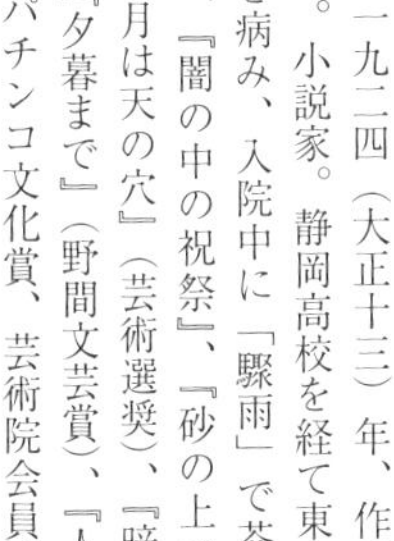

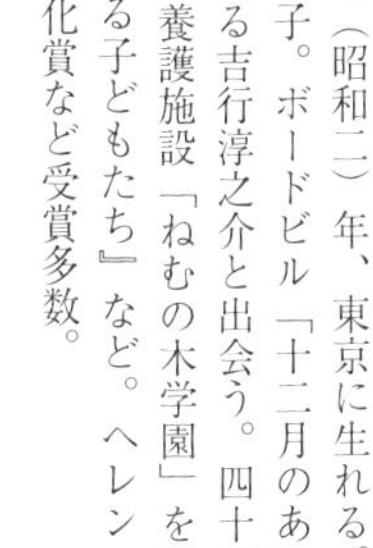

宮城まり子への想い

一九六〇（昭和三十五）年一月八日　大田区北千束▼▼▼▼パリ

今度のことは、残念でした。君とは仲の良い肉親だったし、良い人だったのに、惜しいことをしたとおもいます。

しかし、そのことについて言うのは、これでやめにします。通知があったからには、そのショックを薄らげるのは、いまの君にはおそらく、外国の方がよいとおもう。スケジュールをそのまま、つづけたらどうでしょう。

今日が八日。（中略）ぼくは、当分、市ケ谷[*1]にいるか、あるいは山の上（ホテル）にいるかします。元気をだしてください。いまの君に必要なのは、神経をいら立てないこと、といってもムリなら、抑制、ということが大切です。

ぼくは、今年になってから、原稿一枚も書けません。いま、ぼくは自分の身が一番大切だ、という心もちになっていて、強行する必要のあることは、強引にやっています。（中略）今年の問題は新聞小説[*2]で、それさえ、ちゃんとしたものが書ければいい。協《たす》けてください。

おそらく、いまのぼくの心は、衰弱している（作家的に）。はやく君に会いたいが、君も落着き、ぼくも落着いてから会った方がいいでしょう。ぼくの方は、あと十日もたてば、なんとか状態が落着くとおもいます。

もっと、やさしい、君の心がなぐさむ手紙を書くつもりだったのですが、こんな程度になった。しかし、ここから君とぼくの将来の、現実的な方向が引き出される筈です。お互に、しっかりしましょう。いやなことには、眼をつむっては、いけない。ぼくが衰弱している理由の大きなものは、やはり、君がいない、ということを忘れないでください。

また手紙出します。遠藤には、これから礼状書きます。

一月八日　　　　　　　　　　　　　　　淳

まり子様

＊1　市ヶ谷＝吉行は昭和三十四年、大田区北千束へ転居したが、市ヶ谷は母吉行あぐりの家か。
＊2　新聞小説＝初めての新聞小説「街の底で」。この年五月から翌年一月まで東京新聞に連載。

吉行淳之介と宮城まり子の初対面は、オードリー・ヘップバーンの映画の人気にあやかって、昭和三十二年十一月号の「若い女性」の鼎談「ファニー・フェイス時代」に、秋山庄太郎と吉行とファニー・フェイスの代表としてまり子が出席したときだった。

病臥しながらも文筆生活で多忙な吉行と、「ガード下の靴みがき」がヒットし、舞台、映画、リサイタル、連続テレビドラマなど、売れっ子の宮城まり子は、時間をぬって短いデートをかさねた。大スターだった宮城まり子との出会いの頃のことを、吉行は芥川賞を受賞してはいたが、収入も格段の違いがあり、「Mが将官とすれば任官したばかりの少尉」だと、のちに書いた。

三十四年、まり子は「恋愛を清算するための勉強旅行」に、アメリカへ一人旅に出た。むろん恋心はつのるばかりで、清算なんか出来はしない。勉強のほうは出来て、ブロードウェイだけで四十日間に五十七、八回の芝居やミュージカルを観たようだ。メキシコへも行った。

この手紙は、まり子がニューヨークからパリにまわって迎えた正月、日本の父から弟の交通事故死の知らせを受けた彼女の、ショックをなぐさめるために書かれた。作曲家の弟宮城秀雄の作品をまり子が主演する、これが姉弟の夢だったという。吉行といっしょに飛行場に見送りにきた彼は、ラスベガスで歌う譜面をオーケストラ用にアレンジして、まり子に渡していた。

おわりの「遠藤には、これから礼状書きます」は、ちょうどパリにいた遠藤周作夫妻と、コメディ・フランセーズを観る約束のまり子が芝居小屋へ現れない。父から弟死すの電話を受けた日だったのだ。その夜、彼女は遠藤夫妻のホテルのベッドで介抱されたが、じっとしていられず、霧の深い石畳の街を泣きながら走りまわった。まり子は吉行のこの手紙を読んで、すぐに帰国の決心をした。

三十四年の作品「鳥獣虫魚」が好評だったことを、「一人の女性に惚れたという情況が、私の文章にうるおいを持たせた」と、のちに吉行は追認した。

翌年、吉行は家庭を出て、まり子と暮らしはじめた。彼には二十三年に結婚した妻がいた。三十六年、「群像」に発表された「闇のなかの祝祭」は、愛人の「奈々子」と、戸籍上の妻「草子」の、凄絶な争いが描かれ、まるで告白本のような悪評にみまわれた。「女性に惚れたときの妻子ある男の状態の悲しさを含んだ滑稽さ」が、作品の真意だったのだが。

吉行を「家庭から引摺り出した」Mに、こんどは「外国へ引摺り出され」た外国旅行のことを書いた「湿った空乾いた空」にある一シーンだが、ひと足先に帰国するMが「娼婦の小説を書いているのにパリに来てそのまま帰ってはいけないわ、そのためにと思って千フラン残しておいたから」と言って金を渡して、笑顔で空港を発ってゆく。

Mこと宮城まり子は、多くの女性論や恋愛小説を書く吉行淳之介にとって、ちょっと困ったパートナーであり、しかしかけがえのない、大事な存在であったに違いない。可愛い女「まりちゃん」の、面目躍如のいくつかの場面が彷彿とする。

寺山修司が綴る

寺山修司　てらやま・しゅうじ　一九三五（昭和十）年、弘前市紺屋町に生れる。歌人、詩人、劇作家、演出家。早大国語国文科を中退。在学中に「チェホフ祭」が短歌研究新人賞。ネフローゼの重患ののち、放送詩劇「山姥」（イタリア賞グランプリ）、放送叙事詩「犬神の女」（久保田万太郎賞）など。四十二年、「演劇実験室・天井桟敷」を設立。渋谷に劇場が落成した四十四年からの海外公演、上映で、多くの賞を得た。歌集『空には本』『田園に死す』、小説『あゝ、荒野』、『寺山修司の戯曲』全九巻など。死の前年、映画「さらば箱舟」の沖縄ロケ、「奴婢訓」パリ公演、「レミング　壁抜け男」の演出、谷川俊太郎とビデオレターなどをおこない、一九八三（昭和五十八）年五月四日、肝硬変と腹膜炎に敗血症を併発、杉並の河北総合病院で死去、四十七歳。

九條映子　くじょう・えいこ　一九三五（昭和十）年、東京麻布に生れる。「人力飛行機舎」代表。今日子と改名。三輪田学園卒、松竹音楽舞踊学校を経てSKDで舞台デビュー。松竹映画に移り、青春スターのころ寺山修司と出会い、昭和三十八年、結婚。天井桟敷を創立、制作を担当し、離婚後も寺山の劇団に協力する。著書『不思議な国のムッシュウ　素顔の寺山修司』など。

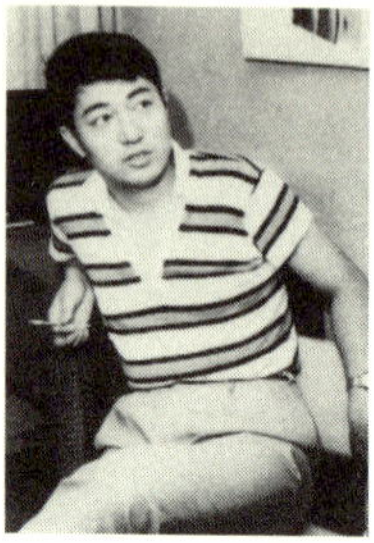

九條映子への想い

一九六〇（昭和三十五）年十一月四日　新宿区諏訪町、幸荘▼▼▼▼京都、松竹撮影所

仕事はうまくいってますか？

僕の方は少し落ち着いて勉強しています。

浦田やみっちゃん*とトランプしていても何か物足りない。

東京は雨がちで急にさむくなったようです。帰ってきたらクラブへいこう、帰ってきたらドライブしよう、帰ってきたら「がしんたれ」観にいこう、帰ってきたらしたいことが一杯ある、立てたい計画も一杯ある……。

これから毎日手紙かくつもり。

遊びすぎないこと。

お元気で。

KASABUTAをかかないこと。

my dear　A子　　　修司

＊　みっちゃん＝映子の妹。

一九六〇（昭和三十五）年十一月六日　新宿区諏訪町、幸荘▼▼▼▼京都、松竹撮影所

ＮＨＫテレビ大江健三郎の「オタスの森」（芸術祭参加）を観た。大変感動的だった。くやしいけど「Ｑ」よりよかったように思われる。今日は日曜日、きみは休みだ。何をしているだろうか。

僕は「若い女性」の座談会で、大学生たちとモダン・ジャズについて話し合った。それから東宝へ行って次の仕事の話をした。次は純愛ものでいいものをやりたい、とプロデューサーが言っていた。

そして、それがあたったら年四本ぐらいの契約をしたいという。

夜、鎌田、浦田とで、自転車で渋谷までサイクリング、入浴、の計画をたてたが、ずうっとみっちゃんが留守だった。

松坂屋からシャツができてきた。色がいいので大いに気にいった。

僕の小説ののった「文学界＊」が出た。

これから仕事にとりかかる。

きみのところで、寝る前に、レモンに砂糖をかけたのを食べたことをふっと思いだした。

あれはおいしかった、と思う。

今夜はなぜか、きみがそんなに遠くにいるという気がしない。

ぼくは元気だ。

十一月六日

修司

A子へ

＊「文学界」＝昭和三十五年十二月号。寺山の小説のタイトルは「人間実験室」。

寺山修司は九條映子のＳＫＤのラインダンスのころからのファンだった。若い詩人と新進女優の出会いは、映子が歌劇団を辞めて、松竹映画にはいり、デビューしたてのヌーベル・バーグ派の篠田正浩監督の作品「乾いた湖」に出演した昭和三十五年であった。そのシナリオを寺山が神楽坂の旅館にカンヅメになって書いているとき、篠田が彼女を引き合わせた。旅館の大きな下駄をはいて、飯田橋駅まで迎えにきた寺山を、ちょっと石原裕次郎みたいだと彼女は思った。翌日、寺山の戯曲「血は立ったまま眠っている」の劇団四季公演に招待された映子は、両手いっぱいの花束を抱えていった。花束をもらう初めての経験に、彼は感激し、てれ笑いをうかべただろう。

安保粉砕を叫ぶデモ隊が、国会を取り囲んでいたころである。寺山は石原慎太郎、大江健三郎、江藤淳、小田実らの「若い日本の会」に参加した。また、映画の盛況の時代でもあった。彼女は二年半の間に二十八本の映画に出演したという。大船撮影所を闊歩する「つむじ風」というニックネームの映子とのデートは束の間であったが、熱心につづけた。

そのころのラブレターである。お正月映画「番頭はんと丁稚どん」の撮影のために京都にいる映子へ、つづけて六通の手紙を書いたその第一信と第三信だ。映子は京都行きの前に、寺山のテレビドラマ「Q」(芸術祭参加)に出演した。手紙の一通目には、佃公彦の連載マンガ「ほのぼの君」の切り抜きが貼ってあった。

この年九月、寺山は早稲田大学を中退した。

立川の米軍基地で働いていた母と同居した寺山は、映子との結婚を猛反対された。寺山の作品には演劇にも文章にも映画にも母がいる。死なされても、放火をさせられても、どんなに悪い母にされても、「修ちゃん」が絶対の存在の母だったから。


三十八年四月、吉祥寺のカソリック教会で、映子の身内だけのささやかな結婚式をあげた。立会人は谷川俊太郎夫妻。記念撮影はパンジーやコスモスの咲きみだれる花壇の前で、写真家の立木義浩がシャッターをきった。モーニングを着た寺山とドレスの花嫁が、神妙に頭を垂れて聞く耳に、神父さんの発言がいちいち東北弁なのには、噴きだしそうになる一幕もあった。

翌年の放送詩劇「山姥」がイタリア賞グランプリをかわきりに、四十二年の放送叙事詩「まんだら」の芸術祭賞へと、年ごとに作品の受賞がつづいていった。

横尾忠則、東由多加、九條映子らと、「演劇実験室・天井桟敷」を結成したのは、四十二年元日だった。四月旗揚げの前に、外国にいた寺山から映子に電話で指示が飛んできた。主役の醜悪な老女を丸山明宏(あの三輪明宏!)に出演交渉せよ、あっと思うような美少年を探せ。これに引っかかった美少年役が朔太郎の孫の萩原朔美で、ともかく「青森県のせむし男」の開幕をみた。

四十四年は渋谷に「天井桟敷地下劇場」が開館し、寺山作詞のカルメン・マキの唄「時には母のない子のように」の大ヒット、ドイツ国際演劇祭への参加、イスラエルへの演劇視察、唐十郎の「状況劇場」との乱闘事件と、事柄はいろいろあって、映子との私生活はなかったのだ。その年末、別居中の映子は離婚届に捺印した。

ふたりにとって離婚は、むしろプラスになったもようだ。男と女、夫と妻を解消して人間対人間として、作家とプロデューサーの関係で、自由に飛翔できたのだから。その良い関係は、彼の死のときまで絶えることがなかった。

おわりに

昭和六十年のクリスマス・イブのころ、私はある死亡記事に目を惹かれた。「恋文の店」の菅谷篤二さん、陸軍士官学校卒、元陸軍中佐。戦後、彼は駐留米軍の恋人となった日本人女性たちにたのまれて、ラブレターを書いた。ベトナム戦争のあと、客足が減ったとか。

この記事で、思い出した。昭和二十九年に上京した私は、渋谷の道玄坂あたりを歩くたびに、「恋文横丁」を好奇心をもって見ていたっけ。丹羽文雄の小説「恋文」の朝日新聞連載と、田中絹代の監督第一回作品「恋文」は、その前年のことであった。

若い樋口一葉も終焉の土地、本郷丸山福山町に移ったとき、「にごりえ」の舞台の銘酒屋の姐さんたちに頼まれて、艶書の代筆をしたという。代筆であろうが、なかろうが、私は恋文が好きだ。

七転八倒する情炎、死に物狂いの恋、五月の風のような愛、小児的な甘え、冷酷無惨な愛憎、満ち潮もあれば引き潮もある。会うは別れの始めとか。愛の歓喜も離別の悲哀も、手紙が物語ってくれるように思う。

愛の書簡集がある。たとえば、チェホフが晩年結婚したモスクワ芸術座の女優オリガ・クニッペル宛。ヤルタに療養移転して、別居結婚だったチェホフの、一八九九年から四十四歳で死ぬ年の一九〇四年まで、四百三十五通の『妻への手紙』だ。「可愛い子犬さん」、「僕の子馬さん」、「地ネズミ君」、「シラミ君」なんていう書き出しである。

リルケの場合は、彼が二十一歳から死ぬまでの三十余年、文通をつづけた女流作家で、ニーチェのかつての恋人でもあったルー・ザロメ宛、二十五歳のとき知って翌年結婚したロダンの弟子の彫刻家クララ宛、三十九歳の彼がベンヴェヌータと呼んだピアニスト宛（彼女とは一ヶ月の期間、たった二十四通で、一冊の往復書簡集が編めるほど長文）、四十三歳のとき恋して、死ぬまで文通し、彼がメルリーヌと呼んだ画家宛。本書のなかの竹久夢二も、やはり愛称をつけた五人の女性への手紙が並んでいるが、相手変れど主変らずだ。

チェホフもリルケも、作品を読むのと同じくらい、いやそれ以上に手紙というものは人間が表れていて、面白い。洋の東西を問わず作品に自己を出さない作家も、手紙になると饒舌で、素顔が見える。

樋口一葉の『通俗書簡文』、与謝野晶子の『女子のふみ』という手紙の書き方の実用書がある。一葉は明治二十九年、終焉の年、この書き下ろし出版のために無理をして、病状が重くなり、死につながったきらいがある。晶子は明治四十三年、「明星」終刊後の夫と子供たちとの家計を支えるための出版だった。どちらも生活の糧としての刊行だが、多くのハウツーものとは違って、文学的でドラマ性をもっている。そんじょそこらの実用書ではない。

チェホフ、リルケ、一葉、晶子というと、文学のプロだから手紙が面白いのか。いやそうとは限らない。手紙は誰のものでもない、あなたのものだ。そこで、ケータイ、メールの飛び交う世の中、あえて時代に逆らって、手紙の読み、書きをすすめるゆえん、えへんえへん、と言っておいて。この本を手にした機会に、連れあいへの、または恋人、友人への手紙を書いてみることを提案したい。思わぬ世界が広がるかもしれない。仮想の相手でもいいだろう。

加齢ののちに若き日の恋人と再会して、幻滅を感じなかった僥倖な人がいるとする。彼ないし彼女は、あとで思わず笑みがこみ上げてくるだろう。その笑みがさらに笑みを呼ぶことになる。異性を想うと、男も女も女性ホルモンが有効に作用して、潤いが出るとやら。いやはや、恋文のすすめ、というより恋のすすめをしてしまったようだ。仮想の相手は、自分のなかにいるにちがいない。

TVのトーク番組などで、用意されていた手紙を朗読してゲストを驚かせ、感動させる演出がある。その演出を自作自演する愉しみも手紙の効用かもしれない。

編集にあたっては、二玄社の結城靖博氏との、長い歳月の丁々発止があった。私の頑固が通らなかった無念な面もある。しかし、彼にお尻をたたかれたお蔭で、ようやく本書が出来たので、有難うを言いたい。また、わが敬愛する友人藤田三男氏（「新潮日本文学アルバム」百巻を編集したかっての木挽社の親玉）にも、〈愛〉と〈死〉共にご協力を賜った。末筆ながら謝意を付け加えたい。

二〇〇三年、真夏日

宇治土公三津子

手紙の出典

『樋口一葉全集』第４巻（下） 1994年　筑摩書房
『蘆花家信』 1935年　岩波書店
『国木田独歩全集』第５巻　1966年　学習研究社
『漱石全集』第22巻　1996年　岩波書店
『妻への手紙』小堀杏奴編・森鷗外著　ちくま文庫　1996年　筑摩書房
『石川啄木全集』第７巻　1979年　筑摩書房
『若山牧水全集』第１、３巻　1992年　増進会出版社
『荷風全集』第27巻　1995年　岩波書店
『夢二書簡』１、２　1991年　長田幹雄（夢寺書坊）
『夢二の手紙』関川左木夫編　1985年　講談社
『幸徳秋水全集』第９巻　1969年　明治文献
『逍遥・抱月・須磨子の悲劇』河竹繁俊著　1966年　毎日新聞社
『白秋全集』第39巻　1988年　岩波書店
『文壇名家書簡集』（素木しづ） 1918年　新潮社
『大杉栄全集』第４巻　1926年　其全集刊行会
『芥川龍之介全集』第18巻　1997年　岩波書店
『定本　佐藤春夫全集』第36巻　2001年　臨川書店
『母の恋文　谷川徹三・多喜子の手紙』谷川俊太郎編　1994年　新潮社
『有島武郎全集』第13巻　1984年　筑摩書房
『定本　横光利一全集』第16巻　1987年　河出書房新社
『藤村全集』第17巻　1968年　筑摩書房
『小林多喜二全集』第７巻　1983年　新日本出版社
『明治大正女流名家書簡選集』（岡本かの子） 1926年　大日本雄弁会
『川端康成全集』補巻２　1984年　新潮社
『伊藤整氏　こいぶみ往来』伊藤礼著　1987年　講談社
『中原中也全集』第５巻　2003年　角川書店
『新修宮沢賢治全集』第16巻　1980年　筑摩書房
『中野重治　愛しき者へ』上　沢地久枝編　中公文　1987年　中央公論社
『林芙美子　巴里の恋』今川英子編　2001年　中央公論新社
『回想の壺井栄』 1973年　壺井繁治
『谷崎潤一郎全集』第25巻　1983年　中央公論社
『高村光太郎全集』増補版第14巻　1995年　筑摩書房
『堀辰雄全集』第８巻　1978年　筑摩書房
『坂口安吾全集』第16巻　2000年　筑摩書房
『斎藤茂吉全集』第36巻　1976年　岩波書店
『愛のかたみ』田宮虎彦・田宮千代著　1957年　光文社
『立原道造全集』第５巻　1973年　角川書店
『私は夢を見るのが上手』宇野千代著　中公文庫　1996年　中央公論社
『幼年記』島尾敏雄著　1973年　弓立社
『太宰治全集』第12巻　1999年　筑摩書房
『三浦綾子全集』第16巻　1991年　主婦の友社
『吉行淳之介さんのこと』宮城まり子著　2001年　文藝春秋
『ムッシュウ・寺山修司』九條今日子著　ちくま文庫　1993年　筑摩書房

【編著者紹介】

宇治土公三津子（うじとこ・みつこ）
三重県宇治山田市（現・伊勢市）に生れる。日本女子大学文学部国文科卒業。1963年、日本近代文学館創設運動に参加（企画委員）。1995年、同館を定年退職（図書資料部長）。現在、同館図書資料委員、日本女子大学図書館友の会理事、日本近代文学会会員。神奈川婦人会館において近代文学を読む会を主宰し、文筆に携わる。

作家《さっか》が綴《つづ》る心《こころ》の手紙《てがみ》
愛《あい》を想《おも》う

2003年 9月10日　初版印刷
2003年 9月30日　初版発行

著　者　宇治土公《うじとこ》 三津子《みつこ》
発行者　渡邊隆男
発行所　株式会社 二玄社
東京都千代田区神田神保町2-2　〒101-8419
営業部＝東京都文京区本駒込6-2-1　〒113-0021
電話：03(5395)0511　Fax：03(5395)0515
URL http://nigensha.co.jp

デザイン　横山明彦（WSB）
印　刷　モリモト印刷株式会社
製　本　株式会社積信堂

ISBN4-544-03039-0 C0095